Zur Erinnerung an einen besten Freund,

an Bernd Hanisch

Ingrid Pfeiffer

Die Köchin oder Das eisige Moor

Ingrid Pfeiffer

27. April 2014

Bibliografische Information der Deutschen Nationalbibliothek:
Die Deutsche Nationalbibliothek verzeichnet diese Publikation in der Deutschen Nationalbibliografie;
detaillierte bibliografische Daten sind im Internet über http://dnb.d-nb.de abrufbar.

Satz, Umschlaggestaltung, Herstellung und Verlag: BoD – Books on Demand
ISBN: 978-3-7322-7549-6

Inhalt

Vorwech

Ihre Hände strichen hilflos über ihren Bauch. Sie krümmte sich. Da! Schon wieder durchfuhr sie dieser ziehende Schmerz. Kurz darauf verebbte er wieder.

Line wollte sich zu Früllerk drehen, ihn wecken. Sie konnte sich jedoch nicht bewegen, war wie erstarrt, nur ihre Hände streichelten den Bauch, das Kind darin.

Sie war selbst verantwortlich für den Schmerz. Das wusste sie genau. Am Abend schon hatte sie ihn gefühlt, nur ganz kurz, aber schneidend, im Bauch weit unten. Als sie den mit bis zum Rand mit Wasser gefüllten *Dubenammer* hochgehoben und ihn vom *Grüppen* den doch recht weiten *Pad* entlanggetragen hatte. Erst als Früllerk mahnte: »Warum rufst du mich denn nicht? Der Eimer ist doch viel zu schwer für dich, jetzt während deiner Schwangerschaft!«, fiel ihr wieder ein, was Stille-Catharine ihr gesagt hatte: »Line, sei vorsichtig mit dem Heben. Du bist nicht mehr die Jüngste, schon im dritten Jahrzehnt, das ist für die erste Schwangerschaft reichlich spät.« Das stimmte, alle Frauen hier im Moor und in ihrem Alter hatten schon mehrere Kinder geboren und – manche beklagten inzwischen den Tod eines Kindchens, das inzwischen auf dem *Karkhoff* lag. Line hatte sich fest vorgenommen, vorsichtig zu sein. Und Früllerk achtete noch weit mehr als sie darauf, dass sie sich schonte. Er wünschte sich genauso sehr wie Line ein Kind.

Der Schmerz kam zurück, ihr ganzer Körper verkrampfte sich, obwohl sie nun auch ihre Hände nicht mehr bewegen konnte. Sie musste Früllerk unbedingt wecken. ›Stille-Catharine soll den Schmerz wegmachen!‹, dachte sie und zwang ihre Lippen ihr zu gehorchen. Voller Angst begann sie zu schreien, aber kein Ton war zu hören! Was war nur mit ihr geschehen?

Line nahm alle Kraft zusammen, aber ihre Hände schienen nun festgeklebt auf ihrem Bauch. In höchster Not rief sie Früllerks Namen, tonlos – und wachte auf!

In Schweiß gebadet setzte sie sich verwirrt auf.

Da war kein Schmerz. Sie wusste auch wieder, dass sie gestern

Abend gar kein Wasser geholt hatte. Nicht einmal einen halben Eimer voll. Früllerk hatte die Tiere getränkt, anschließend den Eimer in die Nähe der Feuerstelle auf den dreibeinigen Hocker gestellt und in seine Hände hauchend gesagt: »Ich glaube, es friert heute Nacht! Dicht am Feuer erwärmt sich das Wasser, sonst erschrickt ja das Kind, wenn du trinkst!« Und dabei ihren schon deutlich gerundeten Bauch gestreichelt. Sie hatten sich glücklich angesehen und über seinen Scherz gelacht.

›Es war nur ein Traum! Ich bin gesund und dem Kind geht es gut! Es war wirklich nur ein Albtraum! Bestimmt, weil ich mir so sehr ein Kind wünsche!‹

Neue Fremde

Verdammt noch mal, nun komm endlich! *Un lot dat Geweese!* Mach ein freundliches Gesicht, wenn wir uns den Leuten hier vorstellen! Und wehe, du sagst etwas, ich breche dir alle Knochen im Leib!« Der Befehl und die Drohung waren im Moor weithin vernehmbar.

Line lehnte die dreizinkige Forke gegen die Wand und schaute aus der *Grootdöör*. Die unbekannte, rohe Männerstimme befremdete sie und weckte ihre Neugier. Sie kannte niemanden hier im Günnemoor, der so rabiat war. Wollte der etwa zu ihnen?

Erstaunt sah sie auf die Ankömmlinge. Im Gänsemarsch kamen sie den *Pad* vom Sanddamm her: ein Mann, vermutlich jener, der eben so wütend gebrüllt hatte, eine kleine, dünne Frau und dahinter wie Orgelpfeifen mehrere Kinder.

Line blieb in der Tür stehen und verschränkte die Arme über ihrem schon gerundeten Bauch. Sie glaubte, das Kindchen zu spüren, aber sicher war sie sich nicht. Das würde sich bald ändern, hatten ihr inzwischen alle Frauen, die schon Schwangerschaften erlebt hatten, erklärt. Und Früllerk sah jeden Tag nach, ob der Bauch seit gestern nicht schon dicker geworden war! Das Ehepaar Grapenthien war seit über einem Jahr verheiratet und hatte sehnsüchtig auf eine Schwangerschaft gewartet. Sie freuten sich beide so sehr. Und da Lines morgendliche Übelkeit verschwunden war, arbeitete sie auf dem Hof wie immer.

Trina und Emma schnaubten, sie warteten auf ihr Heu, das eben schon verlockend vor ihrem Maul geschwebt hatte. Line drehte sich lächelnd um und schob ihren beiden Kühen das abendliche Futter mit Forke und *Holschen* zu. Emma war ihr ganz besonders ans Herz gewachsen, denn es war die erste Kuh, die sie von der Geburt an großzog und deren Entwicklung vom winzigen Kalb zur *Queene* sie miterlebte. Im Herbst vor einem Jahr war Trina vom Sandvoss-Bullen besprungen worden.

Line zerriss nun den Futterkohl für die Hühner in ›schnabelgerechte‹ Stücke. Am Morgen und am Abend brach sie die jeweils untersten Blätter des hochstämmigen Langkohls vom Strunk. Die Stängel der krausen grünen Sorte standen in Reih und Glied und waren inzwischen so hoch gewachsen, dass Line nicht mehr darüber hinwegsehen konnte. Lang und dünn mit den Blättern als Krone sahen sie fast wie die Bäume aus fernen Ländern aus, die der Eltermann'sche Hauslehrer ihr einmal auf einem Bild gezeigt hatte. Falls sie die oberste feinkrause Rosette für die eigene Mittagskost pflücken wollte, müsste sie Frűllerk bitten es zu tun. Er schätzte jedoch die zweite Sorte, die sie gepflanzt hatten, den braun-violetten Kohl, mehr. In Bremen gehörte das Gericht ›Braunkohl‹ seit vielen Jahren zur traditionellen Speisenfolge des alljährlichen Schaffermahles. Line hatte den Kohl in der Langenstraße im Winter natürlich ebenfalls gekocht, mit viel geräuchertem, gestreiftem Speck und reichlich *Pinkel.*

*

Die Familie war inzwischen herangekommen. Line ging wieder vor die Tür und wurde von einem Mann begrüßt, dessen breites Lächeln auffällige Zahnlücken freilegte. Er war fast so groß wie Frűllerk, aber massiger in den Schultern und zeigte ein liebenswürdiges Grinsen. Mit einem tiefen Diener, der von einer ausladenden Handbewegung begleitet wurde, zog er seine Mütze und dienerte ein zweites Mal.

Line wich unbewusst etwas vor ihm zurück, eben noch hatte seine Stimme hart und böse geklungen, nun war er übertrieben höflich, weit mehr, als es die Menschen im Moor gemeinhin waren. Der Kontrast war ihr unangenehm.

»Verehrte Frau, wir kommen uns vorstellen! Wir sind erst heute Nachmittag angekommen. Ich bin Adolphe Poggensteker. Das brachliegende Moorstück wurde mir zugewiesen. Die Hütte der Vorgänger steht ja noch und sieht brauchbar aus. Ich will …«

»Wir möchten gute Nachbarschaft mit euch halten«, leise, fast flüsternd unterbrach ihn die Frau. Sie sah auf ihren Mann, zog dabei aber die Schultern hoch und duckte sich, die Riege der Kinder, die noch in derselben Reihenfolge dastanden, wie sie den Weg entlanggekommen waren, wiederholte im Gleichtakt die mütterliche Körperbewegung.

Obwohl der Gleichklang der Bewegungen spaßig aussah, war Line der Gegensatz zwischen der Grobheit des Mannes, deren ungewollte Zeugin sie geworden war, und seiner jetzigen Zuvorkommenheit nicht geheuer. Ob die Familie Angst vor dem Mann, vor Schlägen, hatte? Besonders freundlich lächelte sie die Frau darum an und hieß sie willkommen. »Es ist schön, die Hütte nicht mehr leer zu sehen. Mimi und Walter bewohnten sie bis zum Sommer vor einem Jahr. Aber kommt doch herein. Mein Mann füttert gerade unser Schwein und den Ziegenbock. Er wird wohl gleich kommen, weil er eure Stimmen hörte. Das Moor trägt die Geräusche weit!« Das sagte sie dem Mann zugewandt. ›Er soll ruhig merken, dass ich seine Grobheiten mit angehört habe!‹, dachte sie dabei. »Wir sind die Grapenthiens. Mein Mann lebt schon mehrere Jahre hier, ich erst seit dem letzten Sommer. Da haben wir geheira…«

»Ich sagte ja bereits, wir sind eben erst angekommen«, unterbrach sie der Mann schroff, »mit all unserer geringen Habe. Unsere Ziege steht trocken und da ist es wohl Christenpflicht, uns ins Haus zu holen und von der Milch abzugeben, nicht wahr? Eine Kuh habt ihr doch, ich hörte sie eben.«

»Ja, selbstverständlich«, stotterte Line gänzlich verwirrt. Der Mann bettelte seine neuen Nachbarn schon beim Kennenlernen an? Sie gab sich trotzdem alle Mühe, höflich zu sein: »Ich fülle euch gern etwas Milch ab. Wir halten hier im Dorf untereinander gute Nachbarschaft!«

»Und etwas Warmes hast du sicher auch für mich«, erst nach einer kurzen Pause kam hinterher: »… und für meine Familie!«

Die Dreistigkeit des Mannes war beispiellos!

»Aber, das geht doch nicht!« Seine Frau zupfte an seinem Ärmel. »Ich mache ganz schnell die Reste warm, von dem Essen, das wir unterwegs von der netten Bäuerin in Hüttenbusch bekamen. Wir müssen doch auch wieder zurück, die beiden Kleinen sind allein mit Va…«

»Wees still!« Mit einer heftigen Handbewegung in ihre Richtung beendete der Mann brüsk das Gestammel der Frau.

Line atmete tief durch, sie gewann ihre Fassung zurück, schließlich gehörte sie hierher und des Mannes Forderung nach Essen war unverschämt. Sie schaute daher auf die Frau. Deren Gesicht war hochrot angelaufen. Sie blickte zu Boden und strich mit der hohlen rechten Hand über die linke Handoberfläche, hin und her und hin und her, ohne innezuhalten. »Wie gut, dass ich heute Mittag reichlich Suppe gekocht habe«, Line deutete mit ihrer Hand hinter sich, Richtung Herdfeuer. Die Frau sah bei der Bewegung erschreckt hoch, erst als sie merkte, dass die Geste von Line gekommen war, entspannte sich ihr Gesicht ein wenig. Um beide Augen herum war die Haut blaugrün verfärbt. Und über die Schläfe zog sich eine blutig verkrustete Wunde. ›Ob sie gefallen ist?‹, dachte Line: ›Oder hat der Mann …?‹ Zum Weiterdenken reichte die Zeit nicht, denn der Mann wurde ungeduldig.

»Bekommen wir nun Milch oder nicht? *Un wat ton Eeten?*«

»Oh, wir haben Besuch bekommen.« Frullerk kam quer über den Hof gelaufen, aus Richtung der alten Moorhütte.

Nach der Hochzeit war dieses Gebäude ihr erstes Zuhause gewesen. Seit dem Umzug mästeten sie dort nun jedes Jahr ein Schwein. Cord Hartwich aus Bremen, der sich für den Unfall an Früllerks rechter Hand verantwortlich fühlte, schenkte ihnen einen Ziegenbock, der ebenfalls dort untergebracht war.

Früllerk hielt dem Fremden die linke Hand entgegen und lächelte: »Ich bin Früllerk Grapenthien und wer seid ihr?«

Die rechte Hand des Mannes blieb auf halber Höhe in der Luft stehen. Er zog seine Augenbrauen hoch und fragte scharf: »Ist es hier nicht üblich, richtig begrüßt zu werden?«

Früllerk erklärte beschämt: »Oh, verzeih, aber meine rechte Hand ist nicht gut zu gebrauchen. Ich hatte vor Jahren einen Unfall. Seitdem bin ich ein Linkshänder!«

Line wusste, wie unangenehm ihrem Mann alle den Unfall betreffenden Erklärungen waren, und lud die Familie mit einer weit ausholenden Bewegung ein: »Kommt doch herein. Hier draußen ist es kalt. Auch wenn unsere Sitzgelegenheiten nicht für alle reichen, ihr seid herzlich willkommen!« Ihr ungutes Gefühl dem Mann gegenüber wurde schwächer, seit Früllerk da war.

Puuskattenfien ist was anderes!

»Line, du kannst den Mann doch nicht Tag für Tag so verdächtigen!« Früllerk erregte sich. »Und das nur, weil er dir gegenüber am ersten Abend zu fordernd gewesen ist! Zu mir war Adolphe sehr freundlich und zuvorkommend. Ich habe mich beim Essen gut mit ihm unterhalten.«

»Ja, mit dir! Du bist ein Mann! Ich bin nur ein Weib, wie er betonte. Frülerk, versteh doch, er war vorher ganz anders, er veränderte sich total, nachdem du gekommen warst.«

»Na, na, Line, so schlimm wird er wohl nicht gewesen sein!«

»Doch, ich fand ihn auch dir gegenüber dreist, als du ihm die Linke entgegengestreckt hast.«

»Er konnte ja nicht wissen, dass ich einen kaputten rechten *Flunken* habe.« Frülerk versteckte seine nur noch eingeschränkt zu gebrauchende Hand Fremden gegenüber gern, es war ihm unangenehm, darauf angesprochen zu werden, darum hatte er kaum auf die respektlosen Worte des neuen Nachbarn geachtet.

»Daran lag das nicht«, widersprach ihm Line, »bevor du kamst, war er grob, richtig unverschämt, mir war sogar bange vor ihm. Wenn du nicht bei mir bist, benimmt er sich immer so. Nur wenn ein Mann dazukommt, wird er *puuskattenfien*. Frag doch mal Louise, die hat das genauso erlebt.«

»Ja, das tue ich«, versuchte Frülerk seine Frau zu beruhigen.

»Und dann gestern Abend, da war mir so richtig Angst und Bange.«

»Hmhm, was war denn gestern Abend? Du hast mir nichts davon gesagt.«

»Ich …, eh, ich dachte, eh …, du willst es doch gar nicht hören, jetzt ja auch nicht.«

»Also wenn du wirklich richtig doll Angst hast, möchte ich das schon wissen!«

»Ja, du sagt es, ›wenn du wirklich …‹, du glaubst mir doch sowieso nicht!«

Frülerk merkte, dass ihr Gespräch inzwischen auf einen Streit hinauslief, der unbedingt beendet werden musste. »Line, ich hör dir jetzt genau zu. Was war gestern Abend?«

»Mir ging es nicht so gut. Mir war übel und ich hatte auch ein wenig Durchfall. Ich saß wohl etwas zu lange auf dem Klosett. Bis es mir kalt wurde.«

»Du sollst doch nicht so lange in der Kälte draußen bleiben. Line, du bist schwanger!« Früllerk regte sich auf. Wie oft hatte er seiner Frau geraten auf den Topf zu gehen, so wie er selber. Aber immer wieder ging sie, selbst bei Wind und Kälte, für ihre Notdurft den Weg zum Häuschen.

»Siehst du, du willst mein Erlebnis ja nicht hören! Du willst nur weiter schimpfen«, beschwerte sich Line.

»Nein, nein«, versuchte Früllerk erneut sie zu beruhigen. »Ich hör jetzt genau zu! Was geschah?«

»Als ich aufstand, habe ich, wie immer, noch eben durch das Herz geguckt. Und da sah ich durch das kleine Loch Adolphe, der den *Pad* an unserer Kate entlangging. Ich gab keinen Mucks von mir, damit er mich nicht hört.«

»Bist du sicher, dass er es war? Sonst ist nachts doch nur Fidi Fricke unterwegs!«

»Siehst du, nun zweifelst du sogar an meinen Augen!«

»Das stimmt doch nicht, Line. Du hast sehr gute Augen. Was war denn nun mit Adolphe?«

»Obwohl es dunkel war, leuchtete der Feuerschein durch das Fenster und ich konnte ihn genau sehen«, verteidigte sich Line. »Er benahm sich sehr seltsam. Er blieb plötzlich stehen und ich konnte seinen Gesichtsausdruck klar erkennen. Er schien sich über etwas zu freuen. Und dann sah ich, dass er ein Kaninchen im Arm hielt.«

»Also doch ...« Früllerk brach unvermittelt ab und räusperte sich, um den Satz zu verschlucken.

»Zuerst streichelte er das Tier, es lebte noch, obwohl eine Schlinge um seinen Hals lief. Dann gab das Kaninchen ganz komische Töne von sich. Ich glaube, es versuchte zu schreien. Mir schien, Adolphe drückte dem Tier abwechselnd die Kehle zu und ließ dann wieder los. Sein Gesicht wurde dabei ganz rot, er grinste so sehr, dass ich seine Zähne sehen konnte. Dazu stöhnte er immer wieder. Und dann legte er seine Hände dem Kaninchen um den Kopf und mit einem knirschenden Geräusch brach er ihm das Genick.«

»Ja, aber das macht Fidi Fricke doch genauso. So muss das Tier nicht lange leiden. Bei Krischan Brodtmann, unserem anderen neuen Nachbarn, habe ich das auch gesehen.«

»Ja, das weiß ich. Aber Früllerk, vorher hat er das Tier gequält, ganz bestimmt. Und dann sein Atmen. Als das Kaninchen tot war, hechelte er sogar und seufzte schließlich ganz tief. Beinahe so, wie du, wenn du mit mir ...«, Line sprach nicht weiter.

Verlegen geworden lenkte sie schnell ab: »Seine ganze Familie hat Angst vor ihm. Früllerk, das musst du doch gemerkt haben.«

»Du übertreibst!«

»Nein!«

»Außerdem kommt Adolphe immer allein.«

»Früllerk, wenn du mir nicht glauben willst, dann mach beim nächsten Treffen mal eine schnelle und ruckartige Handbewegung. Du wirst merken, wie alle, nicht nur die Kinder, auch seine Frau, angstvoll den Kopf einziehen!«

»Das war sicher Zufall!«

»Nein, war es eben nicht. Denk doch an den ersten Abend, als sie so hungrig waren, dass sie unseren *Grapen* mit Suppe *leddig futterten,* da sah ich es mehrmals. Und am Sonntag, nach dem Gottesdienst, wenn die Männer zusammenstehen und reden, dann wirft Adolphe seiner Frau Blicke zu, dass es mich gruselt! Richtig drohend! Damit warnt er sie bestimmt über ihren Kummer zu sprechen.«

»Line, das sind doch Hirngespinste! Es gibt viele Männer, die sich mit Schlägen den Respekt ihrer Familie sichern! Überall, hier im Moor und ebenso in Bremen. Oder hast du das noch nie bemerkt?«

»Dooch«, zögerlich bestätigte es Line, »aber du schlägst mich doch nicht!«

»Das liegt daran, dass ich selber nur selten *Dresche* bekam. Meine Mutter schlug nicht und mein Vater starb, als ich noch ein Kind war. Aber, wenn du es lieber hast, dann überlege ich mir, zu welchen Gelegenheiten ich dir dein *lüttschet Achtergatt* tüchtig ausklopfen könnte!« Er grinste breit und hoffte, dass ihre Meinungsverschiedenheit über das Verhalten von Adolphe nach dem Scherz beigelegt sei.

»Wir werden es ja sehen!« Line war in der Schwangerschaft nicht so ausgeglichen wie vorher. Sie ärgerte sich leichter über ihren Mann und wurde wütend, wenn er versuchte, mit einem Spaß Frieden zu schließen. Das war zuvor anders gewesen, sie hatten dann beide gelacht, und die Spannung zwischen ihnen war gewichen.

Wenn Früllerk jetzt merkte, dass seine Scherze den Streit noch verschlimmerten, drehte er sich um und ging rasch davon. Hans, sein Nachbar und bester Freund, hatte ihm erklärt, dass die Frauen sich veränderten, wenn sie ein Kind im Bauch trugen. Dass man nachsichtiger mit ihnen sein müsste. Und Louise, dessen Frau, hatte ihm ausführlich erläutert, dass alles nur durch die Angst käme – Angst, dass das Kind im Leib abstirbt, dass es nicht gesund geboren wird oder dass die Mutter im Kindbett stirbt. »Obwohl ich schon so oft schwanger war – die Angst bleibt. Und Line ist bei der ersten Schwangerschaft natürlich besonders furchtsam.«

Früllerk versuchte darum, seiner Frau gegenüber nachsichtig zu sein. Trotzdem ärgerte er sich, sie hatte Adolphe vom ersten Moment an abgelehnt und beschuldigte den neuen Nachbarn unentwegt: »Er schlägt seine Familie! Er macht mir Angst! Seine Forderungen mir gegenüber sind unverschämt!«

Und wenn Früllerk nichts darauf erwiderte, brachte sie weitere Gründe für ihr Missfallen vor: »Ständig steht er hier bei uns und lamentiert, dass seine Hütte so schlecht ist, dass sie besser nicht zu Beginn des Winters gekommen wären, dass die Vorräte nicht reichen. Wenn er während der vielen Zeit, die er herumjammert, zu Hause arbeiten würde, hätte er inzwischen eine ganz neue Hütte bauen können. Und ständig bettelt er im Dorf. Das musst du doch auch schon erlebt haben, Früllerk! Jede Familie gibt ab, gern, aber nicht, wenn jemand so unverschämt fordert wie dieser Adolphe.«

Früllerk mochte nicht noch mehr über die Neuen im Dorf hören, Line hatte ihm wieder und wieder dasselbe gesagt, er beendete den Streit, indem er seine Joppe vom Haken nahm und mit großen Schritten über die Diele nach draußen ging. Erst auf dem Weg über den *Pad* Richtung Nachbargrundstück zog er die wollene Filzjacke an. Es war feucht und kalt, obwohl der Frost noch nicht eingesetzt hatte. Er wollte bei Sasses auf andere Gedanken kommen.

Welche Schläge sind erlaubt?

Na, Nachbar, was guckst du denn so *appeldwatsch?*« Hans Sasse saß dem Feuer zugewandt, um sich daran zu wärmen, aber vor allem auch, um die Lichtquelle zu nutzen. Er langte neben sich und fischte einen Weidenzweig aus dem Wasser der großen *Holzbalje*. Geschickt schob er die Spitze des neuen Zweiges neben das Endstück der letzten verflochtenen Rute. Die Seitenwände des Korbes waren schon zwei Hände hoch. Noch einmal so viel und er konnte den Abschluss mit den beiden Henkeln flechten. Hans flocht, ohne auf seine Arbeit zu sehen, er zwinkerte Früllerk zu: »Hat deine Frau dich vergrault? Oder wurde die Liebe zu stürmisch und du bist gekommen, dich abzukühlen?«

Früllerk setzte sich und nickte verdrießlich: »Du hast den Nagel auf den Kopf getroffen! Mit Line ist nichts anzufangen, seit die neuen Nachbarn im Dorf sind. Ständig hat sie an Adolphe etwas auszusetzen, ob er nun gerade bei uns war oder nicht. Sie ist völlig verbiestert und meint, er schlägt seine gesamte Familie ohne Grund.«

Hans hielt kurz mit dem Flechten inne und machte ein gequältes Gesicht: »Das Lied kann ich mitsingen! Auch Louise liegt mir ständig in den Ohren. Seit die Familie Poggensteker im Günnemoor wohnt, gibt es keine Ruhe. Sagt sie – und ich bekenne, ich muss ihr inzwischen Recht geben. Jeden Tag steht Adolphe plötzlich in der Tür. Und hat er nichts zu lamentieren, bettelt er um Essen. Wenn er die Zeit, die er bei den Nachbarn verbringt, …«

»… an seiner Hütte arbeiten würde, wäre sie lange winterfest, das hat Line auch zu mir gesagt!«, beendete Früllerk den Satz seines Freundes.

»Louise vergleicht ihn ständig mit den neuen Nachbarn. Anna und Jonny Mittelsteiner haben nicht genügend Vorrat, um davon abzugeben. Sie sind doch fast zeitgleich mit Poggenstekers eingezogen. Aber obwohl Annas Kleinste noch an der Brust liegt, geht sie zusätzlich auf dem Sandvoss-Hof arbeiten. Und verdient dazu, so wie Jonny auch, er ersetzt dort wohl beinahe einen Knecht. Aber dadurch bekommen sie wenigstens genügend Brot und wenn jetzt im Winter geschlachtet wird, auch einen Teil Brühe und etwas Fleisch. Gesche und Carl Vollmerding haben ebenfalls Jahr um Jahr ein neues Kind und trotzdem arbeiten sie.«

»Ja«, Früllerk entspannte sich langsam, seine Mundwinkel hoben sich und er begann zu schmunzeln: »Nur dass bei ihnen die Arbeit anders verteilt ist!«

Auch Hans grinste übers ganze Gesicht: »Hm, ja. Gesche erledigt die schwere Arbeit. Sogar der Großknecht vom Sandvoss-Hof holt sie, wenn am Strohdach des Bauernhauses etwas zu richten ist. Da, wo andere Menschen eine Leiter brauchen, da stellt sie sich höchstens auf die Zehenspitzen. Wärest du gern mit einer so riesenhaften Frau verheiratet? Also ich nicht!« Hans schüttelte mit Nachdruck den Kopf. »Hoffentlich kommt niemals eine Zeit, in der Frauen die gleiche Arbeit wie Männer tun! Aber so erhält Gesche zusätzliche Lebensmittel und außerdem ist sie immer fleißig.«

»Sie muss aber trotzdem die Suppe mit Wasser strecken, das ist nicht gut und macht schnell wieder hungrig!« Louise kam mit der Schürze voller Äpfel über die Diele. »Ich habe *all wedder* beim Obst nachsehen und aussortieren müssen. Der Herbst war einfach zu nass, alles fault so schnell. Ich dachte bisher auch, wir hätten viel mehr Äpfel eingelagert. Alle Borde waren doch voll und nun sind überall kahle Stellen.« Sie ließ den Schürzeninhalt in einen ovalen geflochtenen Korb rollen und strich sich die Schürze glatt. »Wenn Adolphe morgen wieder betteln kommt, kann er diese haben, mehr gibt es nicht!« Sie lachte auf: »Heute hat er allerdings seine Frau geschickt, Zwanette heißt sie. Wusstet ihr das? Er sagt immer ›meine Nette‹ und ich fand das bisher so liebevoll. Dabei ist das nur die Abkürzung ihres Namens.«

»Sie ist das Gegenteil von Adolphe«, Hans fischte wieder einen Weidenzweig aus dem Wasser. »Ich konnte sie kaum verstehen, als sie um etwas zu essen bat. Es war ihr deutlich peinlich, aber er hat sie wohl geschickt.«

»Das denke ich auch, Line vermutet sogar, dass Adolphe ihr schreckliche Prügel androht, wenn sie nicht das tut, was er befiehlt.« Früllerk seufzte, da war er zu Hause vor dem Problem fortgegangen und hier holte es ihn wieder ein. Zum Kuckuck mit den neuen Nachbarn!

»Der droht nicht nur, der langt tüchtig zu, das sage ich euch!«

Beide Männer stutzten. Louises Stimme klang selten so wütend wie grade eben. »Was meinst du, Louise?« Früllerk wollte es genauer wissen.

»Na, habt ihr sie euch mal richtig angesehen? Die Frau besteht doch nur aus blauen Flecken und vielen kleinen Wunden. Als sie heute hier war, bat ich sie: ›*Go man sitten!*‹ Mit einem unterdrückten Wehlaut setzte sie sich ganz vorsichtig nur auf die Kante der *Flett*-Bank. Und auf meine Nachfrage erklärte sie viel zu ausführlich, dass sie gefallen sei und einen blauen Fleck am *Achtersten* hat. Nur dass sie mit dem Teil saß, den sie mir gerade als weh beschrieben hatte. Sie bewegte auch ihre Beine beim Gehen eher so, als täte es ihr unten vorn weh, und ich weiß, was das bedeutet!« Erst jetzt dachte sie daran, dass Früllerk ja mit am Feuer war und wurde verlegen. »Na ja, ihr wisst schon, was ich meine!«

Hans grinste und plinkerte mit den Augen: »Ne, was meinst du denn?«

Louise boxte ihm zwar spielerisch gegen die Schulter, genierte sich aber vor dem Nachbarn. »Ach du!«, dann schwieg sie.

»Vor Früllerk kannst du doch offen reden, er ist inzwischen verheiratet und kennt sich mit dem weiblichen Körper aus. Das hoffe ich doch für euch?« Er grinste wieder, um die Spannung von Louise zu nehmen.

Es funktionierte auch, denn seine Frau lächelte: »Wo sonst soll wohl Lines Schwangerschaft herkommen? Du Dummerjan!«

Früllerk blickte zwischen den Eheleuten hin und her. »Ich habe das mit dem Sitzen tatsächlich nicht verstanden.«

Hans nahm Louise die Erklärung ab: »Wenn ein Mann seine Frau gegen ihren Willen, also mit Gewalt, nimmt, dann tut es ihr hinterher dort sehr weh. Louises ältere Schwester hatte einen solchen Mann, darum kennt meine Frau die Anzeichen.«

»Ja, bei Zwanette ist das sicher so. Ich habe mir auch ihre Handgelenke genau betrachtet. Und obwohl sie ständig an ihren *Queder*-Säumen zupfte, war deutlich zu sehen, dass dort die Haut dunkelblau und grün war. Da hat er sie wohl gepackt oder ihr die Arme sogar verdreht.«

Frülllerk gingen die Mutmaßungen zu weit, er verteidigte Adolphe: »Aber das wisst ihr doch nicht wirklich! Sicher stimmt das, was Zwanette sagt. Warum soll sie denn lügen!«

»Weil ihr Mann sie sonst noch viel mehr und härter schlägt!« Louises Stimme wurde schrill: »Meine Schwester hat selbst mir gegenüber nichts gesagt. Und eines Tages war sie tot! Vom eigenen Mann erschlagen! Ein Versehen, hat er gesagt, aber seine nächste Frau schlug er ebenso.«

Frülllerk wusste nichts zu sagen. Er war fassungslos, auch über das eben Erfahrene. Und da hatte er gemeint, er wüsste alles über seine Nachbarn und besten Freunde. Vorsichtig fragte er: »Wurde er denn nicht bestraft?«

»Nein, er tat es doch nicht mit Absicht. Außerdem hat er das Recht, seine Frau zu züchtigen. Genau diese Worte kamen vom Amtmann und ich sehe noch heute, wie rechtschaffen und brav mein *Schwestermann* dabei wirkte.«

»Aber es schlagen doch viele Männer ihre Frauen.«

»Ja, aber andere prügeln nicht! Ihr beiden tut es nicht.« Louise sank auf den freien Stuhl am Feuer. »Warum schlagen Männer ihre Frauen?«

»Also warum Carl seine Gesche manchmal schlägt, kann ich, glaube ich, ein wenig nachvollziehen. Sie ist viel größer und vor allem stärker als er.« Frülllerk hatte laut überlegt.

Louises Kopf ruckte in seine Richtung, ihre Augen blitzten und ihre Stimme wurde scharf: »Und das gibt ihm das Recht, sie zu schlagen? Und du heißt es auch noch gut?« Ihre Rechte fuchtelte Frülllerk dabei vor dem Gesicht herum.

Hans legte ihr beschwichtigend die Hand auf den Arm und bog ihn nach unten. »Louise, beruhige dich doch! So hat Frülllerk es doch gar nicht gemeint.«

Frülllerk zögerte verlegen. »Louise, ich versuche doch nur zu begreifen, warum Männer schlagen. Auch hier bei uns passiert das. Das wissen wir doch alle. Und Gesche wehrt sich nicht.«

»Ne!« Hans versuchte einen kleinen Scherz: »Denn wenn sie zurückhauen würde, na, da möchte ich nicht wissen, wie es Carl anschließend geht!«

Louise entspannte sich tatsächlich etwas. »Ihr habt ja Recht. Ich bin nur immer noch so wütend über das Urteil für meinen *Schwestermann,* und dass er einfach so weitermachen kann.«

»Und Poggenstekers Kinder? Line behauptet, die werden auch geschlagen.«

»Na, das ist etwas anderes. Kinder brauchen schon mal Hiebe. Wenn sie es gar zu doll treiben. Das wirst du nach und nach auch merken, Früllerk, glaub mir. Besonders wenn euer Kind ein Junge wird.« Hans nickte nachdrücklich, obwohl er seine Kinder kannte und wusste, dass Drohungen oder ein scharfer Blick meistens ausreichten. »Meine Mutter sagte früher: *›De haut dor eter tein Düvel rin, at een rut!‹,* wenn Kinder zu sehr geschlagen wurden.«

»Line meint, die Kinder wären total verängstigt. Davon habe ich bei euren noch nie etwas gemerkt. So schlimm kann das mit deinen Schlägen dann ja wohl nicht sein!« Früllerk grinste schief. Er war froh, dass Louise nicht mehr so erbost war.

»Ich weiß darüber aus eigenem Erleben nichts.« Louise schüttelte nachdenklich den Kopf. »Unsere Großen sitzen allerdings neben den älteren Poggensteker-Kindern, morgens im Unterricht. *Lüttsche-Hans* und Fritz ist wohl nichts aufgefallen, aber unsere Guste beklagte sich.«

»Davon weiß ich ja gar nichts!«, wunderte sich Hans.

»Ich habe nichts gesagt, Hans, weil ich dachte, das sei nicht wichtig und vielleicht übertrieben.«

»Was hat Guste denn erzählt?«

»Sie meint, die vier halten ganz eng zusammen.«

»Das ist doch eine gute Eigenschaft«, unterbrach sie Früllerk.

»Ja, aber sie halten auch im Lügen zusammen.«

»Und woher weißt du, dass sie lügen? Unsere sind auch keine Engel!«

»Das weiß ich selber!« Louise hatte sich beruhigt, lächelte sogar ein klein wenig und drohte ihrem Mann mit dem Finger. »Das haben sie von dir!«

Hans griente zurück: »Früllerk, *markst Müüs?* Brave Kinder erzieht meine Frau, betragen sie sich aber wie schlimme Bengel, liegt die Schuld bei mir! Pass auf, das wird bei euch bald ebenso sein!«

Alle drei lächelten. Das war nur eine normale Kabbelei zwischen Freunden und Eheleuten. Das war vertraut. Früllerk fühlte sich wieder wohl.

Siebje …

Jacob hob sein Bein, steckte den linken Stiefel in die Aussparung des *Stebelknechts* und zog den Fuß aus dem langen Schaft. Auch den zweiten Stiefel streifte er ab und schlüpfte in seine *Holschen*. Er schob den Holzriegel der Seitentür von innen vor, es war windig und nasskalt und doch zu warm für die Jahreszeit. Zum Schlachten war Frost nötig, erst dann gab es keine Fliegen mehr und das Fleisch kühlte schneller ab. Hoffentlich kam die Kälte bald. Trotz der Sorge um die Vorratshaltung lächelte er. Das war ungewöhnlich für den Hoferben, der sonst immer so streng und kühl wirkte. Er dachte an das Treffen eben, an seine Liebste, an Siebje, die er noch vor einer guten Stunde in den Armen gehalten hatte.

*

Gedankenvoll durchschritt Jacob die Diele des Sandvoss-Hofes, in der zu morgentlicher Zeit eine Schulstunde abgehalten wurde. Jacob schaute im Vorbeigehen freundlich auf die Schulkinder, die gerade ihre Hände in die Höhe reckten. Sie zählten: »Eins, zwei, drei, …!« Der *Schoolmester* schlug dazu im Takt der Zahlen die Handflächen gegeneinander und rief dann: »Halt! Wer weiß, wie viel eins und eins sind?«

Alle rechten Arme gingen in die Höhe. Das wusste jedes Kind und so riefen sie durcheinander: »Zwei! *Ek weet dat genau, twee sünd dat!*«

»Und wie viel sind sieben und zwei? Hinnerk Poggensteker?«

Der große Junge sprang auf und zeigte vier Finger in die Höhe.

»Wie viele sind es, du weißt es doch«, machte ihm der *Schoolmester* Mut.

»Fiev!« Hinnerk schaute zweifelnd auf seine Finger.

»Das hast du gut gemacht!«, lobte ihn der Lehrer. »Das war schwer genug, nun wollen wir horchen, ob ihr den Katechismus auch brav auswendig gelernt habt!«

Jacob hatte kaum hingehört, aber als er die Antwort des Jungen und die Zahl Fünf hörte, runzelte er die Stirn, machte sich jedoch weiter keine Gedanken über den Unterricht. Er ging mit großen Schritten Richtung Wohn-*Dönz* und klinkte die Tür auf.

Seine Mutter, Anna Sandvoss, saß in ihrem Armlehnstuhl.

›Ihrem Stuhl!‹ – Jacob wusste, es war ihr Recht, den Platz des Familienoberhauptes für sich zu beanspruchen. Sein Vater hatte am Tag seiner Hochzeit mit seiner zweiten Frau ein Versprechen, auch im Namen seines kleinen Sohnes Jacob, gegeben. Anna, seine Stiefmutter, konnte, solange es ihr beliebte, den Hof bewirtschaften. Sie allein besaß die Entscheidungsgewalt, der größte Bauernhof im gesamten Teufelsmoor gehörte ihr. Und, Jacob musste eingestehen, sie machte ihre Aufgabe gut. Sie herrschte klug, streng und vorausschauend über Haus und Hof. Aber das tat seiner Überzeugung keinen Abbruch, dass es widernatürlich war – eine Frau, die das Sagen hatte, obwohl der Hoferbe inzwischen schon weit über das dreißigste Lebensjahr hinaus war! Sie hatte es bisher auch immer wieder zu verhindern gewusst, dass Bauern aus den Nachbardörfern für ihre Töchter eine Heiratsabsprache beginnen konnten. An jeder noch so netten jungen Frau hatte Anna Sandvoss etwas auszusetzen. Die eine war ihr zu alt – *ne Jungfer inne Jaarn, da mußt di vor warn!* Die andere zu groß, das ergab mit Jacob zusammen kein gutes Bild, die nächste war zu dünn und konnte somit nicht richtig zupacken, die übernächste besaß angeblich keinen guten Leumund. Und allen gemeinsam war: Sie brachten eine zu kleine *Morgengabe* mit in die Ehe. Jacob jedoch wusste, dass sie seine Hochzeit nur verhinderte, damit keine Schwiegertochter auf den Hof kam. Denn das wäre dann wirklich ein gewichtiger Grund für sie, aufs *Altenteil* zu ziehen.

›Ihr Stuhl‹ – in dem so viele Jahre sein Vater gesessen hatte. Und davor dessen Vater und vielleicht sogar dessen Vater. Denn *›de ol Voss‹*, wie sein Urgroßvater genannt wurde, hatte ein Geschick für die Bearbeitung von Holz gehabt und seit mehreren Generationen wurde erzählt, dass er den Stuhl eigenhändig gebaut hatte. Stabil war er immer noch, nach all den Jahrzehnten, pechschwarz die Patina. Nicht nur in der Rückenlehne, auch in den Seiten der Armlehnen waren wunderbar gedrechselte Stäbe eingearbeitet. Nur die geflochtene Sitzfläche musste immer mal wieder erneuert werden. Der Stuhl war sein, Jacobs, Erbe, seit Jahren stand der Generationswechsel aus.

Anna Sandvoss jedoch thronte weiterhin darauf. Wie auch jetzt, und von ihrem Platz aus herrschte sie ihn an: »Wo bist du gewesen? Wohl wieder bei einer *Mietsche?* So herausgeputzt, wie du bist!«

»*Mudder,* das geht dich nichts an.« Jacobs Gedanken, die eben noch liebevoll bei Siebje geweilt hatten, wandten sich schlagartig der Gegenwart zu. Er spürte, wie er wütend wurde. Und doch musste er sich zusammennehmen. Schließlich hatte er es seinem Vater auf dem Sterbebett versprochen. Und außerdem wusste er, dass Vater und Mutter geehrt werden mussten. Der Herr Pastor predigte das regelmäßig am Sonntag. Doch nach jedem neuen Zusammenstoß mit seiner Stiefmutter fiel es Jacob von Mal zu Mal schwerer, dieses Gebot nicht zu vergessen.

Er zog einen der *Dönz*-Stühle ohne Armlehnen unter dem Tisch hervor und setzte sich schwer darauf, seiner Mutter genau gegenüber. »*Mudder,* lass uns in Ruhe miteinander sprechen«, bat er und versuchte seine Wut hinunterzuschlucken. »Du kennst doch Siebje Pecksen aus Gnarrenburg. Sie ist das Schwester- und Patenkind von Lüer Steffens aus Osterholz, dem Müller im Hafen. Immer wieder ist sie dort bei Tante und Onkel zu Besuch. Sie bleibt jetzt auch den Winter über bei ihnen und hilft bei der Kinderbetreuung. Lernt ebenfalls die feine Küche und wirtschaftet ganz selbstständig, da ihre Tante ja immer wieder krank ist. Alle halten große Stücke auf Siebje.«

»So, so, und du also auch!? Aber warum musstest du bei dem feuchten Wetter noch dorthin reiten? Hatten wir Brotgetreide zu mahlen? Ich wüsste nicht, dass ich den Auftrag dazu gegeben hätte!«

Jacob versuchte ruhig zu bleiben: »*Mudder,* ich habe Siebje liebgewonnen. Sie ist eine fleißige und liebevolle Frau. Auch nicht mehr ganz jung. Wenn sie überhaupt noch Kinder bekommen soll, dann muss sie bald heiraten!«

»Ha! *Marks Müüs!* Was fehlt ihr denn? Warum hat sie in jungen Jahren keinen Mann abgekriegt? Ist sie so hässlich? Ja, ich sag ja immer wieder: ›*De Minsch will ok wat fort Oog hebben!*‹ Oder ist sie faul? Wird sie wie Sauerbier angeboten? Oder hat sie bis jetzt auf einen reichen, aber *tumben* Hoferben gewartet?«

»Oh, *Mudder,* du musst das doch wissen. Siebje hat in Gnarrenburg Mutterstelle bei ihren jüngeren Geschwistern vertreten. Sie konnte nicht heiraten, bevor nicht auch das Jüngste groß war.«

»Gnarrenburg ist weit weg, da wird viel erzählt!«

»Aber du warst doch neulich dabei, als anerkennend über Siebje gesprochen wurde. Du hast sie doch am letzten Sonntag selber gelobt, der Frau Pastor gegenüber. Du hast sie als gutes Beispiel genannt, wie sehr sie Vater und Mutter ehren würde. Ich habe es doch gehört! Aber da wusstest du freilich noch nichts von ihr und mir!«

»Nur weil sie zu Hause auf einem kleinen Hof das vierte Gebot ernst nimmt, heißt das noch lange nicht, dass sie einen ganzen Hausstand leiten kann! *Wenn de Froonslüe mit'n Fiegenblatt wedelt, denn könnt se von't Mannsvolk hebben, wat se wööt!* Das hat meine Schwester, Gott habe sie selig, immer gesagt!«

»*Mudder,* du sprichst von meiner Mutter! Und Siebje tust du Unrecht! Alle in Scharmbeck sagen, sie sei eine ausnehmend arbeitsame und beständige Frau. Sie überblickt jede Arbeit und weiß, wo sie zupacken muss. Sie hatte keine Mutter mehr, musste also neben der Kindererziehung den ganzen Haushalt übernehmen. Sie kann außerdem auch Anweisungen erteilen, Knecht oder Magd Arbeit zutragen. Sie überblickt den ganzen Haushalt, kann also gut einem Hof vorstehen!«

»Als wenn kommandieren können reichen würde. Ha, die würde sich doch total blamieren, sollte sie wirklich mal selbstständig wirtschaften müssen! Noch sagt ihr die Müllersfrau, was sie zu tun und zu lassen hat!«

»Hörst du mir denn gar nicht zu?« Jacob schrie es fast. Er nahm sich sofort zusammen und versuchte wieder leiser und vernünftig mit seiner *Mudder* zu sprechen. »Siebje hat den ganzen Haushalt übernommen. Sie kann die Müllersfrau überhaupt nicht fragen. Die liegt im Bett und hat hohes Fieber, es soll ihr sehr schlecht gehen. Siebje kann also sehr wohl einen Haushalt führen, sogar einen recht großen. Der Müller hat schließlich mehrere Gesellen und Lehrlinge. Auf dem Gelände herrscht durch den Mühlenbetrieb außerdem ein ständiges Kommen und Gehen. Ich habe den Müller selber sagen hören, dass Siebje dabei den Überblick bewahrt. Er hat sie sehr gelobt! Sie würde hier bei uns den Haushalt leicht schaffen!«

»Ah, so weit ist das also schon mit euch gediehen?« Hohn schwang in ihrer Stimme mit. »Ist es nicht mehr Mode, Vater und Mutter zu fragen? Zuerst durch beide Elternpaare einen Ehevertrag aufzusetzen, bevor sich das Jungvolk ein Versprechen gibt?«

»Jungvolk! *Mudder,* ich bin gewiss nicht mehr jung. Alle Männer in meinem Alter haben schon halbwüchsige Kinder!« Matt klang Jacobs Stimme jetzt. »Ich habe dich schon so oft gefragt, ich kann nicht mehr fragen. Ich mag nicht mehr.«

»Dann bleibst du eben allein! Und ich übergebe Martin eines Tages den Hof. Der wartet, wenn ich es ihm sage!«

»*Mudder!* Das bildest du dir nur ein. Martin will den Hof doch gar nicht! Er hat ...«

»*Wees still, dat will ek nich hörn!* Martin tut das, was ich ihm sage! Das hat er immer getan!«

Jacob wusste, dass er kaum noch Hoffnung hegen durfte, jemals die Erlaubnis seiner Stiefmutter zur Heirat zu erhalten. Trotzdem horchte er auf: Hörte er in ihrer Stimme eine winzige Spur Unsicherheit, Besorgnis heraus? Trotz seiner Resignation versuchte er es darum noch einmal. »*Mudder,* seit Martin aus England zurück ist, zeigt er doch noch weniger Interesse am Hof. Willst du denn alles, was von unseren Vätern erarbeitet wurde, verkommen lassen?«

»Was erlaubst du dir, so über deinen Bruder zu sprechen!«

»Es ist doch aber wahr! Glaubst du wirklich, dass Martin gut wirtschaften kann? Er kennt die Landwirtschaft doch gar nicht. Er müsste sich total auf den Großknecht verlassen. Wenn der es gut meint, mag es ja gehen. Und wenn Hanken weiterhin ein Auge darauf halten könnte. Aber der ist alt und wird bald nicht mehr sein! Und dann? Wenn der Bauer nicht weiß, was richtig und was falsch ist, geht doch alles zuschanden! Das würdest du in Kauf nehmen?«

»Du redest ja nur so, weil du selber den Hof erben willst!«

»Weil es mein Recht ist, mein Geburtsrecht! Und weil ich gern Bauer bin! Und weil ich endlich heiraten will!«

»Du heiratest erst, wenn ich es erlaube!«

»Nein, *Mudder,* es muss auch noch einen anderen Weg geben! Ich werde in den nächsten Tagen zum Herrn Pastor reiten und mir Rat holen!«

»Du rufst jetzt den *Schoolmester,* es ist Zeit für die *Fröhkost!*«, befahl Anna Sandvoss, die Selbstsicherheit war nun in ihre Stimme zurückgekehrt.

»Mudder, ich bitte dich, unser Gespräch ist noch nicht beendet. Und ich will nicht, dass der Schulmensch mithört!«

»Meine Geduld hat ein Ende, lass dir das gesagt sein, Jacob. Es ist absurd, dieses Weibsbild heiraten zu wollen. Du erdreistest dich sogar, von Liebe zu sprechen! *So lang, as ek den Dussel noch fastmoken kann,* so lange heiratest du diese Siebje nicht! Das sage ich dir immer wieder! Ob du es hören willst oder nicht! Vergiss eine Heirat!«

Der Schulmeister: ein Glücksgriff!

»Du sollst den Feiertag heiligen! Was bedeutet das? Tragt alle zusammen die Erklärung aus dem Kleinen Katechismus vor!« Die Stimme des *Schoolmesters* war streng, er wedelte wie dirigierend mit den Händen in der Luft, bevor er mit einer abrupten Bewegung die Kinder zum Sprechen aufforderte. Dicht gedrängt saßen sie vor ihm auf der Diele in der Nähe der Feuerstelle auf zwei Bänken.

Gehorsam begannen die Kinder: »Wir sollen Gott fürchten und lieben, dass wir bei seinem Namen nicht …«

»Oloff Schott, seid Ihr so weit? Die *Fröhkost* wartet!« Anna Sandvoss unterbrach kurzerhand den leierig auswendig gesprochenen Satz der Schüler und lächelte dem jungen Mann einladend von der Wohn-*Dönz* aus zu. Sie schaute ihm hochzufrieden entgegen, denn er hatte sofort, fast im Moment ihrer Frage, den Unterricht abgebrochen und kam ihr entgegen. Dabei drehte er sich noch einmal kurz zu den Kindern um und befahl: »Jetzt ist *Fröhkostzeit,* ihr könnt essen, aber wehe, ihr streitet. Ich höre alles in der *Dönz!*«, und schon betrat er ehrerbietig den Wohnraum.

›Wenn doch alle Männer so wären wie er‹, dachte die Bäuerin, ›der *Schoolmester* gehorcht aufs Wort und er dienert vor mir und ist äußerst aufmerksam. Er ist wahrlich ein ausnehmend kluger Kopf!‹

Anna Sandvoss hatte ihn selber ausgewählt. Ohne Kandidatenvorschläge von anderer Seite oder die Mitsprache des Herrn Superintendenten abzuwarten. Sie ganz allein hatte dieses Juwel von *Schoolmester* entdeckt! Und seine Anerkennung für den Dienst im Günnemoor durchgesetzt. Durch ihre Fürsprache hatte es bei den zuständigen Behörden keine ›ordentliche Visitation‹, nur ein kurzes Gespräch mit dem neuen Lehrer gegeben. Selbst die Kirche hatte nichts einzuwenden, wusste sie doch um die vielen guten Gaben der reichen Bäuerin für die Allgemeinheit und wollte es sich nicht mit ihr verscherzen. Nun erwähnte sie ständig so ›nebenbei‹: »Als ich Oloff Schott das erste Mal sah – er war für einen Mann zwar viel zu dünn –, da erkannte ich trotzdem gleich, welche Anlagen in ihm stecken. Die Klugheit stand in seinem Gesicht geschrieben!« Oder: »Oloff Schott hat eine so gute Art, mit Kindern umzugehen.« Des Lobes voll verkündete sie fernerhin: »Oloff Schotts Natur ist selbstlos und bescheiden und doch bleibt er streng und eigen, wenn es gilt, bei den Kindern etwas durchzusetzen.« »Oloff Schott gehört zu den fähigsten Männern, die ich kenne!«

Inzwischen machte sonntags jeder Mann einen Bogen um die Bäuerin, wenn auch nur der Name des *Schoolmesters* fiel. Den Frauen dagegen gefiel er und sie lobten ihn nach jedem Kirchgang in Worpswede. Er trug sein dichtes dunkelbraunes und stark gewelltes Haar häufig offen. Seine hellblauen Augen blitzten bei jedem Wort, das er sprach. Und er sprach viel und gern, in angenehmer, nicht zu hoher und nicht zu tiefer Stimmlage.

»Wie gut, dass er nicht auch noch wie ein Engel singen kann!«, spotteten die Männer. Denn je mehr die Frauen ihn priesen, desto reservierter verhielten sich die Männer ihm gegenüber. Seine Haare nannten sie engelsgleich, seine Augen nicht strahlend, sondern wässerig und sie wunderten sich, dass er behauptete sehr musikalisch zu sein, aber die *Vigelien* nicht spielen wollte. Er brachte mit seiner Weigerung das Jungvolk dadurch um manch schönen Sonntagabendtanz.

Als Anna Sandvoss am *Dönz*-Tisch Platz nehmen wollte, schob der *Schoolmester* ihr zuvorkommend den Stuhl zurecht. Die Bäuerin wusste, dass sie mit ihm richtiger im *Flett* essen sollte, aber da er Manieren wie ein hoher Herr hatte, saß sie gern mit ihm dort, wo sie sonst nur den Amtmann oder einen der ganz reichen Bauern empfing. Aber das kam ihm zu, davon war sie überzeugt. Denn Anna Sandvoss wusste, was niemand sonst ahnte: Sie hatte seine Unterschrift im Lehrer-Kontrakt genau angesehen, und dort stand in schöner deutlicher Handschrift: Oloff Dr. Schott! Später von ihr auf seinen Doktortitel angesprochen, hatte er bescheiden abgewinkt, er wolle nicht, dass die Menschen im Dorf davon erführen. Studierte wie er hätten es dann noch schwerer, auf gleicher Augenhöhe mit den Leuten zu verkehren. Und er hatte ihr das Versprechen abgenommen, es niemandem zu sagen. Daran hielt sie sich, sie sparte diese Information gut auf. Anna Sandvoss wartete auf eine besondere

Gelegenheit, dem Herrn Pastor und dem Worpsweder Schulmeister, die gegen diese Anstellung gewesen waren, den Doktortitel ihres Schützlings *›ünner de Nees to kleien‹*. Darauf freute sie sich jetzt schon!

Oloff Schott vergewisserte sich, dass die Bäuerin es bequem hatte, erst dann setzte er sich selber an den gedeckten Tisch. Mettwurst, Leberwurst und mehrere Scheiben Brot, sogar *Honnich* standen für ihn bereit.

»Nun langt man tüchtig zu«, hörte Jacob seine Mutter den *Schoolmester* noch nötigen. Denn der Jungbauer war inzwischen vom Tisch aufgesprungen. Mit großen schnellen Schritten verließ er die *Dönz* und durchquerte die Diele. Im Vorbeigehen nahm er dort, wo die Kinder sich aufhielten, Schluchzen wahr. Da er sehr aufgebracht war, achtete er nicht weiter darauf, sondern stürmte durch die Seitentür nach draußen. »Ich brauch frische Luft«, knurrte er, als er fast mit Hanken zusammenstieß und dieser ihn fragend ansah. Der Altknecht wollte gerade hinein und ging seltsamerweise auf Strumpfsocken. Auch legte er seinen Zeigefinger vor den Mund und flüsterte: *»Wees still!«*

Jacob wunderte sich nicht, nickte nur abwesend und stampfte weiter.

Hanken jedoch blieb im Schutz des Türrahmens stehen und lauschte in Richtung der Kinder.

»Auch du gibst jetzt sofort deinen *Pannkoken* her, sonst setzt es Dresche! Wir sind stärker und mehr als ihr beiden!« Der große Junge – Hanken lugte vorsichtig um die Ecke und erkannte den Ältesten der Poggensteker-Kinder, der schon beinahe den Körper eines Erwachsenen hatte – hielt gerade vier Finger in die Luft: »Wir sind nämlich so viele!«

Eines der Kinder, Hanken wusste, es war der Kleinste von Krischan und Abcke Brodtmann, weinte bitterlich.

Guste Sasse versuchte ihn und seine Geschwister zu trösten: »Sagt euren Eltern, ihr wollt morgens zu Hause essen. Wir tun das inzwischen und bringen nichts mehr mit. Dann könnt ihr es uns auch nicht wegnehmen!« Das klang trotzig und war an die vier Poggensteker-Kinder gerichtet. Und lauter rief sie: »Wir haben es nämlich unseren Eltern verraten!«

»Was habt ihr verraten?«

Der *Schoolmester* stand plötzlich in der Tür und es war ihm deutlich anzumerken, wie wütend er über die Störung während des Essens war.

»Die vier da nehmen allen Kindern die *Bookwetenpannkoken* weg und stopfen sie, so schnell es möglich ist, in den eigenen Mund. Wer zu Hause noch nichts gegessen hat, der bleibt darum den ganzen Morgen über hungrig! Aber mit knurrendem Magen kann doch niemand lernen!«, beschwerte sich Guste. »Und uns drohen sie Prügel an, falls wir petzen!«

»Du kriegst auf dem Heimweg die versprochene Dresche, wart's ab!«, die geflüsterte Drohung des Poggensteker-Jungen war deutlich zu verstehen, wurde aber von Oloff Schott ignoriert. Er stürzte auf Guste zu und riss sie brutal an einem ihrer Zöpfe in die Höhe: »Schämst du dich nicht, solche Lügen zu verbreiten?«

Guste versuchte stöhnend, den Zopf zu halten, der darauf mit einem Ruck vom *Schoolmester* noch höher gerissen wurde. Sie schrie laut auf.

»Was geschieht denn hier?« Anna Sandvoss schaute befremdet von der *Dönz* aus aufs *Flett*.

Oloff Schott ließ den Zopf abrupt los und gab Guste einen Schubs, so dass sie zurück auf die Bank fiel. Sie rieb sich heftig die Kopfhaut, dicke Tränen standen ihr in den Augen.

»Ach nichts, gute Frau Sandvoss, nur unartige Kinder. Jetzt ist aber alles wieder gut. Und ihr gebt endlich Ruhe!« Sanft schob der *Schoolmester* die Bäuerin zurück in die *Dönz*. »Nie aß ich bessere Leberwurst als hier bei Euch. Das ist keine Schmeichelei, sondern die reine Wahrheit!«

Elternsorgen

»Guste hat mir alles erzählt. Sie kann nicht verstehen, warum der Lehrer nicht merkt, was die Poggensteker-Kinder so treiben.« Louise war empört, wie ungerecht der *Schoolmester* die Kinder behandelte. »Ich wünsche mir den Sommer zurück. Warum müssen Kinder im Winter zur Schule gehen? Was lernen sie denn da schon? Kirchenlieder, Sätze aus der Bibel, den Katechismus! Das alles habe ich im Konfirmandenunterricht gelernt, und später in den Gottesdiensten, was noch fehlte. Ich kann zwar nicht lesen und schreiben, und doch versorge ich meine ganze Familie. Und wie viele Körbe Torf auf einen Halb-Hunt-Kahn passen, das weiß ich inzwischen auch – ich kann schließlich zusammenzählen. Meine Kinder sind darin aber noch besser als ich, weil sie es bei deiner Line gelernt haben, Früllerk. Mehr brauchen sie nicht. Der Unterricht ist auch nicht billig, warum zwingt der Moorcommissarius Dietrich Kohlmann uns, so viele *Dalers* dafür herzugeben?«

»So ist nun mal das Gesetz – vom König bestimmt! Und klug werden hat noch niemandem geschadet!«, wusste Hans. Es kostete ihn große Mühe, bei so vielen Kindern Winter für Winter ausreichend Taler für den Schulunterricht beiseitezulegen. Er flocht an vielen Winterabenden Weidenkörbe und verkaufte sie in Bremen, so kam zusätzlich zum Torfgeld Groten um Groten zusammen. Er ahnte, dass es den anderen Moorkolonisten auch schwerfiel, die Bezahlung für den *Schoolmester* aufzubringen. Wer bei Anna Sandvoss arbeitete, erhielt kein Geld, sondern Naturalien als Lohn.

Alle Eltern im Günnemoor waren in diesem Winter sehr froh, dass Oloff Schott nicht zum *Reihetisch* rundum zu ihnen in die Katen kam, sondern ganz und gar auf dem großen Hof versorgt wurde, dort auch schlief. Keine Moorkate hatte mehr als zwei *Butzen*, dort war es auch ohne einen zusätzlichen ausgewachsenen Mann eng genug. Und einen Esser weniger versorgen zu müssen, konnte überlebenswichtig für die Familien werden.

»Ich sorge mich aber um unsere drei *lütten Deerns*«, warf Louise ein. »Lotti war im letzten Winter schon kurz mit im Unterricht.

Aber da der vorige *Schoolmester* ja die Rachenbräune bekam, konnte er nicht bleiben. Den mochten die Kinder. Aber jetzt? Auch Erna und Ida müssen zum Unterricht, das entschied der *Schoolmester* und die Bäuerin gab ihm natürlich Recht! Aber sie weinen jeden Morgen und betteln, nicht gehen zu müssen. Warum nur? Bisher dachte ich, sie stellen sich nur an, Oloff Schott ist doch immer so nett …«

Hans sah Früllerk an, zwinkerte mit einem Auge und griente: »Ja, ja, er sieht auch so gut aus und hat so engelsgleiches Haar!«

Louise ließ ihn jedoch nicht weitersprechen: »Ich war noch nicht fertig, du Scheusal! Das ist sehr ernst! Seit Guste verraten hat, wie es dort zugeht, denke ich, sie mögen keinen Unterricht. *Haken un Stoken kannst licht ok to Huus moken!* Darum geht es nicht – sie haben inzwischen jedoch die Lust verloren, sich Neues anzueignen, bevor sie überhaupt etwas Richtiges lernen konnten. Und dabei ist das Schulgeld so hoch!«

Früllerk wurde sehr nachdenklich, bisher berührte ihn dieses Thema nicht, er hatte keine Kinder – noch nicht. »Ich hoffe, ich petze nicht«, berichtete er, »aber Hanken hat mehrmals gelauscht, während der Schulstunden und wenn Oloff Schott seine *Fröhkost* bekam. Er darf sie in der *Dönz* einnehmen, stellt euch das vor! Er wird zu sehr von der Bäuerin hofiert, das ist nicht gut!«

»Ja, das sagen alle, aber was Anna Sandvoss will, das tut sie auch. Selbst der Herr Pastor schweigt dazu.« Hans nickte bekräftigend. »Und was hat Hanken nun gesagt?«

»Er meint, *de Schoolmester* ist nicht so freundlich, wenn er mit den Kindern allein ist.«

»Das ist doch verständlich. Früllerk, ich habe es vorhin schon gesagt, warte, bis du mehrere Jungs hast, da geht nicht immer alles mit Freundlichkeit. Und bei so vielen, da muss er sehr streng sein. Sonst tanzen sie ihm auf der Nase herum und lernen erst recht nichts.«

»Hanken hat aber öfter gesehen, dass er die Mädchen am Zopf hochreißt, so kräftig, dass die Füße der Kleineren nicht mal mehr den Boden berühren. Was muss denen das wehtun! Die mucksen sich im Unterricht überhaupt nicht mehr!«

»Und ich dachte, Lotti hat sich gestoßen, ihre Kopfhaut schimmerte auf einer Seite rötlich durch das Haar!« Louises schrille Stimme zeigte ihre Erregung.

»Na, nun hört aber alles auf!« Hans, der die ganze Zeit an seinem Korb geflochten hatte, schmiss ihn jetzt voller Wut in die *Balje* ins Wasser. »Ich lasse nicht zu, dass meine Kinder gequält werden, morgen gehe ich mit zum Sandvoss-Hof.«

»Ob das gut ist, Hans? *De Schoolmester* soll überaus jähzornig sein, sagt Hanken. Wenn er wütend auf deine Kinder ist, dann machst du alles nur noch schlimmer!«

»Ich dachte bisher, *Lüttsche-Hans* und Fritz prügeln sich auf dem Heimweg, wenn sie mit blauen Flecken nach Hause kamen. *Wenn dat disse Keerl is, denn schall he wat beleven!*«

»Hans und Louise, beruhigt euch, so finden wir keine Lösung. Hanken meint, Oloff Schott prügelt nicht. Er fasst die Jungen mit den Händen an den Ohren und zerrt sie von der Bank in die Höhe, bis sie laut aufjaulen. Er hat seine ganz eigenen Methoden.«

»Aber sogar Guste hat Beulen und blaue Flecke – und die prügelt sich doch nicht!«

»Und unsere beiden Großen kommen auch ständig mit aufgeschlagenen Knien und blutender Nase nach Hause. Und Brust und Bauch tun ihnen weh, das habe ich zufällig mitbekommen.« Hans war ratlos.

Louise befürchtete, dass alles, was ihre Älteste berichtet hatte, stimmt. »Das sind die Poggensteker-Kinder. Der Große ist doch schon fast ein Mann, der wirkt sehr kräftig. Gegen den kommen unsere nicht an. Und dazu bekommt er Hilfe von seinen Geschwistern. Sie schubsen und schlagen so lange, bis unsere hinfallen, dann treten sie ihnen mit den *Holschen* in den Bauch. Ich habe das nicht glauben wollen. Ich dachte, Guste übertreibt. Weil sie beim *Schoolmester* gepetzt hat, bekamen alle Dresche, so nennen das die vier Poggenstekers.«

»Ja, und denen sieht Oloff Schott alles nach, sagt Hanken«, berichtete Früllerk.

»Er soll sich mit Adolphe angefreundet haben. Am Sonntag kleben die beiden Männer ständig zusammen, sagt Piss-Jule. Etwas Wahres wird wohl an ihrem Tratsch sein. Da wird er dessen Kinder vermutlich schonen«, mutmaßte Louise. »Auch wenn sie den anderen Kindern die gesamte *Fröhkost* wegnehmen.«

Früllerk schüttelte sich ob so vieler Ungerechtigkeiten.

»Also unseren Kindern schadet es nicht, wenn sie ab und an nichts zu essen bekommen. Aber Brodtmanns haben nicht viel, was sie ihren Kindern in die Schule mitgeben können. Ob sie wohl überhaupt mal satt werden?« Hans überlegte laut weiter: »Denen geht es doch genauso wie Poggenstekers. Sie sind auch auf eine leer stehende Moorstelle gezogen. Erst vor ein paar Wochen. Und die Hütte war schon mehr als zwei Jahre nicht bewohnt. Krischan hat gleich als Erstes die ihm zustehenden Baumstämme aus dem Osterholz geholt.«

»Hm, und obwohl er das Gefach mit Lehmverputz gefüllt hat, ließ er seine Jungs ausreichend neue Weidenzweige dazwischenflechten. Das hält über den Winter, auch wenn der Lehm nicht mehr trocknet.«

»Ne, im Frühjahr wird er neu verputzen müssen!«

»Ich würde bis zum Sommer warten, damit die Weidenzweige gut ausgetrocknet sind.« Früllerk besaß inzwischen ebenfalls Erfahrungen mit dieser Technik, denn einen kleinen Anbau an der alten Hütte hatte er mit der Hilfe seines Freundes und Nachbarn ausgeführt. »Sonst platzt ihm der Lehm im kommenden Winter wieder.«

»Nun hört auf zu fachsimpeln und kommt wieder zurück zu unserer Angelegenheit!« Louise wurde ungehalten. Ihre Kinder waren doch wohl wichtiger als unterschiedliche Arten des Hüttenbaus.

»Das hat doch miteinander zu tun!«, verteidigte sich Hans. »Sind Brodtmanns schon mal gekommen und haben gebettelt? Nein, aber sie weigern sich inzwischen den Poggenstekers vom eigenen Wintervorrat abzugeben. Ausreichend Buchweizen haben sie sicher nicht. Hätten wir nicht die *Tartuffels* gepflanzt, ich käme vor Sorge nicht in den Schlaf! Außerdem habe ich in Bremen eingekauft. Stockfisch und *Kumpskohl*.«

»Ach ja, und wer hat dir dazu geraten? Und welcher Mann hat gejammert ›*De gooden Dalers*‹? Ein bisschen Lob verdiene ich doch wohl?«, flachste Früllerk und grinste breit.

»Du hast ja Recht«, beschwichtigte Hans, ging aber auf die Frotzelei nicht weiter ein, sein Gesichtsausdruck blieb ernst. »Ich bin dir unendlich dankbar. Schon vorher war dein Rat, meine Körbe auf der anderen Weserseite in der Neuen Stadt von Haus zu Haus zu verkaufen, genau richtig. Mit dem Korb-Geld war das möglich. Das restliche Bargeld brauchte ich als Schulgeld für den Lehrer. Bei so vielen Kindern ist das ein ganz tüchtiger Batzen!

Brodtmanns arbeiten fleißig, inzwischen auch auf dem Sandvoss-Hof, ihre Spargroschen schwinden trotzdem so schnell wie Schnee in der Sonne. So hatte Herr Findorff das sicher nicht gemeint, als er festlegte, wie viel Besitz die Kolonisten mitzubringen haben, wenn sie eine Moorstelle antreten!«

»Achtet sein Nachfolger, der Moorcommissarius Dietrich Kohlmann, denn nicht auf die Einhaltung der Regeln? Unter welchen Bedingungen sonst hat er Adolphe und seiner Familie die Stelle gegeben?«

»Darüber habe ich mir auch schon Gedanken gemacht, Früllerk, ich weiß es nicht!«

Lür Bolte aus Bremen

Line legte das *Jiddelbrett* auf die Suppe. Der irdene *Grapen* hatte zwar einen hohen Rand, aber beim Gehen schwappte die Suppe hin und her und das obenauf schwimmende runde Holz verhinderte das Schlimmste. Was bei der Milch half, funktionierte bei der dickflüssigen Suppe erst recht. Sie schmunzelte. Heute würde Adolphe nicht kommen, dafür sorgte sie selber. Line hatte eine große Portion *Tartuffels* geschält und mit einem Stück Speck vom vergangenen Winter eine kräftige Suppe gekocht. ›Wir müssen schlachten‹, schoss es ihr durch den Kopf, ›ich habe fast nichts Geräuchertes mehr!‹ Sie fasste den *Grapen* an den Henkeln, hob ihn hoch und drückte ihn gegen ihren Bauch, um Beinfreiheit zu haben, und ging Richtung Sanddamm. Da sie das erste Mal die Poggenstekers besuchen wollte, ging es wohl nicht an, den abkürzenden *Pad*, der quer über alle Grundstücke verlief, zu benutzen. Sie balancierte stattdessen über die schmale Brücke – eigentlich nur ein Holzbrett –, die den breiten Moorgraben überspannte, und ging rechtsherum an Sasses und Mittelsteiners Moorstellen vorbei. Hinter Poggenstekers Land wohnten Vollmerdings und die ebenfalls neuen Nachbarn Brodtmanns. ›Wenn ich der einen neuen Familie Suppe koche, muss ich es für die andere ebenfalls machen!‹, kam ihr in den Sinn. Erschrocken überdachte sie ihren Vorrat. ›Ach, die *Tartuffels* werden schon reichen. Morgen koche ich den Brodtmanns Suppe.‹

Kritisch und mit Sachkenntnis betrachtete Line die Moorhütte der Poggenstekers beim Näherkommen. ›Da ist aber noch viel zu tun, winterfest ist die nun wirklich nicht!‹ Die Giebelwand wurde nur durch die Türpfosten gehalten. ›Da müssen reichlich Torfsoden dazwischengeschoben werden.‹ Line war ganz erschrocken. ›Auch im Dach scheinen Löcher zu sein. Das regnet doch sicher ständig rein! Und wenn es noch kälter wird – die Familie erfriert ja!‹ Vorsichtig klopfte sie an die Tür. »Holla, *is dor een binn?*« Sie schob den Riegel zurück, klopfte noch einmal und trat, als niemand antwortete, zögernd ein.

›Wie bei uns im ersten Jahr!‹, schoss es ihr durch den Kopf. ›Wie gut, dass wir, als der Winter kam, schon die neue Hütte hatten.‹ Auf der Feuerstelle schwelte der Torf nur so eben, erhellte darum kaum den kleinen Raum. ›Wie kann hier denn die ganze Familie mit den vielen Kindern wohnen?‹, fragte sie sich, während sie sich ächzend bückte, um den *Grapen* abzustellen. Suchend blickte sie sich nach etwas Torf um, um nachzulegen, damit das Feuer nicht ganz ausging.

»Is dor een? Keen is dor?«, krächzte eine hohe zitterige Stimme.

Erschrocken holte Line Luft. Die angstvollen Laute kamen von hinten, dort, wo es besonders dunkel war. *»Ek bünn Line, de Noobersche.«* Sich selber, aber vor allem den Menschen dort in der Ecke dadurch hoffentlich beruhigend, sprach sie sanft weiter: *»Ek hebb n' Grapen voll Zopp brocht. Du hesst seeker Smacht, hm?«*

»Keen büst du? Kenn ek di?«

Behutsam ging Line in Richtung Stimme. Ein breiter hölzerner Kasten stand als Bett ganz in die Ecke der Kate gezwängt. In genau solch einem Bett hatte sie mit Früllerk ihre Hochzeitsnacht verbracht und beinahe ein halbes Jahr hatten sie darin geschlafen. In der linken Ecke war nur schemenhaft noch ein solches Teil zu erkennen. ›Die brauchen doch *Butzen*, es ist doch jetzt schon viel zu kalt!‹, dachte sie, wiederholte aber sanft, fast flüsternd: *»Ek bünn Line, de Noobersche. Ek hebb n' Grapen voll Zopp brocht.«*

Sie berührte mit dem Knie die Bettkante. Ein alter Mann lag im Bett. Es roch streng nach Urin und …, Line überlegte, nach, ja, Blut und Eiter, nach Fäulnis. »Ist Adolphe dein Sohn?«, fragte sie laut, da bisher keine ihrer Fragen beantwortet worden waren. Sicher war der Mann schwerhörig.

Ängstlich drehte der alte Mann den Kopf hin und her. *»Is he all woller dor?«*

»Nein, nein!«, beruhigte ihn Line. Sie vermutete, dass er Angst vor Adolphe hatte.

»He is min Dochter-Mann«, murmelte der Alte. *»He is keen gooden Minsch!«*

»Er ist nicht hier. Wie lange bist du heute denn schon allein zu Haus?« Line sprach sehr langsam, laut und deutlich.

»All lang!« – Das zweite Wort kam sehr gedehnt.

»Hast du denn inzwischen etwas gegessen und getrunken?«

Der alte Mann schüttelte den Kopf: *»Ek hebb Dost!«*

Line suchte und fand den Daubeneimer vorn neben der Tür. Mit dem hölzernen *Sleef* schöpfte sie Wasser und ließ den Mann daraus trinken. »Ich bin übrigens Line«, stellte sie sich vor. »Mein Mann Früllerk und ich, wir haben die letzte Moorstelle von hier aus gesehen.«

Der Alte wollte höflich sein und versuchte sich zu erheben. *»Ek bünn* Lür Bolte«, murmelte er.

Line schob ihn behutsam wieder zurück ins Stroh. Ein Kopfkissen gab es nicht, er war nur mit einer zerschlissenen Filzdecke bedeckt. Großflächige Flecken auf der Decke, in der Höhe seiner Leistengegend, strömten beißenden Ammoniakdunst aus. Mitleidig lächelte sie den Alten an. »Die Suppe, die ich gekocht habe, ist noch warm. Magst du etwas davon?« – und freute sich über seine leuchtenden Augen. Line fand an der Feuerstelle einen kleinen irdenen *Kump*, schöpfte mit dem Wasser-*Sleef*, da sie außer einem kleinen Holzlöffel kein Küchengerät fand, etwas von der Suppe hinein und ging zum Bett zurück.

Als sie einen Löffel voll Suppe zu Lür Boltes Mund führte, hielt der ihre Hand fest. *»Ek droff nich eeten, Adolphe schimpt denn mit mi!«*

Line sah ihn erschrocken an. »Wie, du darfst nichts essen, überhaupt nicht – oder nur jetzt, wenn niemand da ist, nicht?«

»Ek droff nich eeten, ek schall endlich starben, seggt he jümmer!« Mit fester Stimme beruhigte sie den gebrechlichen Alten: »Lür, iss du ruhig. Es merkt niemand. Ich mach anschließend sauber und stell alles wieder so hin, wie ich es vorgefunden habe. Und wie viel Suppe im Topf war, weiß ja keiner.«

Etwas wie Schalk glomm in seinen Augen auf, dann griente er und sperrte wie ein hungriger Vogel seinen Mund weit auf. Line fütterte Löffel um Löffel, bis der *Kump* leer war.

»Hm, *smeckt dat fein!*«, lobte er.

»Möchtest du noch mehr?«

»Ne, is good so. Mi is warm un satt bünn ik alle mal! Ek dank di ok sehr!«

Während sie ihn fütterte, hatte Line den alten Mann genauer betrachtet. Eine Ahnung kam in ihr auf. Und als er gegrinst hatte, war das Gefühl, ihn zu kennen, immer stärker geworden. »Lür, sag, woher kommst du? Kann es sein, dass ich dich in Bremen gesehen habe?«

Der Alte betrachtete nun, als er satt war, Lines Gesicht. Er schüttelte den Kopf: »*Ne, datt kann nich ween. De, de mi an di erinnert, de weer so nett as du eben*. Aber das kannst du nicht sein. Sie war Köchin, oberste Köchin bei einem Kaufmann, einem sehr reichen Kaufmann, in Bremen. Und ich habe ihr im Herbst immer den *Kumpskohl* in ihre Küche gebracht. Dann erhielt ich jedes Mal etwas besonders Leckeres zu essen. Die konnte kochen!«

Line nickte, jetzt hatte sie ihn erkannt. »Das war in der Langenstraße beim Kaufmann Cornelius Eltermann, oder?«

Lür Bolte nickte erstaunt. »Woher weißt du das?«

»Weil ich diese Köchin bin. Guck mich mal richtig an, ich bin Line aus Bremen. Und hier im Moor sagen alle immer noch *de Fromde, de ut Bremen,* zu mir.«

»Aber, das kann ja kaum sein. Wie bist du denn hier ins Moor geraten?«

Line erzählte dem alten Mann, wie sie Früllerk kennen gelernt hatte. »Er kam in meine Küche, genauso wie du! Wir verliebten uns ineinander, wollten heiraten und dann bin ich zu ihm hierher ins Moor gezogen.«

Der Alte grinste wieder: »Da bin ich damals wohl zu spät gekommen. Sonst hättest du mich wohl geheiratet, oder?«

Beide lachten herzlich. Lür war regelrecht lebhaft geworden.

»Aber hast du denn damals schon mit Adolphe zusammengewohnt?«

»Nein, nein. Meine Tochter ist nicht länger mit ihm verheiratet als du mit deinem Früllerk. Ihr erster Mann war ein ganz fleißiger *Zigarrnmoker,* er starb jedoch an der Auszehrung. Adolphe war Hausierer und bemühte sich gleich um Zwanette. Er war sehr lieb zu ihr und meinte immer, dass zwei Menschen mit Namen wie aus dem Franzosenland einfach zusammengehören würden. Er brachte auch den Kindern immer etwas mit, sie nannten ihn den lieben Onkel. Meine Zwanette heiratete ihn, so schnell es schicklich war. Ohne Mann hätte sie ihre Kinder doch niemals groß bekommen.«

»Und wann veränderte er sich?«

»Gleich nach der Hochzeit!« Lürs Stimme wurde krächzend.

Line vermutete, dass er das Sprechen nicht mehr gewohnt war, seine Stimme klang wie eingerostet. »Willst du noch etwas trinken?«

Der alte Mann schüttelte nur den Kopf. Er räusperte sich schwach, vermochte aber nur noch zu flüstern: »Meine Tochter spricht nicht darüber, aber blaue Flecken sah ich schon nach der Hochzeitsnacht. Und wenn ich sie dränge, sich mir anzuvertrauen, dann weint sie nur! Der einzige Satz, den ich bisher dazu von ihr gehört habe, ist: ›Ich hab ihn schließlich freiwillig geheiratet!‹ Die Kinder weinen natürlich jedes Mal, wenn er sie schlägt!«

»Hat er selber keine Kinder?«

Kopfschüttelnd erklärte der alte Mann: »Darum ist er wohl noch viel strenger. Obwohl sie Vadder zu ihm sagen müssen. Wäre ein bisschen Vaterliebe dabei, könnten sie es wohl alle leichter ertragen, aber es gibt immer nur Befehle und Hiebe, auch wenn sie nichts falsch gemacht haben.«

»Und wie seid ihr hierhergekommen?«

»Ich weiß nicht, wie er es angestellt hat. Eines Tages kam der Hausbesitzer mit dem Büttel und zwang uns, das Haus zu verlassen. Adolphe hatte wohl lange keine Miete mehr gezahlt. Den Sommer über schliefen wir an der Schlachte unter den Arkaden. Als es zu kalt wurde, kam er eines Morgens mit einem Handkarren, stapelte den Besitz darauf und zog los. Wir benötigten mehrere Tage, bis wir hier ankamen. Wie er es geschafft hat, dass ihm diese Moorstelle zugewiesen wurde? – Ich weiß es nicht.«

»Dann habt ihr überhaupt keine Lebensmittel mitgebracht?«

»Ich glaube nicht. Mir ging es unterwegs immer schlechter, ich konnte nur schwer Schritt halten. Ich musste häufig anhalten, um zu husten und um wieder Luft zu bekommen. Immer wieder schlug er mir mit seinem Wanderknüppel gegen die Beine, so dass ich aus Angst vor dem Schmerz jedes Mal schnell weiterlief. Aber irgendwann trugen mich meine Beine nicht mehr, sie knickten weg und ich fiel um. Da schlug er mit seinem Knüppel immer wieder und wieder gegen meinen Rücken und auf meine Schienbeine und schrie, ich solle aufstehen. Er brüllte auch, er hätte mich alten Mann besser nicht mitgenommen. Bei jedem Schlag knackte es, als würden Knochen brechen, rasende Schmerzen ließen mich fast ohnmächtig werden. Als meine Tochter und die beiden ältesten Jungen dazwischengingen und ich wieder richtig zu mir kam, konnte ich nicht mehr aufstehen. Selbst im Liegen hatte ich Schmerzen wie nie zuvor im Leben. Meine Enkel hoben mich auf den Karren und alle zogen und schoben, aber bei jeder Radumdrehung heulte ich auf vor Schmerzen. Seitdem kann ich nicht mehr aufstehen. Die Knochen wachsen in meinem Alter nicht mehr gut zusammen und der Steiß ist auch gebrochen. Darum kann ich nicht mehr sitzen.«

Line war völlig entsetzt. So etwas Schreckliches hatte sie noch niemals gehört, ihr war übel. Sie schluckte mehrmals, bevor sie leise und liebevoll fragte: »Tut es denn im Liegen immer noch so sehr weh?«

Der alte Mann hatte sich völlig verausgabt. Er nickte nur mit dem Kopf.

»Lür, wir haben hier im Dorf eine Heilerin. Stille-Catharine kann dir vielleicht helfen, dir sicher durch einen Trank Schmerzen nehmen. Ich sage ihr Bescheid.«

Der Alte riss entsetzt die Augen weit auf und begann zu zittern. Das ganze Bett wackelte im Rhythmus mit, es wirkte nicht sehr stabil. Er schüttelte unentwegt den Kopf, griff auch mit den Händen in die Luft, als wolle er etwas abwehren, und flüsterte voller Panik: »Nein, nein, bloß das nicht! Das würde er niemals erlauben. Eher schlägt er mich tot!«

Beruhigend nahm Line erst die eine, dann die andere Hand des alten Mannes und strich mit ihren Händen behutsam über die trockene, runzlige Haut. »Lür, es ist schon gut, ich sage ihr nichts!«

Das Zittern ließ langsam nach, doch die Panik stand immer noch in seinen Augen: »Du musst nun gehen! Bevor er wieder zurück ist! Sonst merkt er doch, dass du hier warst!«

»Kann ich dir nicht noch etwas Gutes tun?«

Stumm schüttelte er nur den Kopf, machte sich von Lines Händen los und zeigte auf die Tür.

Line verstand, sie strich ihm liebevoll mit dem Zeigefinger über die unrasierte Wange, dicke Tränen standen in ihren Augen über so viel Drangsal und Leid. Aber sie drehte sich um und ging zur Tür.

»Nimm den *Grapen* wieder mit nach draußen«, flüsterte Lür. »Stell ihn vor die Tür, dann weiß er nicht, dass jemand hier drinnen war.«

Line tat gehorsam, was der alte Mann geraten hatte. Sie drehte sich noch einmal um und kontrollierte das Innere der Kate. Nichts deutete darauf hin, dass sie hier gewesen war. Sie winkte ihm zum Abschied zu und ging schweren Herzens zum Sanddamm.

Ist alles wieder gut?

I*s een inn Huus?*« Line schob den hölzernen Riegel zur Seite und öffnete die Dielentür. »Louise, *büst du dor?*« Line mochte jetzt nicht allein zu Hause sein. Sie hoffte, dass ihre Freundin Mittagskost vorbereitete und dass auch Früllerk noch hier war.

»Kumm rin, wenn du keen Snieder büst!« So begrüßte Hans jeden Gast, der an seine Tür klopfte.

Line atmete tief durch und trat ein. *»Is Früllerk bi jo?«*

Früllerk saß an der Feuerstelle, erhob sich jedoch sofort, als er Line hörte, »Na, *mien Deern, wullt wi us woller verdrägen?*«, und ging ihr mit zwei hastigen Schritten entgegen. Einladend öffnete er die Arme und umschloss den Körper seiner Frau. Ihm war egal, dass Louise und Hans seine Zärtlichkeiten sahen, er war froh, dass Line ihm wieder gut war. Da sie nichts sagte, sich nur ganz eng an ihn drückte, hob er sanft mit der Linken ihr Kinn. »Du weinst ja, aber doch nicht wegen des dummen Streits, oder?«

Line weinte nun richtig, die liebevolle Stimme ließ die Tränen fließen.

»Miene Sööte, es ist doch gut!« Früllerk tröstete, versuchte es aber, wie sonst auch, mit einem kleinen Ulk: »Oder weinst du um Adolphe?«

Line lächelte und versuchte ihre Tränen herunterzuschlucken. »Oh Früllerk, ich war eben in der Poggensteker-Kate.«

Louise bereitete tatsächlich die Mittagskost zu, sie goss Teig für *Bookwetenpannkoken* in die Pfanne, wickelte sich ihren Schürzenzipfel um die Hand und stellte das schwere, eiserne Teil zurück auf den Rost, wobei sie es am Stiel hielt. Sie gab Früllerk ein Zeichen, sich mit Line auf die Bank zu setzen.

»Nu, was ist? Gibt's was Neues bei Poggenstekers? Sind sie zu Wohlstand gekommen?« Hans versuchte auf seine Art, Lines Tränenfluss zu beenden.

Es gelang auch, Line lächelte ihn an, schmiegte sich jedoch gleich wieder an Früllerk. »Ihr könnt euch nicht vorstellen, was ich eben erlebt habe. Wusstet ihr, dass die einen bettlägerigen alten Mann zu Hause haben?«

Alle drei starrten Line an. Hans hob die Augenbrauen und verneinte als Erster: »Ne, davon wusste ich nichts. Ich habe aber auch nicht nachgefragt.«

»Ich aber«, ergänzte Louise. »ich wollte von Adolphe wissen, wie viele Personen sein Haushalt umfasst. Damit ich weiß, wie viele *Pannkoken* ich für ihn und seine Familie rechnen muss. Auch jetzt backe ich mehr, als wir benötigen. Er nannte nur sich, natürlich als Ersten, dann Zwanette und fünf Kinder. Einen weiteren Erwachsenen zählte er nicht auf. Das ist ja merkwürdig. Wo er doch sonst genau darauf achtet, genügend Essen zu bekommen!«

»Das ist gar nicht sonderbar. Louise, ich glaube, er lässt den alten Mann mit Absicht verhungern!«

Früllerk stöhnte auf. »Line, nicht schon wieder! Deine Geschichten werden ja immer schrecklicher!«

Line war so geschockt über ihr Erlebnis, dass sie jetzt sofort alles berichten musste und darum nicht auf Früllerks Einwand einging. »Adolphe hat Lür, so heißt der Mann, Lür Bolte ... Und ich kenne ihn sogar aus Bremen. Also Adolphe, Lür sagt immer nur ER ...«

»Line, kannst du die Geschichte bitte im Zusammenhang erzählen?« Früllerk war ungeduldig, aber auch besorgt um Line. Er kannte die Einsamkeit im Moor und wusste, dass manche Kolonisten auf die Dauer unter der Abgeschiedenheit im Moor litten und gerade Frauen empfänglich für den Moorkoller waren, wenn sie das lange Alleinsein nicht mehr ertragen konnten. Oder wenn sie schwanger waren – davor hatte ihn inzwischen mancher gewarnt!

Hans jedoch war neugierig geworden, als praktisch veranlagter Mann leistete er sich keine *Grappen*. Das überließ er den Frauen und – neuerdings – seinem Freund Früllerk. Wenn der erst mehrere Schwangerschaften miterlebt hatte, würde der sich nicht mehr so viele Gedanken machen und die Gemütsverfassung seiner Frau besser verstehen lernen. Außerdem kannte Hans Line bisher als logisch denkende Frau und forderte sie auf, genau über das Erlebte zu berichten.

»Das kann nicht wahr sein!«, stieß Louise hervor, nachdem Line geendet hatte. »So grausam kann kein Mensch sein! *Verdoori,* nun ist mir dabei der *Pannkoken* verbrannt.« Hastig ergriff sie den Pfannenstiel, ließ ihn jedoch sofort mit einem Schmerzensschrei los, die Pfanne kippte vom Rost zur Seite und der Pfannkuchen fiel ins Feuer. Eine Stichflamme schoss in die Höhe, Louise riss ihren Kopf zurück und schrie noch einmal auf. Es stank nach brennendem Teig. Was Früllerks liebevolle Worte nicht vermocht hatten – Lines Köchinnenherz reagierte auf das verdorbene Essen. Ihr Jammer wandelte sich in Aufmerksamkeit für ihre Freundin. »Louise, steck die Hand in kaltes Wasser!«, befahl sie und zeigte auf die *Balje,* in der Hans seine Weidenzweige einweichte. Als Louise sie nur verständnislos ansah, nahm sie energisch deren Arm und hielt die verbrannte Hand ins Wasser.

Der Schmerz ließ augenblicklich nach. Louise bewegte ihre Hand im Wasser vorsichtig hin und her. »Das hilft ja tatsächlich! Ich wusste bisher nur, dass es gut sein soll, wenn man Mehl auf die Wunde schüttet.«

»Der Medicus in Bremen schwor auf kaltes Wasser und ließ anschließend die Stelle trocken heilen. Nur bei schweren Verbrennungen mischte er eine kühlende und schmerzstillende Salbe und machte einen Verband. In meiner Küche gab es ja oft leichte Verbrennungen, darum kenne ich mich damit aus. Lass die Hand noch eine Weile im Wasser«, riet sie ihrer Freundin. »Und dann an der Luft trocknen. Wenn der Schmerz wiederkommt, legst du die Hand wieder eine Weile in die *Balje.* Bleib du sitzen, ich back die *Pannkoken* weiter.«

Hans war nach dem ersten Schrei seiner Frau besorgt aufgesprungen, nun setzte er sich beruhigt wieder hin und reagierte seine Sorge ab: »Louise, pass aber auf, dass ich deine Hand nicht für einen Zweig ansehe und sie in den Korb flechte!« Das Ehepaar blickte sich an und lächelte. Es brauchte keine weiteren Worte zwischen ihnen.

Eine Faust hämmerte gegen die Dielentür.

»Kumm rin, wenn du keen Snieder büst!«, rief Hans sofort. Und leise, so dass es nur die am Feuer Sitzenden hörten: »Oder Adolphe!«

Alle vier *gniggerten,* während – natürlich – Adolphe über die Diele zum Feuer gestapft kam.

»Na, ihr seid ja fidel!« Gekünstelt lachte er mit und setzte sich, ohne Aufforderung, auf die Bank.

Hans schluckte einen Kommentar hinunter und brummte nur: *»Go sitten!«*

Adolphe zeigte auf den verkohlten Pfannkuchen und verzog den Mund zu einem Grinsen: »Kann deine Hausfrau, Hans, keine *Pannkoken* backen, ha, ha?«

Bei jedem anderen wäre die Frage als Hänselei hingenommen worden, jetzt jedoch ärgerte sich Line, dass er Louises Missgeschick gesehen hatte. Da sie sowieso nicht gut auf ihn zu sprechen war, reagierte sie scharf: »Du hast bisher wohl noch keine Pfannkuchen von Louise eingefordert, sonst wüsstest du die Antwort!«

Adolphe sah über Line hinweg bis unters Dach, verdrehte die Augen, verzog zusätzlich das Gesicht zu einer Grimasse, die wohl witzig sein sollte, und wendete sich an Früllerk: »Also, Nachbar, was ist denn mit deiner Frau?«

Nach allem, was vorher gesagt und besprochen worden war, war Früllerk unsicher, wie er sich verhalten sollte, und zuckte nur mit den Schultern.

Hans jedoch ärgerte das Verhalten des Mannes und entgegnete schärfer als sonst: »Du wirst schon nicht zu kurz kommen, es gibt reichlich *Pannkoken!*«

»Na, na, nu reg dich mal nicht auf! Ihr müsst schon entschuldigen. Ich bin gereizt, weil meine Frau sich mal wieder nichts traute. Sie sollte zum Sandvoss-Hof, jammerte aber nur, dass besser ich dorthin gehen sollte. Frauen!« Trotzdem lächelte er: »Wo sind denn nun die versprochenen *Pannkoken?* Meine Familie hat sicher Hunger, die haben Torfreste gesammelt, am Ende zu, auf dem Moorstück, das nicht mehr zum Damm gehört, *de Lüe ut n Dorp Düfelsmoor* sind ja wohl mächtig reich. Was die alles liegen ließen!«

Line zügelte ihren Ärger, denn sie musste Lür vor seinem *Tochtermann* schützen. »Deine Familie hat bestimmt schon gegessen, beeil dich, sonst gibt's für dich keine Suppe mehr. Ich war vorhin bei euch an der Kate.«

Argwohn stand plötzlich in Adolphes Augen. »Was hast du dort zu suchen gehabt!«

»Ich habe gerufen, es war jedoch niemand dort. Ich brachte euch einen *Grapen* mit Suppe und stellte ihn neben die Tür. Zwanette hat ihn sicher schon gefunden.«

Immer noch misstrauisch fragte Adolph nach: »Und warst du in der Kate?«

»Nein, ich habe gerufen und sogar geklopft, da aber niemand antwortete, bin ich gleich wieder gegangen!«

»Das gehört sich ja auch so!«, brummelte er und wirkte beruhigt.

Louise hatte inzwischen einen Berg Pfannkuchen in ein altes Leinentuch gewickelt und reichte es Adolphe.

Der nahm es auf die flache Hand, verzog aber sofort das Gesicht: »Äh, das fettet ja total durch!«

»So musst du es hinnehmen. Bring mir lieber so schnell wie möglich den geborgten *Kump* und die Holzbretter und den Pfannkuchenteller zurück. Das Geschirr vor allem fehlt mir, leih dir lieber auf dem Sandvoss-Hof welches, die haben alles doppelt, wir nicht!«

»Huh!« Adolphe wackelte albern mit dem Zeigefinger: »Welch schlechte Laune haben die Frauen heute hier im Moor. Da geh ich mal lieber. Ich muss meine Familie ja auch noch fragen, wo du, Line, die Suppe hast stehen lassen!« Er hieb mit dem Zeigefinger mehrmals drohend in ihre Richtung in die Luft und stapfte mit einem Knurren zur *Grootdöör.*

Line war unsicher geworden. Ob er ihr die Lüge geglaubt hatte? Sie hoffte es für Lür Bolte. Der alte Mann würde sonst wohl viel erleiden müssen!

Hans ärgerte sich über sich selber. Er war doch sonst nicht auf den Mund gefallen! Als guter Vater hätte er Adolphe auf die Kinderstreitereien ansprechen sollen. Aber nach Lines Bericht über den alten Mann war dieses Thema in den Hintergrund geraten. Hans war unsicher und sehr nachdenklich geworden. Er hatte bislang weder Louise noch Line geglaubt, wenn es um Adolphe ging. Der hatte sich bisher eben alle Mühe gegeben, freundlich zu wirken. Aber vermutlich nur den Männern gegenüber. War er jedoch schlechter Laune, so wie eben, dann trat seine unangenehme Art deutlich hervor. Wie er gerade Louises Kochen herabgewürdigt hatte – Hans konnte nachvollziehen, dass die Frauen ärgerlich wurden. Spott statt Dank, das war unrechtes nachbarschaftliches Verhalten. Wie oft hatte Louise ihm wohl schon Essen gegeben, wenn sie inzwischen so viele Küchengeräte vermisste. Das Dorf konnte doch nicht eine ganze Familie durchfüttern. Der Winter hatte schließlich gerade erst begonnen.

Auch Früllerk ahnte inzwischen, was die Frauen meinten, wenn sie Adolphe unverschämt nannten. Adolphe war mäßig zurückhaltend geblieben, aber wohl nur, weil er nicht allein mit den Frauen war. »Louise, darf ich das fragen: Wie oft kochst du eigentlich für Poggenstekers? Wenn dir sogar das Geschirr ausgeht?«

Line ließ ihre Freundin jedoch nicht zu Wort kommen: »Da habt ihr Männer es endlich einmal miterlebt! Und wenn Adolphe mit uns Frauen allein ist, dann bleibt er nicht so höflich!«

Louise lachte schrill auf: »Ja, höflich ist er einmalig, unser Nachbar. Wenn der mit seinem Zeigefinger noch ein einziges Mal in meine Richtung wackelt, dann beiße ich ihm hinein. Ständig fordern, immer nur Befehle, ich habe gut Lust, ihm in Zukunft nichts Essbares mehr zu geben. Line, du kochst doch auch oft für die Familie Poggensteker. Gesche gibt ebenfalls ab. Bei Stille-Catharine weiß ich es nicht, sie sagt nichts und beschwert sich auch nicht.«

Line war in Gedanken die Reihe der Höfe weiter durchgegangen und musste im Ärger lachen. »Frickes haben es gut, Berthas Essen fordert Adolphe ganz bestimmt nicht ein!«Die anderen fielen in ihr Lachen ein, es war wunderbar befreiend, bei all den Sorgen einen Moment voller Heiterkeit zu erleben.

Früllerk ergänzte den Spaß: »Stellt euch weiter vor, er ist zu Piss-Jule gegangen. Schon an der Tür hat er dann vermutlich kehrtgemacht, den speziellen Geruch sollten wir uns auch zulegen. Ein Poggensteker-Abschrecker sozusagen!«

Alle lachten noch lauter. Hans, sonst immer der Fröhlichste, fasste sich als Erster wieder und meinte sehr nachdenklich: »Bisher kam mir der Verdacht nicht. Aber, Louise, du hast vorhin gemeint, dass wir eigentlich mehr Äpfel im Anbau haben müssten. Ob Adolphe vielleicht nachts heimlich welche stibitzt?«

Früllerk schüttelte abwägend mit dem Kopf. »Hans, das ist nur ein Verdacht! Vielleicht faulen in diesem Jahr mehr als sonst!«

»Man müsste eine Falle legen!« Lines Ärger schwand, als ihr ganz plötzlich die Idee kam. »Bei uns wäre es ja viel einfacher, da die alte Hütte ein Stück von der Kate entfernt steht. Ich gestehe, ich habe nicht darauf geachtet, ob auch bei uns Äpfel fehlen. Ich werde gleich nachsehen gehen.« Eifrig erhob sie sich.

»Und deine Idee? Was meinst du mit Falle?« Auch Hans wurde lebhafter angesichts der Möglichkeit, das Schwinden der Apfelvorräte aufzuklären und vielleicht Adolphe zu ertappen.

»Früllerk, wie wäre es, wenn du in einen *Holzkloben* eine Vertiefung schnitzt, in die unsere Sichel genau hineinpasst, mit der Schneide nach oben, die wir ins Regal stellen. Da Adolphe, wenn er denn kommt, sicher keinen brennenden Kienspan dabeihat, wird er mehr tasten als sehen. Und schwups, hat er sich geschnitten. Wenn Äpfel fehlen und unser Nachbar blutige Finger hat, dann haben wir den Übeltäter!«

»*Junge di,* deine Frau ist aber reichlich blutrünstig!« Hans lachte beim Reden, begeisterte sich aber für Lines Plan. »Ja, wir brauchen genau solch eine … eine Adolphe-Falle!«

Nun prusteten alle vier los und konnten gar nicht wieder aufhören zu lachen.

»So machen wir es«, entschied Früllerk. Ich habe das passende Holz dazu im Sommer aus dem Torf gegraben. Zum Brennen taugt es eh noch nicht. Bis zum Frühjahr darf es im Obstregal trocknen!«

»Und dass die Sichel darin steckt, das ist reiner Zufall!« Hans kicherte und alle lachten wieder, bis sie außer Atem waren.

Gänsefeder und warme Suppe

»Oje, ich vergaß Torf nachzulegen, ich hatte es nach unserem Streit zu eilig, dir nachzugehen!« Line stand ganz bestürzt an ihrer Feuerstelle. »Nun kann ich die Mittagskost nicht wärmen!«

Frühllerk warf ihr nur rasch eine Kusshand zu, er kniete schon auf dem Steinrund und schob mit einem frischen Torfstück die Asche auseinander. »Reich mir mal die Gänsefeder, mit ihr kann ich den kleinen Rest Glut wieder anfachen.« Behutsam fächelte er Luft zu den winzigen roten Punkten auf der Feuerstelle. »Zerkleinere mir ein wenig von der trockenen Birkenrinde. Die brennt schnell und bringt die Glut zum Aufflammen.«

Line lief rasch in den Stallteil der Diele und holte aus der Ecke, in der der Torf lag, etwas Rinde. Im Sommer beim Torfstechen suchte sie die Stücke regelmäßig zusammen und trocknete sie, so, wie Früllerk es mit größeren Holzstücken, mit Ästen und ganzen Stämmen tat. Sogar gewaltige Baumwurzeln gruben sie mühsam aus. Das vertorfte Holz ergab nicht nur wunderbares Anmachholz, sondern brannte länger als der Torf. Und besonders angenehm war, dass das Holz viel weniger qualmte.

Sie zerbröselte etwas von der Rinde an der Feuerstelle und ließ nach und nach die Krümchen in die schwach glimmende Glut fallen. Früllerk fächelte mit der Feder und unter dem Lufthauch flammte das Feuer auf. Mehr und mehr Rindenstückchen streute Line darauf, zerbrach den Rest der Rinde in größere Teile und legte sie vorsichtig darauf. Sie begannen sofort zu brennen. War das Feuer nicht so stark heruntergebrannt wie eben, benutzte Line auch frische nasse Birkenrinde. Die brannte trotzdem, das hatte sie inzwischen ebenfalls gelernt. Sie lief wieder zum Stallteil und holte Anmachholz. Früllerk baute es wie ein Zelt über der kleinen Feuerquelle auf. Nach kurzer Zeit brannte auch dieses Holz. »So, *glieks go ek noch'n beeten klöben*. Hier ist alles wieder gut.« Er zerbrach einen Torfsoden, legte kleinere Stücke dazu und blies ins Feuer.

Es brannte wieder! Das Paar sah sich an und Früllerk nickte anerkennend. »Dass du die Rinde immer so gewissenhaft aus dem quatschigen Torf pulst, hat uns heute geholfen. Es ist mühevoll, aber du bist eben eine immer fleißige Frau.«

»Deshalb habe ich auch vergessen nachzulegen«, genierte sich Line trotz des Lobes.

»Du hattest ja auch Grund, denn ich bin einfach fortgegangen«, gab Früllerk ehrlich zu. »Wir haben wohl beide Schuld, weil wir streiten mussten, wegen des blöden Adolphe. Aber nun ist alles gut, oder?« Zärtlich guckte er von unten hoch zu seiner Liebsten.

Line zerstrubbelte ihm das Haar, fasste seinen Arm und zog ihn hoch. »Jetzt dauert es nicht mehr lange mit dem Essen. Die Suppe, die ich für uns abgefüllt habe, ist bestimmt noch warm.«

»Abgefüllt aus dem *Grapen,* der jetzt bei Poggenstekers steht?« Früllerk lachte. »Für heute hatten wir genug von den besonderen Nachbarn, oder? Was hast du denn Leckeres gekocht?«

Line und Früllerk standen Arm in Arm und lächelten sich zärtlich an.

Können Schweine schwimmen?

Krischan Brodtmann, der Übernachbar, hatte bei einem seiner früheren Dienstherren das Schlachten gelernt. Frülllerk bat ihn deshalb, beim Töten und Zerschneiden ihres Schweins zu helfen. Krischan konnte einen Zusatzverdienst gut gebrauchen. Frülllerk sorgte sich außerdem, dass das Schwein nicht gleich beim ersten Schlag besinnungslos würde. Es musste mit der Rückseite der Axt an einer bestimmten Stelle am Kopf getroffen werden. Er war wohl doch noch ein Mann aus der Stadt, zimperlich wie ein Weib. Das hatte ihm Hans mit einem breiten Grinsen gesagt, als er seinem Freund gegenüber vorsichtig seine Bedenken angedeutet hatte.

Krischan kam, dick eingemummelt gegen die feuchte Kälte, über den *Pad* zur Kate gestapft. »Geh du mit ihm zum Schwein, ich kann das nicht!« Line blickte flehend ihren Mann an. »Ich habe mich so an das Tier gewöhnt, es erkennt mich doch und sagt sogar mit einem Grunzlaut ›Guten Morgen‹ und ›Guten Abend‹ zu mir. Dabeizustehen, wie es abgestochen wird, nein, Frülllerk, ich kann das wirklich nicht!«

Frülllerk war ja selber mulmig zumute. Er holte jedoch tief Luft, nickte, lächelte seine Liebste dabei verstehend an und ging über die Diele zur *Grootdöör*.

»Na, Krischan, *büst all door?*«

»Ich versprach zu kommen, also bin ich da!« Das war zwar eine trockene Antwort, aber Krischan Brodtmann hatte sich in der kurzen Zeit hier im Günnemoor schon als guter Nachbar eingeführt. Er war sehr fleißig, hatte trotz der Kälte seine marode Kate schnell und professionell repariert. Er konnte Hölzer bearbeiten, beherrschte aber ebenfalls, das Flechtwerk einzupassen, und mischte Lehm und gehäckseltes Stroh für den Verputz der Gefache. Obwohl auch er mit seiner Familie erst zu Beginn des Winters die Moorstelle bezogen hatte, stach er noch Torf. Frülllerk gegenüber hatte er lachend erklärt: »Ich trockne ständig einige Soden neben der Feuerstelle. Sie werden anschließend in die Glut gestellt und machen neuen Soden

Platz, die wiederum trocknen. Ich weiß, das ist nur ein Behelf, aber draußen trocknet er überhaupt nicht. Und etwas Wärme braucht der Mensch!«

Früllerk hatte ihm vom eigenen trockenen Moorholz angeboten. Krischan nahm, immer wieder ›Danke‹ stammelnd, an. Er arbeitete auch, so oft es möglich war, auf dem Sandvoss-Hof. Seine Frau Abcke kam regelmäßig zu Grapenthiens zum Mahlen des Buchweizens und auch Brot hatte sie schon in Lines Backofen gebacken. Heimlich natürlich, damit Anna Sandvosss es nicht erfuhr. Erführe sie es, würde sie Abcke nicht auf dem Hof arbeiten lassen.

»Abcke ist fleißig und anstellig«, hatte Louise Line berichtet. »Ich habe sie als Neue beobachtet, als ich das letzte Mal im Herbst auf dem Sandvoss-Hof die Wäsche wusch. Viel Arbeit bekommt Abcke dort nicht zugeteilt, das ist aber ja auch nur gerecht. Denn je mehr Frauen auf dem Hof arbeiten, desto weniger gibt es zu tun und dann bekommen wir alle kaum genug *Swattbrod!*«

Line bot natürlich sofort und zum wiederholten Mal an, für Louise Brot mitzubacken. Ihre Freundin zögerte immer noch, auch sie wollte es sich mit Anna Sandvoss nicht verderben. Die Eifersucht der Bäuerin auf Lines Unabhängigkeit hatte nicht nachgelassen. Und hatte abgelenkt: »Woher haben Brodtmanns denn Brotgetreide?«

»Abcke sagte mir, dass Krischan vor dem Umzug einen ganzen Sack Roggen im Tausch bekam. Er war ja bei dem Osterholzer Müller in Stellung, bis er zum Militärdienst geholt wurde. Als seine Jahre herum waren, fragte der Müller ihn, ob er wenigstens bei Bedarf zum Arbeiten in die Mühle käme. Als Krischan zusagte, gab er ihm das Brotgetreide. Der Müller hält große Stücke auf ihn. Abcke war richtig stolz, als sie das sagte!«

»Ja, die beiden passen auf eine Moorstelle, die werden es noch weit bringen!« Das war Louises Urteil und alle waren der gleichen Meinung.

»Krischan, das Schwein ist noch in seinem Koben in der alten Hütte. Komm man mit!«

Krischan band sich einen ledernen Schurz um, der blutbefleckt war. Er wickelte eine lederne Rolle auf und zog aus den darin befestigten Schlaufen ein großes Messer, einen Schleifstahl und eine Axt.

Das Schwein schnüffelte in seine Richtung und begann, schrill zu quieken. Früllerk zuckte zusammen.

»Das ist normal«, beruhigte Krischan, »es riecht das Blut und weiß, dass es ans Sterben geht! Hier, nimm das Seilende und wirf es ihm über den Kopf«, befahl er.

Früllerk öffnete die Kobentür und drängte das Tier in die Ecke, die Schlinge hoch vor sich haltend.

Das Schwein schnüffelte wieder zu Krischan hin, quieschte einmal kurz auf, schoss an Früllerk vorbei aus dem Koben und durch die offene Tür nach draußen.

»So'n Schiet!«, schimpften beide Männer gleichzeitig und liefen hinterher. Das Tier raste kreuz und quer über den Hof, fand das Brett über dem kleinen Graben, der die Hofstelle umfloss, rannte schließlich quer durch Lines Gemüsegarten und weiter in Richtung offenes Moor.

»Wie gut, dass wir inzwischen weitere Gräben gezogen haben«, schnaufte Früllerk beim Laufen. »Aus der Begrenzung, welche die Scheeden und die kleinen *Grüppen* bilden, kommt es nicht heraus. Der Auslauf ist aber immer noch groß genug. Wir werden wohl Nachbarn zu Hilfe holen müssen.«

Plötzlich splitterte und platschte es und das Schwein war verschwunden!

»Das Schwein ist ..., nein, das kann nicht ..., können Schweine denn überhaupt schwimmen?«, stotterte Früllerk.

Krischan begann zu lachen: »Ja, sogar gut! Die meisten Tiere können das. Aber wie dick ist denn die Eisschicht auf dem Graben? *Dat arme Deert* schneidet sich ja. Wegschwimmen kann es wohl eher nicht!«

Beide Männer hasteten nun voller Sorge zum Scheeden. Das Schwein schwamm planschend und zerschlug dabei mit den Vorderbeinen die noch dünne Eisschicht. Es kam gut voran und entfernte sich mit heftigem Geschnaufe in Richtung Bootsschauer an der Beek. Als es Krischan sah, schrie es laut. Früllerk tat das Schwein leid. »Jetzt hör doch, wie jämmerlich es schreit! Haben Tiere auch Angst vor dem Tod?«

»Ich habe das schon öfter erlebt, und überlege manchmal, ob sie vielleicht das Blut ihrer Artgenossen auf meinem Schurz riechen!«

»Dann zieh ihn doch aus! Ich weiß was: Wir legen den Schurz flach aufs Eis – hier, wo das Tier noch nicht war. Wir laufen im Bogen vor das Schwein und treiben es im Graben zurück! Das Blut wirkt dann hoffentlich wie eine Sperre!«

»Eine gute Idee«, lobte Krischan, »so machen wir es!«

Völlig außer Atem schlichen sich die Männer, nachdem sie im großen Bogen vom Scheeden fort und wieder zurückgelaufen waren, nahe an den Graben heran. Noch mindestens zehn Meter war das Schwein von ihnen entfernt.

»Wir sind gute Spurtläufer!«, lobte Krischan, hielt sich jedoch nach Luft schnappend dabei eine Körperseite.

Auch Früllerk japste. »Und nun?«

»Jetzt machen wir uns bemerkbar!« Diesen Satz schrie Krischan schon sehr laut und schwenkte dabei die Arme. Das Schwein sah ihn, quiekte und versuchte im Graben zu wenden. Es patschte und trat dabei gegen die Uferböschung, schaffte aber die Drehung und schwamm zurück.

»So, jetzt muss einer von uns wieder den Bogen machen und zum Schurz laufen!«

»Das mach ich, es ist ja mein Schwein! Außerdem hab ich das Seil!« Früllerk hob es hoch und rannte los. Er kam vor dem Schwein beim Schurz an, war jedoch völlig außer Atem und verspürte Seitenstechen. Er hielt die Seilschlinge bereit und versuchte, nicht zu laut zu schnaufen. Das Tier sollte ihn erst im letzten Moment bemerken.

Es funktionierte, denn der Blutgeruch lenkte das Schwein ab. Es schwamm langsamer und hielt zögerlich an. Dieser Augenblick reichte Früllerk. Er warf dem Tier die Schlinge über den Kopf und wickelte sich das Ende zweimal um den Bauch. So konnte es ihm nicht aus der Hand rutschen. Krischan war ebenfalls zur Stelle. »Hilf mir mit dem Seil, Krischan«, bat Früllerk, »du weißt, meine rechte Hand … Ich kann mit ihr nicht fest zupacken!«

Krischan fasste das Seil und zog nur behutsam daran. Sie wollten versuchen, das Tier langsam aus dem Graben zu ziehen. Die Böschung war jedoch viel zu steil, weder konnte das Schwein sie allein überwinden, noch schafften sie es zu zweit, es hochzubewegen. Sie würgten es nur. Das Schwein spürte inzwischen die Kälte und wollte nun selber aus dem Wasser. Doch es rutschte immer wieder ab.

Darum steckte Früllerk Daumen und Zeigefinger in den Mund und pfiff gellend: »Pfi pfiö pfi pfiö pfi!« Anschließend hielt er seine Hände röhrenartig vor den Mund und rief, so laut er konnte, zu Sasses Moorstelle hinüber: »Hans, hörst du mich?« Das Moor trug den Schall weit und so dauerte es auch nur einen kurzen Augenblick, dann steckte Hans den Kopf aus der *Grootdöör*: *»Is wat?«*

Früllerk winkte und schrie: *»Kumm gau!«*

Line hatte das Rufen natürlich ebenfalls gehört, sich ihr wollenes Schultertuch umgelegt und kam den *Pad* entlanggeeilt. Früllerk rief ihr besorgt zu: »Line, geh wieder ins Haus. Du sollst nicht krank werden. Wir schaffen das schon!«

»Was ist denn geschehen?« Line blieb zögernd stehen.

»Das Schwein ist in den Graben gesprungen. Da kannst du nicht helfen! Oder willst du das Kind verlieren?«

Unschlüssig stand sie da, entschied dann aber: »Ich geh ans Feuer und sorge für etwas Warmes. Wenn ihr zurück seid, braucht ihr es, sonst werdet ihr krank!« Sie ging, immer wieder zurückblickend, langsam in die Kate zurück.

Während Krischan und Früllerk warteten, verausgabte sich das Schwein weiter und schrie immer kläglicher. Die Zeit, bis Hans und auch Louise, dazu *Lüttsche-Hans* und Fritz, deren großen Jungen, gekommen waren, erschien ihnen, vermutlich auch dem Schwein, wie eine Ewigkeit.

Ohne lange zu fragen, überblickte Hans die Situation. Er schickte seine Jungen los, das Holzbrett, das als Brücke zwischen den Moorstellen diente, zu holen. Louise mahnte noch schnell: »Seid vorsichtig, es ist nass und rutschig. Fallt nicht auch noch ins Wasser!«

Wie der Blitz rannten beide los.

»Hans, ich hab im Hosenbund noch ein Stück Seil, aber keine Hand frei. Komm und zieh es raus. Wir müssen es dem Schwein um ein Bein binden, sonst erwürgen wir es noch!«

Früllerk und Krischan hielten das Seil straff, Hans stieg, so weit er eben konnte, mit dem zweiten Seilstück zum Wasser hinunter und mühte sich, einen Schweinefuß zu erwischen. Louise hielt ihren

Mann mit beiden Händen an der Joppe und stemmte sich in die andere Richtung. Es war jedoch vergebens.

»Is wat possert?«, rief unerwartet Piss-Jule und winkte. Sie hatte Früllerks Pfiff und Ruf ebenfalls gehört. Im Moor waren Geräusche wirklich weithin zu hören. Sie war, so schnell es ihr möglich war, über den *Pad,* der quer zwischen Sasses und Grapenthiens Land verlief, gekommen und stand nun am Graben, der die beiden Moorstellen trennte. Das Brett, das als Brücke diente, war verschwunden. *»Is wat possert?«,* rief sie noch einmal und als niemand reagierte, schrie sie, so laut sie konnte: *»Lüttsche-Hans,* sag du mir: *Wat is posseert?«* Und da der nicht antwortete, klang ihr Ruf reichlich *vergrellt*: »Fritz, *wat mookt ji door?«*

Ohne jedoch auf Piss-Jules Geschrei zu achten, rannten die Jungen zum Graben, zwischen sich das rutschige, kalte Brett.

»Lasst es zu mir runter, schiebt es her«, befahl Hans.

»Aber schubst euren Vater nicht, er darf nicht *unterdückern!*«, warnte Louise.

Vorsichtig schoben die beiden das Brett zum Wasser hinunter, eine schräge Lauffläche war entstanden. »So, nun zieht alle Mann am Kopfseil«, ordnete Hans an, »*ne*, besser ist, wenn *Lüttsche-Hans* und Fritz das Brett festhalten. Kommt hier zu mir runter.«

»Hans, nicht die Jungs!« Louise bekam Angst, dass eines ihrer Kinder in den Graben fallen könnte. Das Wasser war eiskalt, wenn sie nun krank würden! Sie sorgte sich natürlich auch um ihren Mann, aber der war vernünftig, ihre beiden Jungs dagegen immer kühn und stürmisch.

Hans steckte sich das Seil vorn in die Joppe und hatte nun beide Hände frei. Er dirigierte seine Söhne: »Fritz, setz den linken Fuß da direkt unter dir auf den Birkenschößling. Der hält dich. Und *Lüttsche-Hans,* du hältst dich an Fritz fest, aber bleib auf der anderen Seites des Bretts. Louise, halt du ihn an der Hand fest. So, Fritz, nun stütz das Brett mit der anderen Hand. Und ich versuche weiter mein Glück mit dem Schweine-*Potschen!*«

Es war, als spüre das Schwein, dass es gerettet werden solle, und wurde ruhiger. Es versuchte sogar, mit den Vorderfüßen Halt auf dem Brett zu finden. Hans zog das Seil hervor und machte eine

Schlinge. Er hob den *Potschen* ein klein wenig an und schob die Schlinge über den Fuß. »Louise, kannst du das Seilende fangen?«

Da sie *Lüttsche-Hans* mit der Linken hielt, griff sie mit der Rechten das Seil. »Halt es gut fest, damit *dat Swien* nich zurückrutscht. Ich versuch zu schieben. So, Krischan, nun zieh, und Früllerk, du probier rückwärtszugehen!«

Es war eine mühevolle Plackerei, erst als das Schwein auch mit einem Hinterbein auf dem Brett stand, hatten sie Hoffnung, dass das Unterfangen gelingen könnte, und verdoppelten ihren Einsatz. Die beiden Jungs strengten sich sehr an, sie wollten gern als erwachsen gelten und zeigen, wie kräftig sie waren.

Die fortwährenden Nachfragen von Piss-Jule beachtete keiner, zum Antworten war nun wirklich keine Zeit.

Als die Vorderfüße des Schweins über den Rand des Grabens guckten, ließ Krischan das Seil los und zog direkt an dem *Potschen*, der ohne Seil war.

»*Lüttsche-Hans*, ich lass dich jetzt los!«, rief Louise, zog das Seil nahe zu sich und griff gleichzeitig den zweiten *Potschen*. Das Schwein wollte inzwischen auch nichts anderes als raus aus dem Wasser. Es quietschte einmal laut auf und fand zufällig mit beiden Hinterbeinen Halt auf dem Brett. Mit einem Satz war es aus dem Graben gesprungen. Das Holz fiel ins Wasser, Hans schwankte, seine Jungs hielten sich aneinander fest.

Krischan war auf den Rücken gefallen. »Früllerk, halt das Seil, sonst büxt es wieder aus!«, schrie er und rappelte sich seitlich auf.

Louise bewies jedoch große Standfestigkeit, sie drängte das Schwein zwischen Früllerks und ihren Körper, und dann war auch Krischan zur Stelle. Er wickelte die Seilschlinge um den zweiten Fuß. Das war jedoch kaum nötig, denn das Tier zitterte zwar heftig, blieb aber ruhig stehen. Früllerk strich ihm mit seiner kaputten Hand immer wieder beruhigend über den Kopf.

»Wäre das Schwein eine Kuh, *Jungedi,* da müssten wir uns alle sofort in Sicherheit bringen!« Krischan lachte und schüttelte den Kopf. »Früllerk, es ist gut, dass dein Schwein fast zahm ist. Noch einen solchen Galopp würde ich nicht mehr schaffen!«

Früllerk nickte nur, er war sehr froh über den vorläufigen Ausgang.

»Hans, schafft ihr es aus dem Graben?« Louise blieb zwar, das Schwein in der Klemme haltend, stehen, sie sorgte sich aber natürlich trotzdem um ihre Familie.

Alle drei Sasses halfen sich jedoch gegenseitig, schoben, hoben und zogen sich hoch. Hans hatte auch seinen Humor nicht verloren: »Na, klappern dem *Swien* auch tüchtig die Zähne?« Er knetete seine Hände, die steif vom Festhalten und der Kälte waren. »Also, ich weiß ja nicht, was ihr vorhabt. Ich muss so schnell wie möglich ans warme Feuer!«

»Ja, wir gehen alle zu Line, die wird inzwischen etwas Warmes vorbereitet haben. *Brammwien* ist im Haus, Rum auch, Hans, weißt du noch, die letzte Fahrt nach Bremen, da haben wir uns jede Stunde 'nen Grog machen müssen, sonst wären wir wohl erfroren!«

Hans nickte und grinste dabei: »Ich finde, das Schwein sieht auch aus, als könnte es einen vertragen!«

»Einen Grog? *Du büst doch mall!*« Louise drohte ihrem Mann mit dem Finger.

Aber Krischan nickte bestätigend: »Das ist gar keine schlechte Idee, Hans. Schlachten können wir heute sowieso nicht mehr. Tiere müssen beim Töten entspannt und ruhig sein, sonst wird das Fleisch vor der Zeit schlecht. Ich weiß nicht wieso, aber es lässt sich nicht gut räuchern und schmeckt nicht so wie sonst!«

Auch Louise nickte, das wusste sie ebenfalls aus Erfahrung. »Kommt, eure *Holschen* sind voller Wasser. Patschnasse Strümpfe machen Fieber und Husten und eine Laufnase.«

»*Lüttsche-Hans* und Fritz«, bat Hans seine Söhne, »das Brett liegt noch im Graben! Nun sind die Füße sowieso nass, schafft ihr es ...?«

»Klar, *Vadder,* und Krischans Schurz angeln wir auch. Geht ihr schon vor, wir sorgen für alles!«

Louise blieb sicherheitshalber bei ihren Jungen stehen, Früllerk gab seinem Schwein einen Klaps auf den dicken Hintern. Ziehen und Schieben war kaum nötig, das Tier ging bereitwillig mit. Die Männer hörten erst jetzt wieder Piss-Jules Geschrei: *»Wat mookt ji dor?«*

Hans wusste natürlich die Antwort und rief über den Graben: »Jule, das hast du doch sehen können! Da das Schwein geschlachtet werden soll, musste es doch vorher gründlich gebadet werden!«

Die drei beeilten sich auflachend fortzukommen, das Gekeife der alten Frau wurde durch den Scherz natürlich noch schlimmer. Selbst dem Schwein war es zu viel, es begann zu rennen, die bereitwillig hinterherlaufenden Männer im Schlepptau.

An der Hütte angekommen, japste Hans: »Los sind wir sie sicher nicht. Wenn das Brett wieder über dem Graben liegt, wird sie sofort hier sein.«

»Das hast du aber zu verantworten«, grinste Früllerk, »das Schwein baden, *ne,* was dir so einfällt!«

Alle prusteten wieder lauthals los. Das Schwein schien froh, in seinen Koben zu können. Es grunzte kräftig, schnüffelte lautstark im leeren Trog herum und sah Früllerk wie fragend an.

Hans wusste Rat: »Nun hol dem Tier schon seinen Grog! Du hast es versprochen!«

»Ich? Das warst wohl eher du!« Früllerk ging aber doch mit schnellem Schritt zur *Grootdöör* und kam kurze Zeit später mit einem Schweinetrank wieder. »Hatte Line schon vorbereitet. Heißes Wasser, etwas *Bookweten*mehl und *Tuffelschalen*.«

»Da wird das Schwein aber enttäuscht sein!« Hans konnte das Ärgern nicht lassen.

Krischan hatte das Schwein inzwischen kräftig mit Stroh abgerubbelt, es trocken gerieben. Er trat aus dem Koben und schob den Türriegel vor.

Früllerk hob die Holzklappe hinter den Trog, goss den dampfenden Trank hinein und zog die Klappe wieder zurück. Das Tier schnüffelte und machte sich schmatzend und schnobernd darüber her. Luftblasen stiegen seitlich der Schnauze hoch. Schlürfend suchte es nach größeren Brocken, hob kurz den Kopf, der Trank lief an den Barthaaren entlang zurück in den Trog. Es grunzte, vermutlich erleichtert und zufrieden.

Früllerk bat die Männer ins Haus. Louise kam in dem Moment mit den beiden Jungen über den Hof, natürlich eine *bluchternde* Piss-Jule im Schlepptau. Louise drohte ihrem Mann heimlich mit der Faust, schmunzelte dabei aber über das ganze Gesicht, während sie versuchte die alte Frau zu beschwichtigen: »Jule, du kennst doch meinen Mann! Der muss immer Spaß machen. Ärgere dich doch nicht darüber. Außerdem hast du auch Schuld!«

»Was sagst du da? Nun krieg ich also die Schuld, wenn ich ganz höflich frage, was da los ist?« Piss-Jule war empört: »Da kann ich ja gleich nach Hause gehen! Ich hab sowieso noch ’n Topf mit Suppe auf’m Feuer!«

Niemand widersprach ihr, alle gingen schneller in Richtung *Grootdöör* und hofften, sie würde tatsächlich gehen. Aber natürlich machte sie die ›Drohung‹ nicht wahr und war die Erste auf der Diele.

Line guckte zählend in die Runde und bat alle, auf der Bank im *Flett* Platz zu nehmen. Sie holte die beiden dreibeinigen Hocker ans Feuer, damit sich Piss-Jule auf einen davon setzen konnte. So wurde etwas körperlicher Abstand geschaffen.

Früllerk hatte inzwischen mit *Lüttsche-Hans* und Fritz aus zwei Baumstücken und einem Brett eine zusätzliche Bank gebaut, auf der die beiden Jungen Platz nahmen. Sie zogen, wie ihr Vater und Krischan, die eiskalten Füße aus den *Holschen*, entfernten das nasse Heu und wickelten auch die dicken wollenen, aber patschnassen Strümpfe von den Füßen. Die *Holschen* stellten sie schräg um die Feuerstelle herum, damit sie etwas abtrockneten. Line verteilte Strümpfe von Früllerk an die drei. Wie gut, dass er vier Paar zum Wechseln besaß, im letzten Winter hatte sie tüchtig gesponnen und gestrickt. Sie holte auch eine Handvoll trockenes Heu aus dem Stallteil, damit es sich etwas erwärmte, bevor alle nach Hause gingen. Im Winter machte es, in die *Holschen* gesteckt, warme Füße.

Früllerk schenkte inzwischen Grog aus. Vier Becher, aus Holz gedrechselt, und eine irdene braune Henkeltasse mussten für alle reichen. Piss-Jule und Krischan bekamen je einen Becher, die anderen teilten sich die Gefäße.

Line trank keinen Grog. Stille-Catharine hatte ihr davon abgeraten, während der Schwangerschaft welchen zu trinken. »Ich weiß nicht, warum. Aber wenn werdende Mütter viel *Brammwien* trinken, sind die Säuglinge meistens krank!« Line wünschte sich natürlich ein gesundes Kind und verzichtete.

Krischan überlegte laut, während er genüsslich das heiße Getränk schlürfte: »Wenn das Schwein Blut riecht, merkt es, dass es ans Schlachten geht. In Zukunft benutze ich zuerst die Axt.«

Die beiden Jungs hatten ebenfalls ein paar Schlucke heißen Grog trinken dürfen und fühlten sich als Männer, die ihre Meinung dazugeben mussten. »Ja, Krischan, *dat meen ek ok!*« Das war Fritz. *Lüttsche-Hans* ergänzte: »Ja, als der Schurz auf dem Eis lag, war das deutlich zu merken! Für das Schwein wäre es doch ein Leichtes gewesen, das Lederteil zur Seite zu schieben und wegzuschwimmen. Aber vor dem Blut ist es zurückgeschreckt!«

Die Männer nickten, nur Piss-Jule hatte es nicht begriffen: *»Wat meent ji mit dat Blod?«*

Die beiden so erwachsenen Jungen erklärten es ihr ausführlich.

Louise sorgte sich derweil wieder um die Gesundheit ihrer Familie. Trockene Füße und Socken hatten sie durch Lines Hilfe. Aber die *Holschen* mussten auch trocken und warm sein, wenn sie nach Hause gehen wollten. Sie rückte den Hocker dichter an die Feuerstelle, stocherte mit einem Zweig im Feuer und schob ein Stück glühenden Torf an den Rand. Den Zweig hatte Früllerk entrindet und längs nicht ganz bis zum Ende gespalten. Mit dieser Art Zange hob Louise die Glut hoch und ließ sie in einen der nassen *Holschen* fallen. Sie rollte das rotglühende Stück im *Holschen* herum. Das war eine Kunst, denn das Innere sollte ja nicht verbrennen. Es zischelte und dampfte, nach kurzer Zeit schon kippte sie das Glutstück in einen zweiten *Holschen* und wechselte kurze Zeit später wieder um.

Line beobachtete ihre Freundin und lobte: »Louise, du hast mir zwar gezeigt, wie die *Holschen* auf diese Weise warm gemacht werden, aber ich kokele dabei immer noch zu sehr!«

»Na, probier es doch auch, nasse *Holschen* stehen hier doch genug rum!«

»Und wenn sie verbrennen, schnitze ich neue!«, versprach Hans mit einem Lachen.

»Du schasst Line nich jümmer argern!«, Louise hatte keine Hand zum Drohen frei. »Sie schafft das schon!«

Einträchtig trockneten die beiden Frauen nun die *Holschen*. Weil Line Louise dabei beobachtete, schaffte sie es nun leicht.

*

Das Schlachten hatte sich durch das ›Schweinebaden‹ um einen Tag verschoben. Die Wärme des Feuers und die Schärfe des Grogs entfalteten langsam ihre Wirkung. Alle entpannten sich aufgrund der Wärme von außen und innen. Früllerk nahm sich eine Arbeit, bei der er das Feuer als Licht- und Wärmequelle nutzen und gleichzeitig mitreden konnte. Seine Werk- und die Schnitzbank standen nahe an der Feuerstelle, da er Abend für Abend daran arbeitete.

Vor einigen Tagen, nach dem großen Sturm, hatte er in der Nähe des Dorfes Düfelsmoor einen entwurzelten Holunder entdeckt, ihn zurechtgestutzt und auf den Torfkahn gezogen. Inzwischen trocknete das Holz, dessen Stamm er in armlange Abschnitte zersägt hatte. Jetzt suchte er sich ein noch feuchtes Stück und spaltete es mit Keil und Hammer in zwei Hälften.

Fritz und *Lüttsche-Hans* sprangen auf, um ihm zuzuschauen. Ihre Mutter jedoch zwang sie auf das Sitzbrett zurück: »Ihr seid *barft* und holt euch auf dem eiskalten Fußboden eine Erkältung.«

Früllerk grinste ihnen zu und stellte sich so hinter seine Werkbank, dass sie ihm zugucken konnten. »Ich will Kochlöffel herstellen. Die kann ich in Bremen gut verkaufen!«, erklärte er den beiden Jungen.

»Von welchem Baum stammt das Holz?« Fritz wusste es nicht und obwohl er erwachsen wirken wollte, war er an Holzarbeiten sehr interessiert und darum neugierig.

»Das ist Holunder, es ist besonders gut zum Herstellen langer Löffel, den *Sleef*, geeignet.« Früllerk hatte schon länger bemerkt, dass Fritz gern mit Holz arbeiten würde. ›Jetzt im Winter ist bestimmt Zeit, ihm die ersten Schritte zu zeigen‹, dachte er und erklärte weiter. »Dieses Holz ist weich, wenn es noch feucht ist, und lässt sich gut bearbeiten. Der trockene Löffel wird hart und stabil und ist fürs Rühren im *Grapen* sehr gut geeignet. Ich nehme die runde Baumform als Außenhaut der Kelle und nutze die Faserrichtung für den Stiel, damit er später nicht bricht.«

Früllerk zeichnete mit einem Holzkohlestückchen die Umrisse des Löffels auf die Innenseite, spannte das Holz mit einer Klemmzwinge so ein, dass der Stielteil freiragte und sägte grob um die geplante Kellenrundung herum. Als ehemaliger Schiffszimmermann besaß er alle notwendigen Werkzeuge.

Dort, wo der lange Löffelstab stehen bleiben sollte, sägte er an beiden Seiten das Holz in Abständen von oben nach unten bis zum zukünftigen Stiel ein, spannte das ganze Holzstück auf der Bank mit zwei hölzernen Schraubzwingen neu ein und meißelte nun das Holz zwischen den Sägeschnitten von oben nach unten ab. Anschließend setzte er den Meißel schräg in Längsrichtung an und klopfte mit dem *Klüpfel* große Späne herunter. Die Löffelform nahm langsam Gestalt an. »Das Werkzeug muss sehr scharf sein«, erklärte er, zu den beiden Jungen gewandt. »Und man muss schneiden, nicht hinterher endlos schleifen.«

Er löste die Zwingen, drehte das Holzstück, spannte es neu ein und meißelte die innere Kellenform, die Laffe, wie er den Jungen erklärte, heraus.

Schließlich hielt er den groben Löffel in der Hand. »Ich klemme ihn jetzt an der Schnitzbank ein.« Warum, ließ er ungesagt. Es war Früllerk immer noch peinlich, auf seine kaputte Hand zu verweisen. Er setzte sich auf die Bank und drückte mit dem Fuß das Pedal, um den Löffel festzuklemmen. »Mit dem *Scorp-Eisen* schneide ich nun jedes Fitzelchen Holz weg, bis die Laffe innen schön glatt ist.«

»Damit du nicht so viel schmirgeln musst!«, wusste Fritz.

Früllerk lächelte über den Eifer des Jungen und dachte: ›Er wird mal ein guter Tischler oder sogar Zimmermann werden!‹

Er nahm den Druck vom Pedal und wendete den Löffel, um die Außenseite mit dem gebogenen Schnitzmesser und schließlich der Ziehklinge zu bearbeiten. Immer glatter wurde das Holz. Zwischendurch klopfte er mit dem Messergriff auf die runde Fläche.

»Warum machst du das?« Obwohl die Gruppe am Feuer gerade laut lachte, verfolgte Fritz ganz konzentriert Früllerks Arbeit.

»Ich teste, ob die Löffelwand nicht zu dünn wird. Wenn ich aus Versehen ein Loch hineingeschnitten habe, war alle Arbeit umsonst.« Früllerk klopfte wiederholt. »Hört ihr, hier klingt es tiefer, da kann ich noch etwas mehr wegschneiden.«

»Morgen beim Schlachten kann Line den neuen Löffel schon benutzen.« *Lüttsche-Hans* war an Holzarbeiten nicht so sehr interessiert, er wollte aber doch mitreden.

Früllerk schüttelte den Kopf: »Nein, das geht noch nicht. Der Löffel muss bis morgen ruhen. Dadurch wird das Holz fester und kann erst dann sauber geschmirgelt werden.«

»Morgen müsst ihr aber doch schlachten! *Du hest denn doch gorkeen Tiet.* Oh, kann ich für dich schmirgeln? Onkel Früllerk, bitte!« Flehend sah Fritz ihn an.

Früllerk nickte. »Wenn dein Vater es erlaubt, darfst du den Löffel glätten, versprochen! Nimm aber nicht Sand, sondern Schachtelhalm. Hier unter dem Werktisch habe ich einige getrocknete Stängel schon zusammengebunden. Und vergiss nicht, das Bündel kurz in warmes Wasser zu tauchen, sonst zerbröselt es dir. Es darf aber auch nicht tropfnass sein. Wenn du dir nicht sicher bist, kannst du mich morgen ja noch mal fragen. Der Löffel muss anschließend noch weiter ein paar Tage ruhen. Erst dann reibe ich ihn mit Fett ein und er ist fertig.«

»Und aus der anderen Holzhälfte machst du jetzt noch einen zweiten, stimmt's?« Fritz fühlte sich durch Früllerks Nicken bestätigt.

Wann ist rechts links?

Jule, hast du Adolphe heute schon gesehen?« Hans zwinkerte, während er fragte, Früllerk zu.

»Jo, dat weer't jo, wat ek wull!« Die alte Frau schlug sich dabei mit der flachen Hand vor die Stirn. »Stellt euch vor, der arme Mann hat die rechte Hand verbunden! Das muss mächtig geblutet haben, der umwickelte Leinenstreifen war mit dicken roten Flecken durchtränkt! Er sagt, er hätte sich mit der Axt verletzt, als er Holz klein hacken wollte!«

»Ist er denn ein Linkshänder?«, wollte Hans sofort wissen.

»Nein, er hat doch die rechte Hand verbunden.« Piss-Jule schüttelte bei ihren Worten mit dem Kopf. »Nicht die linke!«

Krischan blickte wie fragend zu Hans hinüber.

Der grinste breit: »So, so, kein Linkshänder! Wieso schlägt er dann mit der Linken auf das Holz und hält es mit der Rechten fest?«

»Hans, *du versteihst dat noch jümmer nich!*« Piss-Jule sprang auf und fuchtelte ihm mit den eigenen Händen vor dem Gesicht herum, um es deutlicher zu machen. »Er hat die rechte Hand verletzt!«

»Ja, ja!«, entgegnete ihr Hans und zwinkerte nun auch Louise zu. »Jule, *du weest doch jümmer allens!* Wie hat er das denn gemacht? Ich halte mit der Linken das Holz und schlage die Axt mit der Rechten! Dabei kann ich mir doch nur die Linke verletzen. Oder hat Adolphe die Axt in die Luft geworfen und falsch aufgefangen?«

Für Piss-Jule war es schwer, der Beweisführung von links und rechts zu folgen. Sie verstand nicht, was Hans meinte, und wurde böse. »Was hast du gegen ihn?! Er ist immer so nett zu mir!«

»Kommt er dich denn besuchen?«, fragte Louise verblüfft.

»Ja, natürlich, im Gegensatz zu anderen hier aus dem Günnemoor.« Sie schaute anklagend auf Krischan. »Nicht einmal einen Anstandsbesuch habt ihr gemacht, nachdem ihr hierhergezogen wart!«

Krischan war zwar verlegen, verteidigte sich aber sofort: »Ich wusste gar nicht, dass so ein Besuch hier üblich ist! Wir haben uns auf dem Sandvoss-Hof vorgestellt und dachten, das sei genug! Wir sind so spät im Jahr angekommen, da war überhaupt keine

Zeit übrig für Besuche. Wir müssen doch versuchen zu überleben! Geräuchtertes, wie du es bekommen hast, gibt es für uns nicht!«

Line folgte dem Gespräch sehr aufmerksam und fragte erstaunt: »Geräuchertes? Krischan, warst du dabei? Wer gab Jule etwas, Anna Sandvoss?«

Der nickte nur. Piss-Jule, die sich nicht wieder gesetzt hatte, warf sich jetzt regelrecht in die Brust: »Ja, die Bäuerin hat es mir gegeben! Dort wird in diesen ersten Frosttagen ebenfalls geschlachtet und darum bekam ich den ganzen übrig gebliebenen Rest vom Vorjahr! Das habt ihr wohl nicht gedacht!«

Line wollte die alte Frau beruhigen und antwortete versöhnlich: »Jule, das ist aber freundlich von Anna Sandvoss. Da hast du doch den ganzen Winter über etwas für deine Suppe!«

Louise schaute Piss-Jule überlegend an: »Wann war denn Adolphe bei dir? Hast du ihm etwas von deinem Geräucherten abgegeben?«

»Ich kann mit meinem Speck und der Wurst tun, was ich will, es war schließlich ein Geschenk!« Das klang nach Verteidigung.

Louise verstand und war entsetzt: »Jule, hast du Adolphe etwas abgegeben? Hast du denn selber noch genug?«

Piss-Jule wirkte plötzlich befangen, mehr noch, niedergeschlagen, sie flüsterte fast: »Ich habe ihm den ganzen Korb mitgegeben. Da war alles drin, was ich bekommen habe. Ich weiß nicht, wie es geschah«, verteidigte sie sich lauter werdend, »Adolphe war so nett und ich wollte ihm doch nur ein Stück geben und da nahm er den Korb hoch und dankte und dienerte sogar vor mir und nannte mich eine so liebe Frau und da konnte ich es ihm doch nicht wieder abnehmen.«

Alle starrten sie entsetzt an, selbst die beiden Jungen verstanden genau, was das bedeutete. »Aber das kann er doch nicht machen«, stotterte Louise fassungslos. »Jule, nun hast du keinen Vorrat, du brauchst Fett jetzt im Winter. Adolphe hat ein Schwein, das er bestimmt auch bald schlachten wird! Wie konntest du das zulassen!«

»Er braucht es doch für seine große Familie«, verteidigte sich die alte Frau.

»Ich habe dir eben gesagt, er hat ein eigenes Schwein, du aber nicht!« Nicht nur Louise ließ ihrer Entrüstung freien Lauf.

Hans sprach mit solch gepresster Stimme, dass seine Söhne erschrocken aufhorchten. So wütend kannten sie ihn kaum. »Jule, bisher habe ich Adolphe immer noch verteidigt, wenn es gegen ihn ging, aber das geht zu weit. Auch wer noch nicht lange hier im Günnemoor lebt, weiß, dass gerade du zu wenig hast. Niemals hätte er zu dir kommen dürfen. Dass er dir alles fortgenommen hat, ist unmenschlich!«

»Aber ich hielt ihm doch den Korb hin! Er dachte, ich gebe es ihm!«

»Beschönige nicht, *de Spitzboov* wusste genau, was er tat. Sicher hat er gesehen, dass du Fleischernes nach Hause trugst, und ist dir gefolgt. Er wollte alles haben und wusste, wie er es von dir bekommt!«

Line verstand Piss-Jules Verhalten und sagte nachdenklich, wie mehr zu sich selbst: »Da hat dir jemand etwas Liebes gesagt, wer weiß, nach wie langer Zeit mal wieder. Aber, Jule, du bist auf Adolphe reingefallen. Der meint es nicht ehrlich. Der sagt, was Menschen hören möchten. Tut ihnen schön und erreicht, wie man bei dir sieht, immer sein Ziel. Adolphe ist ein Schnorrer und Bettler!« Auch wenn Line sich das bisher nicht hatte vorstellen können, die alte Frau tat ihr leid.

Selbst Krischan, der sich als Neuling immer noch zurückhielt, war aufgebracht: »Jule, bei uns hat es Adolphe ebenfalls probiert. Er schmeichelte und bat. Einmal haben wir ihm etwas gegeben. Schon gleich am nächsten Tag stand er wieder in der Tür und versuchte es von Neuem.«

»Und, habt ihr ihm noch mehr gegeben?«, wollte Line wissen.

»Nein, meine Abcke und ich hatten es abends in der *Butze* besprochen. Wir kennen Hunger. Und haben so wenig für diesen Winter, wir können nichts abgeben. Was sollen wir denn unseren Kindern sagen, wir sind doch auch viele Esser!«

Alle Erwachsenen bedrängten nun Piss-Jule: »Du musst es Anna Sandvoss sagen, sie muss das rückgängig machen!«

»Nein, das geht nicht!« Die alte Frau ging einen Schritt von der Feuerstelle weg. »Die Bäuerin hat mir gesagt, ich solle es mir genau einteilen. Mit einer ganz strengen Stimme.«

»Jule, geh trotzdem zu ihr! Es ist doch nicht deine Schuld!«

»Nein, das versteht sie nicht. Ich muss jetzt auch fort, hab doch noch meinen Pott mit Suppe auf'm Feuer.« Sie ging bei diesen Worten schon rückwärts Richtung *Grootdöör*.

»Jule, *bliv stoon!* Du musst es sagen, du verhungerst sonst. Wir helfen dir auch.« Louise stand auf, schüttete das Glutstück zurück ins Feuer und gab Hans den *Holschen*. Dann ging sie der alten Frau über die Diele nach. »Ich erkläre es Anna Sandvoss, wir gehen zusammen. Die Bäuerin hat Macht. Sie befiehlt Adolphe, dir alles wieder zurückzugeben!«

»Nein, nein! Ich muss jetzt los!« Fast lief Piss-Jule durch die rasch geöffnete Tür und schlug sie heftig hinter sich zu.

»Louise, lass sie. Du kannst nichts bei ihr ausrichten. Ich werde es Anna Sandvoss selber sagen, nach Sonntag arbeite ich doch wieder auf dem Hof!«

»Hans, bis dahin haben Poggenstekers alles aufgegessen!«

»Dann gehe ich eben jetzt, Adolphe darf damit nicht durchkommen. Frülllerk, unsere Frauen haben ihn wohl von Anfang an doch besser eingeschätzt als wir.« Hans lächelte verlegen bei diesen Worten.

»Ja, fast vergessen wir dabei seine verletzte Hand!« Frülllerk bereute ebenfalls seinen anfänglichen Unglauben. »Louise, Line, ihr habt Recht behalten. Es tut mir leid, dass ich es nicht glauben wollte. Adolphe beklaut tatsächlich seine Nachbarn!«

Da Krischan verständnislos guckte, erklärten es ihm Hans und Frülllerk. *Lüttsche-Hans* und Fritz horchten auf, davon hatten sie ja gar nichts gewusst.

Alle lachten befreit auf, nachdem Louise trocken bemerkt hatte: »Line, wascht eure Äpfel bloß gut ab, bevor ihr sie esst. Sonst werdet ihr durch Adolphes Blut angesteckt und beginnt ebenfalls zu mausen!«

»Der fasst bestimmt nicht wieder in eure Äpfel! Aber auch davon werde ich Anna Sandvoss berichten!« Hans zupfte sich ein wenig Heu zurecht und stopfte es in seinen *Holschen*. Auch den zweiten fütterte er auf diese Weise und schlüpfte dann hinein. »Hm, *feine warme Fööt hebb ek!*« Da er seine Joppe auch am Feuer nicht ausgezogen hatte, war er nun fertig, er plinkerte seiner Frau mit beiden Augen kurz zu und verschwand durch die *Grootdöör*.

Line und Früllerk besprachen mit Krischan noch kurz die Einzelheiten fürs Schlachten und die dadurch anfallenden Arbeiten in den nächsten beiden Tagen, dann gingen alle zur eigenen häuslichen Feuerstelle.

Früllerk entschuldigte sich bei seiner Frau: »Es tut mir leid, Line, dass ich dir nicht geglaubt habe! Aber solch einen Menschen wie Adolphe habe ich bisher noch nicht erlebt. Jetzt kann auch ich mir vorstellen, dass es dort einen Großvater gibt, den er Hunger leiden lässt und peinigt.« Besorgt antwortete Line: »Niemand außer mir im Dorf hat Lür Bolte bis jetzt gesehen. Und sollte Adolphe ihn verhungern lassen, würde wohl nie jemand davon erfahren!« Sie schmiegte sich an ihren Mann, der ihr dabei über ihren Bauch streichelte.

Der poetische Reispudding

Und nimm ihn weg, lass ihn erkalten, indes du deines Amts tust walten.«

Jacob versuchte, sich zu konzentrieren. Er saß in der *Dönz* am Tisch und las im Anhang der Bibel. Im Katechismus stand zur Erklärung des vierten Gebotes: ›... dass wir unsere Eltern ... in Ehren halten, ihnen dienen, gehorchen ...!‹ ›Gehorchen‹ – das konnte doch nicht alles sein, was in der Bibel über das Verhältnis der Generationen zueinander stand! Der Respekt der jüngeren Generation gegenüber der älteren war das eine – aber es konnte doch nicht Gottes Wille sein, dass eine Altbäuerin über einen ganzen Hof bestimmen konnte, wenn der Erbe schon lange erwachsen war. Konnte seine Mutter ihm tatsächlich verbieten zu heiraten? Ganz in diese für ihn so wichtige Frage vertieft, drangen dennoch automatisch die aus der *Dönz* zu vernehmenden Kinderstimmen an sein Ohr. Die Sätze, die der *Schoolmester* seinen Schülern einbläute, konnte Jacob auch ohne bewusstes Zuhören schon auswendig mitsagen. Warum beherrschten die Kinder sie denn immer noch nicht?

»Drei Stunden lass ihn noch so stehen, drauf magst du ihn dann holen gehen!«

Was war das überhaupt, was da wieder und wieder aufgesagt wurde? Diese Verse stammten doch niemals aus der Bibel! Und wie ein Kirchenlied klangen die Strophen auch nicht. Schläge waren zu hören. Vermutlich schlug der Lehrer die Hände gegeneinander, um die Aufmerksamkeit seiner Schüler zu erringen. Das Textaufsagen begann von vorn. Jacob blätterte eine Bibelseite um, nach kurzer Zeit drangen die Kinderstimmen wieder in sein Bewusstsein.

»Jetzt hol den kalten Brei ganz munter
und mische gleich die Sahne drunter.
Nimm flugs die Puddingform hervor,
feucht sie mit Wasser an zuvor
und schütte diese Masse drein,
die nun recht kühl verwahrt muss sein.«

Jacob wunderte sich und schüttelte den Kopf. Hörte er richtig? Das klang wie ein Gedicht über Reisbrei, aber da musste er sich wohl sehr irren. So etwas lernten Kinder doch nicht im Schulunterricht! Was trieb der Oloff Schott da mit seinen Schülern?

»Im Wassereimer tief im Keller und zugedeckt …«, mitten im Satz brachen die Kinder ab. Was war denn nun schon wieder?

Jacob seufzte. Das Lesen und Suchen musste er auf einen späteren Zeitpunkt verschieben. Er hörte Männerstimmen, es kam vermutlich Besuch, da konnte er gleich nachsehen gehen und den Gast begrüßen. Er stand auf, schob den Stuhl wieder unter den Tisch und legte die dicke Bibel geschlossen wieder mitten auf die Tischdecke. So wie seine Mutter es immer machte.

Es klopfte an die *Dönzdöör.* »*Kumm rin!*«, rief er und wartete gespannt auf den Besucher. Mit einem Diener betrat Hans Sasse die kleine Stube, blieb jedoch im Türrahmen stehen. Erstaunt fragte Jacob: »Hans, *wat schall dat denn?* Du klopfst, anstatt gleich bei den Knechten nach Arbeit zu schauen?«

Hans dienerte zu Jacobs Erstaunen noch einmal und räusperte sich.

»Na, das scheint ja sehr wichtig zu sein, wenn du heute einmal hierhin in die *Dönz* kommst!«, lächelte Jacob über den Mann, der sonst immer einen Spaß machte.

»Ja, hm!« Hans räusperte sich noch einmal und setzte wieder zu sprechen an: »Ja, hm!«

»Ja, hm! Das soll wohl offiziell werden? Hans, ich kann nur nichts damit anfangen. Was willst du?«

»Jacob, ich weiß nicht, ob Ihr dafür zuständig seid!«

»*Keerl,* nun brich dir nichts ab. Duz mich wie immer und sag, was du auf dem Herzen hast!«

Hans räusperte sich nun energisch und begann: »Es geht um Piss-Jule, äh, Jule meine ich natürlich! Und um Poggenstekers! Deine Mutter hatte Jule das Geräucherte vom Vorjahr gegeben, einen ganzen Korb voll. Und Adolphe nahm ihn ihr weg. Außerdem hat er …«

»Was hat Adolphe getan?« Anna Sandvoss stand in der Tür und hinter ihr lugte der Schulmeister hervor. »Was geht hier vor? Oloff Schott holte mich sofort, nachdem er gemerkt hatte, dass Hans nicht als Hilfs-Knecht …«

»*Mudder, lot dat*. Hilfs-Knecht, diese Bezeichnung ist doch wohl überaltert. Hans ist Kolonist und er arbeitet oft und sehr gut für uns. Du musst ihn nicht degradieren.«

»Jacob, sei still! Ich rede, wie ich will!« Mit einer Handbewegung wischte sie seine Kritik fort. »Also, Hans, hast du etwas mitzuteilen? Für unseren Hof? Dann bist du bei Jacob falsch. Ich bin Herrin hier, niemand anderer!«

Jacob holte Luft, unterließ aber resigniert, etwas zu sagen.

»Ja, also, Bäuerin«, Hans dienerte nun sehr tief, er spürte natürlich die Spannung zwischen Mutter und Sohn. »Wie ich eben schon sagte …«

»Das habe ich nicht gehört, vielleicht hast du gemerkt, ich kam just eben zur Tür herein. Weil Oloff Schott auf alles achtet!« Lobend drehte sie sich zum Schulmeister um und lächelte ihn an.

›Der ist eine alte Petze!‹, dachte Hans, begann aber zu erklären. Er wollte Anna Sandvoss nicht ärgerlich machen. »Ich habe heute von Jule erfahren, dass sie von Euch einen ganzen Korb voll Geräuchterem bekommen hat.«

»Aha, und das findet ihr Kolonisten wohl ungerecht, was? Soll ich euch allen etwa auch etwas geben?«

Hans atmete erschrocken ein: »Nein, nein, so etwas hat niemand von uns gedacht. Wir schlachten doch alle selber. Euer Mitleid wird überall anerkannt.« Er dachte dabei: ›Ein klein wenig Schmeichelei könnte helfen!‹

»Also, was willst du dann? Ich habe nicht den ganzen Tag Zeit, hier herumzustehen und dein Gedruckse zu verfolgen!«

»Adolphe Poggensteker hat Jule den Korb mit allem Geräucherten weggenommen!«

»Das ist doch gelogen!« Des Schulmeisters Stimme klang schrill und empört. »Was erdreistest du dich, Mann. Das klingt ja, als hätte Adolphe es ihr gestohlen! Ich weiß von ihm selber, dass Jule ihm alles geschenkt hat!«

Anna Sandvoss runzelte die Stirn. »Wie, Jule hat ihm das ganze Fleischerne geschenkt? Ich gab es ihr zu ihrem eigenen Verzehr. Weil sie kein Schwein mästen kann.«

Hans hatte aber noch mehr zu berichten: »Bäuerin, Adolphe hat außerdem bei Grapenthiens Äpfel gemopst, und vermutlich nicht das erste Mal!«

»Das ist eine schwere Anschuldigung, kannst du die beweisen? Jede andere Familie hätte die Äpfel auch nehmen können!«

»Es haben aber alle selber welche!«, verteidigte Hans die Kolonisten.

»Brodtmanns nicht!«, reagierte der Schulmeister sofort. »Die sind neu hier und niemand weiß etwas über ihren Leumund!«

»Das sollte Herr Findorff hören können, Gott habe ihn selig, aber auch sein Nachfolger, der Herr Kohlmann, wird sich nicht unterstellen lassen, dass er schlechte Menschen ausgesucht hat!« Hans wehrte sich, so gut er konnte.

»Ach, und wer hat Adolphe hierhergeschickt?« Oloff Schott war sarkastisch.

Anna Sandvoss unterbrach den Streit: »Schluss! Kannst du deine Anschuldigungen beweisen?«

Hans hätte jetzt gern Unterstützung gehabt. Früllerk wäre sicher mitgekommen, wenn er ihn gebeten hätte. Er wollte es sich mit der Bäuerin nicht verderben, er brauchte die regelmäßige Arbeit auf dem Hof. Da er aber versprochen hatte, hierherzukommen und den Fall vorzutragen, rechtfertigte er seinen Verdacht: »Wir hatten ihm bei den Äpfeln eine Falle gestellt. Er sollte sich an einer versteckten Sichel schneiden, falls er die Äpfel im Dunkeln ertasten würde. Heute hat er eine Schnittverletzung an der Hand. Das ist der Beweis!«

»Das ist gelogen! Er hat sich mit der Axt verletzt, beim Holzhacken!« Der Schulmeister war gut informiert.

Anna Sandvoss blickte Hans zweifelnd an.

»Wer verletzt sich denn beim Hacken die rechte Hand, in der er die Axt hält. Adolphe ist doch kein Linkshänder!«

»Die Äpfel gehen mich nichts an! Lassen wir das! Wichtiger finde ich, wie sich Jule verhalten hat! Wie kann sie das Geschenkte einfach weiterschenken? Und dann auch noch den ganzen Korb voll! Sie hat es wohl nicht nötig, sie weiß, dass sie hier auf dem Hof immer mitessen kann. Ist ihr die eigene Kocherei inzwischen zu viel?«

»Nein, Bäuerin, das war ganz anders! Adolphe ist ein Schmeichler. Jule kann gar nichts dafür. Er kam und bettelte und sie wollte freundlich sein und ihm ein Stückchen Fleisch geben. Zu ihrer Überraschung nahm er …«

»Das stimmt doch alles nicht! Gute Frau Sandvoss, vergesst einfach die Anschuldigungen. Ich habe eine wirkliche Überraschung für Euch! Kommt mit auf die Diele, Ihr werdet eine große Freude erleben!«

Hans war sich sicher, dass der Schulmeister von seinem Freund Adolphe ablenken wollte.

Jacob hatte während des Streites die anderen nur beobachtet. Auch er glaubte an eine geschickte Ablenkung.

»Liebe Frau Sandvoss, eigentlich solltet Ihr von der Überraschung ja erst später erfahren, aber ich glaube, jetzt ist ein guter Anlass, Euch etwas Zerstreuung zu geben. Kommt mit zu den Kindern!« Der Schulmeister nahm eine Hand der Bäuerin und zog sie zurück auf die Diele.

Jacob sah das verblüfft mit an. Wie nah waren sich die beiden inzwischen gekommen, dass Oloff Schott sich traute, sie zu lenken? Nun wollte er genau wissen, was der Schulmeister geplant hatte.

»Kinder, wir sagen das gelernte Gedicht jetzt auf. Gebt euch große Mühe! Gute Frau Sandvoss, Ihr kocht doch solch ausnehmend leckeren Reisbrei. Wiederholt habt Ihr mich davon kosten lassen! Zum Dank habe ich für Euch ein Gedicht geschrieben. Die Anleitung, wie der Brei gekocht wird. Reihe für Reihe reimt sich, das hat viel Mühe gekostet. Aber es war mir wichtig! Das ist ein kleiner Dank für Eure wunderbare Verköstigung!«

»Ach, Oloff Schott, eine herrliche Idee ist das! Ich merke ja sofort wieder, welch guter Schulmeister Ihr seid! Da verknüpft Ihr das Lernen mit der Anleitung, welch eine Freude!«

›Oh, ist das ein Kriecher und Schönredner!‹, dachte Hans und als er zu Jacob blickte, verzog dieser ebenfalls das Gesicht. Beide grinsten, schauten aber schnell nach unten, damit niemand sonst es sah.

»Der poetische Reispudding!« Der Schulmeister klatschte in die Hände und dirigierte Silbe für Silbe.

»Nimm eine Tasse guten Reis und wasche ihn recht fein und weiß!«

Die Kinder mühten sich redlich, schielten dabei abwechselnd vom

Schulmeister zur Bäuerin. Gegen Ende der Zeilen wussten sie nicht mehr wirklich weiter, Oloff Schott sprach den Text nun fast allein.

Anna Sandvoss strahlte über das ganze Gesicht und schlug nach dem Vortrag ihre Handflächen ineinander. Das hatte sie während ihrer Kur in Lilienthal gelernt. »Das müssen all unsere Mägde ebenfalls lernen, das ist ja fast wie eine Mitgift. Wunderbar, lieber Oloff Schott, einfach wunderbar. Welch ein Talent Ihr doch seid. Da werdet Ihr nicht lange bei uns bleiben. Ihr seid zu Höherem berufen! Ich werde meinen Teil dazu tun. Auch wenn wir Euch hier sehr vermissen werden!«

»Mutter, das ist erst etwas für die Zukunft«, versuchte Jacob die Begeisterung der Bäuerin abzuschwächen.

Eine scheuchende Handbewegung zeigte ihm deutlich seinen Platz. Er seufzte und strebte der Seitentür zu. Hans folgte direkt hinter ihm.

Draußen atmeten beide erst einmal tief durch. Nachdem die Tür geschlossen war, begannen sie zu lachen, entfernten sich dabei aber vom Haus. »Oh, *wat 'n Glattschnacker!*«, empörte sich Hans. »Vielleicht sollte ich nicht so reden, aber das war ja unerträglich!«

»Das ist wohl wahr! Hans, ich glaube dir, dass Adolphe Äpfel stiehlt. Und dass er mit Schmeicheleien Jule herumgekriegt hat. Und meine sonst so kluge Mutter fällt doch auch auf Oloff, Adolphes besten Freund, herein! Da hat sich die gleiche Sorte Mann gefunden. Hans, wir müssen unsere Augen offen halten. Von meiner Mutter werden wir keine Hilfe bekommen.«

»Ja, wir passen auf und wissen uns zu wehren, Jacob. Aber Jule kann das nicht. Hoffentlich lässt deine Mutter sie trotzdem wieder mit am Tisch essen!«

Der geklaute Reispudding

Siebje, ich mache mich auf den Weg zum Herrn Pastor. Vielleicht reite ich anschließend auch noch zum Amtmann. Ich werde versuchen, den Willen meiner Mutter zu umgehen. Wenn du mich immer noch heiraten willst!«

Seine Liebste blickte ihn mit leuchtenden Augen an: »Jacob, das weißt du doch. Ich habe dich so lieb, ich möchte lieber heute als morgen deine Frau werden.«

»Wie gern würde ich dich jetzt in den Arm nehmen!«

»Bloß nicht, hier auf dem Hof sind zu viele Menschen. Aber was willst du den Amtmann fragen? Der Herr Pastor entscheidet doch über Eheschließungen.«

»Ach, Siebje, er würde uns niemals ohne die Einwilligung meiner Mutter trauen. Und die hört mir gar nicht zu, sie ist sehr eklig zu mir und schmachtet stattdessen den *Schoolmester* an. Du kannst dir kaum vorstellen, *woveel Honnich he ehr um'n Boort smert!*«

»Der ist nicht gut, Jacob, dafür habe ich ein Gespür! Diese sanfte, einschmeichelnde Stimme, uuh, mir stellen sich dabei die Nackenhaare hoch!«

»Aber ihr Frauen mögt ihn doch!«

»Also ich nicht! Der ist falsch, da bin ich mir sicher, Jacob. Auch wenn deine Mutter ja eigentlich eine Menschenkennerin sein müsste. Durch ihre Stellung trifft sie doch viele Männer und Frauen und hat Erfahrung im Leben.«

»Also, als er ihr heute Morgen das Gedicht über den Reisbrei aufsagte, alle Schulkinder hatten es auswendig lernen müssen, da hättest du sie sehen sollen. Sie war vor Freude schier außer sich, dass der von ihr höchstpersönlich entdeckte Schulmeister sich für sie ein Gedicht ausgedacht hat. Das sich auch am Ende jeder Zeile reimt, da ist er besonders stolz drauf! Der poetische Reispudding ist die Überschrift! Lachhaft!«

Siebje guckte Jacob verwundert an: »Der poetische Reispudding, sagst du?«

»Ja, da die Kinder es stundenlang aufsagen mussten, kann auch ich es auswendig. Hör mal den Anfang:

»Nimm eine Tasse guten Reis
und wasche ihn recht fein und weiß …«
»Koch ihn zu einem Brei sodann,
tu Milch, Vanille und Zucker dran
und nimm ihn weg, lass ihn erkalten,
indes du deines Amts tust walten«, ergänzte Siebje.

»Hat unser Schulmeister es dir auch aufgesagt? Was hast du mit ihm zu schaffen?« Eifersucht wallte in Jacob auf.

Siebje legte ihm begütigend eine Hand auf den Arm, nahm sie aber schnell wieder fort. Das war eine Vertraulichkeit, die niemand sehen sollte. »Jacob, er hat noch nie mehr als ›*Goden Dag ok!*‹ zu mir gesagt. Glaubst du wirklich, ich würde mich auf solch einen … schleimigen … Kerl einlassen? Er ist mir so zuwider!«

»Aber, wieso kennst du dann die Verse?«

»Oh Jacob, das Gedicht kennen alle jungen Frauen in Gnarrenburg und Umgebung. Ich lernte es in Bremervörde bei meiner Patin. In deren Küche wurde es sogar gesungen. Ihr hier scheint es noch nicht zu kennen!« Siebje schaute um sich und strich Jacob heimlich über die Wange. Sie freute sich trotzdem über seine Eifersucht.

Blut rühren und Hirn braten

Line stand gebückt über dem kleinen Daubeneimer und rührte mit der Hand Blut. Immer noch kam es im rhythmischen Schwall aus dem Schnitt, den Krischan Brodtmann seitwärts am Schweinehals gesetzt hatte. Ihre Finger spreizten und schlossen sich, so als wolle sie die Flüssigkeit greifen. Dabei rührte sie unentwegt. Der Geruch vom warmen Blut stieg ihr in die Nase und erzeugte Brechreiz. Das war ihr noch nie passiert. Line wunderte sich, in Bremen hatte sie immer selber diese Aufgabe übernommen. Wenn man nicht gleichmäßig rührte, gab es Klümpchen. Außerdem wurde die Hand hier draußen auf dem Hof in der Kälte schön warm.

Wieder musste sie würgen. Ob sie das die ganze Zeit durchhalten könnte, bis das Blut kalt war? Puschel, ihre Katze, kam angeschlichen. Mit der freien Hand jagte Line sie fort. *»Mauiau!«,* beschwerte sich das Tier, blieb aber in einiger Entfernung sitzen und beobachtete das Geschehen.

Früllerk und Krischan trugen den großen Holzbottich durch die Tür nach draußen. Früllerk holte auch kochendes Wasser im *Grapen,* es dampfte mächtig in der Kälte. Noch während das Blut tropfte, hoben sie das Schwein in die längliche Molle. Line hielt den Eimer noch einen Moment darunter.

Sie streckte sich, hielt ihr Gesicht zur anderen Seite und atmete tief durch. Das Würgen endete, sie stellte den Eimer, dabei immer weiterrührend, auf den Holzklotz. So konnte sie trotz abgewandtem Gesicht weiterrühren.

Früllerk tauchte eine kleinere Daubenschale in das kochend heiße Wasser und begoss das Schwein.

»*Pass op!* Überbrüh mir nicht die Hände!«, schrie Krischan, der mit der metallenen Glocke begonnen hatte, die sich lösenden Borsten von der Schweinehaut zu schrapen.

Puschel leckte einzelne Blutstropfen von den Steinen.

Line goss nach geraumer Zeit das aufgefangene Blut in den irdenen dreibeinigen *Grapen,* der schon in der Hütte gestanden hatte, als sie im letzten Sommer hierhergekommen war. Inzwischen besaß sie ja weitere in unterschiedlichen Größen aus Metall. Frau Eltermanns Geschenk, nachdem Line im Herbst dort beim Kochen ausgeholfen hatte. Sie steckte den *Sleef* in die Flüssigkeit und rührte weiter.

Die beiden Männer waren mit dem Überbrühen fertig, Krischan rasierte die letzten Borsten mit seinem scharfen Messer ab, er begutachtete die Schweinehaut. *»Allens klor, rein as'n lüttschen Kinderpopo!«,* lachte er. »Frullerk, du kannst mit dem Seil kommen!«

Das Schwein hing von der hölzernen Leiter fast bis zum kopfsteingepflasterten Boden vor der Katentür. Nach Krischans langem senkrechten Bauchschnitt hielt ihm Frullerk eine Molle vor die Öffnung. Krischan zog behutsam, fast in einem Klumpen quollen Därme und Innereien heraus. Er entwirrte und sortierte, schnitt vorsichtig, legte die Därme in den bereitstehenden Daubeneimer und wusch Herz, Lunge und Nieren, Magen und Leber. »Line«, sein Atem wurde eine weiße Wolke, »ich brauche wieder frisches Wasser!«

»*Lüttsche-Hans* und Fritz sind schon mit dem großen Daubeneimer unterwegs«, antwortete ihm Louise. Sie war als Nachbarin gekommen, um zu hören, wann das Schwein ausgekühlt sei.

»Heute säubern wir die Därme und ein paar Stücke Bauchfleisch und Siedenspeck schneide ich dir natürlich schon ab, Line«, entschied Krischan. »Es ist zwar kalt, aber noch nicht sehr kalt! Das Schwein braucht lange, bis es ausgekühlt ist. Ich muss außerdem heute Abend auf dem Sandvoss-Hof *fooern*.«

Louise nickte sofort verstehend. Die Arbeit auf dem großen Hof konnte nicht abgesagt werden. Erst jetzt sah sie ihre Nachbarin genauer an. *»Dat Mannsvolk markt nich, dat n' Fruu all gröön int Gesicht is, wat?«,* schimpfte sie los und nahm Line entschlossen den *Sleef* aus der Hand. *»Go un hol de Buddel met Brammwien. Wi köönt all tohop een Sluck bruken, bie de Küll.«* Entschlossen rührte sie dabei im Blut.

Line setzte sich drinnen kurz auf die Bank und verschnaufte. Warum ihr wohl vom Blutgeruch übel wurde? Ob das mit der Schwangerschaft zusammenhing? Sie atmete einmal tief durch, es klang beinahe wie ein Seufzer, stand auf, strich ihre Schürze glatt und holte aus dem *Schapp* die Tonbuddel und einen kleinen Becher.

Draußen schenkte sie den anderen nacheinander ein und wartete, bis Louise und die Männer getrunken hatten.

»Ho, ich komm ja zur rechten Zeit!« Adolphe war unbemerkt über den *Pad* zur Kate gekommen. »Schlachtetag und *Brammwien,* das ist ja reinweg ein Glückstag!«

»Kannst du das von eurem Grundstück aus riechen?« Louise wurde inzwischen jedes Mal unwirsch, wenn sie ihn sah. »Line, schenk ihm schnell einen ein, danach kann er gleich umkehren und unsere *Grapen* und Teller und Mollen, und was sonst noch aus unseren Haushalten drüben ist, holen. Wir brauchen morgen jedes Gefäß beim Schlachten!«

»Jungedi, wat is dat Wief gnadderig!« Adolphe wackelte dabei mit dem Zeigefinger in der Luft herum.

Line gab ihm den gefüllten Becher, gierig kippte er den Inhalt hinunter und hielt ihr unaufgefordert den Becher zum Nachfüllen hin. Sie ignorierte sein Verlangen, indem sie sich Louise zuwandte und mit den Augen zwinkerte: »Bringst du *den Buddel* in unsere alte Kate? Dort ist es kälter, ich bin mir sicher, der *Brammwien* schmeckt richtig kalt noch besser!«

Eilfertig, aber vor allem weil sie Lines Trick durchschaute und *gniggern* musste, verkorkte Louise die Tonflasche und meinte im Fortgehen: »Ich stelle *den Buddel* rechts von der Tür oben auf das Regal, ist das recht so?«

Auch Hans und Früllerk sahen sich nur einen kurzen Moment an, sie wussten, was Louise damit bezweckte. Früllerk würde heute Abend den präparierten *Holzkloben* mit der Sichel, ganz aus Versehen, neben die Tonflasche legen.

Niemand kümmerte sich um Adolphe. Der hatte verstanden, dass es keinen zweiten *Schluck* geben würde, er räusperte sich, wartete auf ein Wort, das nicht kam, räusperte sich noch einmal und meinte schließlich: »Ich geh wohl besser und hol euer Geschirr. Dass meine Frau aber auch so nachlässig ist und es nicht selber bringt!«

»Kann es nicht eher sein, dass du ihr nicht erlaubst, zu uns zu kommen? Ich hab so etwas gehört!« Louise war mutig, da sie ja nicht allein war.

Adolphe drohte wieder mit seinem Zeigefinger: *»Fronslüe hört int*

Huus! Das solltest du eigentlich wissen, als Ehefrau und Mutter!« Er zog Schleim hoch und spuckte hinter sich. »Aber es gibt sogar Weibervolk, das behauptet, Geister gesehen zu haben!« Adolphe zeigte mit der offenen Hand auf Line und dann in Richtung Louise.

»Das verstehe ich nicht, Adolphe«, Hans war nicht mehr gut auf den Mann zu sprechen.

»Na, ich habe gehört, dass irgendeine Frau herumfragt, ob bei uns in der Kate eine Person fehle. Ich muss ja wohl am besten wissen, mit wie vielen wir gekommen sind – und zählen kann ich gut, glaubt mir!«

»Adolphe, horchst du an den Wänden? Schleichst du bei deinen Nachbarn herum? Oder woher weißt du davon? Und gegen wen genau ist deine Anschuldigung denn überhaupt gerichtet? Verrate es uns doch!«

»*Keen de Büx passt, de treck se ok an!* Und ich kann nur warnen! Verleumdungen dulde ich nicht! Da bin ich nachtragend!« Er drehte sich mit einer kurzen knappen Bewegung um und ging Richtung *Pad*.

»*Kriggt hüüd jedeen siin Fett af?*« Krischan lachte, um die Atmosphäre nach der Warnung wieder aufzulockern.

Es half aber nicht, Hans war empört: »Das ist ja wohl nicht möglich! Früllerk, woher weiß Adolphe, dass Line sich Sorgen macht, ob Adolphe Lür Bolte nicht ein Leid angetan hat?«

»Du hast es ihm doch auf den Kopf zugesagt: Er horcht ganz sicher am Fenster oder an der Tür. Man hält es nicht für möglich! In Zukunft müssen wir eine Wache aufstellen, wenn wir uns unterhalten!« Früllerk war unruhig geworden. »Was meinte er mit seiner Warnung? Glaubst du, er will Line etwas tun? Sie ist schwanger, wenn er sie nun erschreckt und sie das Kind verliert!?«

»Er war ja nur *füünsch,* weil es keinen Schluck mehr gab!« Louise versuchte, alle zu beruhigen.

Krischan hatte inzwischen einfach weitergearbeitet, auch das schuf Ablenkung. Mit der Axt schlug er den Schweinekopf ab. »Line, was machst du mit dem *Brägen?*«

»Ich weiß nicht, was hier im Moor Mode ist, aber ich dachte, ich könnte ihn in Butter braten. So haben wir jetzt eine kleine Zwischenkost. Wir müssen uns nur beeilen, sonst ist Adolphe zurück und beansprucht ganz sicher den größten Teil davon.« Sie ahmte ihn nach: »Wir sind schließlich viel zu spät im Jahr in unsere Kate gezogen! Wir konnten keine Vorräte anlegen! Und wir haben viele hungrige Kinder!«

Alle lachten lauthals. Krischan nahm sein Messer und begann, das Gehirn aus den beiden Kopfhälften herauszutrennen. »Line, stell deine Bratpfanne aufs Feuer, es geht gleich los!« Wieder prusteten alle fünf wie auf Kommando.

»Wir braven *Froonslüe* sorgen fürs Essen! Kommt man gleich nach!« Louise legte Line liebevoll den Arm um die Schulter, beide Frauen verschwanden auf der Diele.

Krischan wischte sich mit dem Hemdsärmel über den Mund: »Hm, *Brägen* ist lecker, vor allem mit deinem Brot, Line! *West bedankt!* Morgen komme ich wieder, dann zerteilen wir das Schwein.«

»Ich helfe dir noch beim Waschen der Därme und beim Salzen der Innereien«, versicherte Louise Line.

Ein harmloser Jux?

Krischan war am nächsten Morgen nicht allein gekommen, Adolphe hatte Wort gehalten und brachte alle Töpfe und Schalen zurück. Die meisten hatte er Krischan aufgebürdet. »Als gute Christenmenschen schneidet ihr mir doch bestimmt ein gutes Stück Fleisch ab?« Adolphe war wieder der freundliche Nachbar, so, wie er sich in Gegenwart der Männer auch sonst immer verhielt.

Louise reagierte sofort auf sein Fordern: »Willst du nicht lieber warten, bis wir die ganze Arbeit getan haben? Bis die Würste fertig sind?« Sie ging einen Schritt zur Seite, so, als wäre seine Gegenwart ihr zuwider, trat aber sofort von hinten näher an ihn heran und zog etwas unter ihrer Schürze hervor. Mit einem aufgesetzt gleichgültigen Gesicht fummelte sie behutsam am Rückenteil seiner Jacke herum.

Und bevor er etwas merken konnte, stand sie wieder neben ihm und sprach, lauter als beabsichtigt, weiter: »Hier im Moor ist es Mode, dass, wer hilft, natürlich einen *Kump* voll geschenkt bekommt! Nur wer hilft!« Hans horchte auf. Louises Stimme klang nicht drohend wie sonst, sondern – verkniff sie sich etwa das Lachen? Er beobachtete seine Frau genau.

»Also, Wurst machen ist Frauenarbeit«, versuchte sich Adolphe herauszureden, »und siehst du hier meine Frau?«

»Ach, und was bin ich?« Krischan war wütend auf sich selber, weil er sich von Adolphe die Schalen hatte aufbürden lassen. »Du kannst ja Därme säubern! Du musst sie aber mit Schnee reinigen und anschließend gut mit Salz einreiben«, befahl er hämisch, obwohl diese Arbeit selbstverständlich schon getan war. »Oder du gehst nach Hause und kümmerst dich zur Abwechslung mal um deine eigene Arbeit.«

»Ja, ja, ich musste aber doch kommen, auf Befehl der Frauen! Ich habe Besseres zu tun, als euch die Arbeit abzunehmen!« Adolphe wackelte nur einmal kurz mit dem Finger und trat den Rückzug an.

Als er sich umdrehte, sah nicht nur Hans, warum Louise an ihm herumgefummelt hatte. Er zeigte mit dem Finger hinter Adolphe her – und was tat seine Frau? Wie ein Kind hielt sie den linken Zeigefinger waagerecht und strich mit dem rechten immer wieder daran entlang: »Ätsch, bätsch, da hast du eine Wurst!« Sie prustete los und lachte, dass ihr die Tränen kamen.

Zuerst hatten alle verdutzt auf Louise geschaut, da aber Hans nun ebenfalls laut auflachte und immer noch hinter Adolphe herzeigte, wanderten die Blicke in die Richtung, in die der Finger wies. Sogleich brachen alle in Gelächter aus und machten sich gegenseitig auf den Grund ihrer Heiterkeit aufmerksam: »Guck mal, seine Jacke!« Und sie lachten und lachten.

Louise hatte mit einem Band den Ringelschwanz des Schweins um den Knopfriegel der Jackenrückseite gewickelt. Bei jedem Schritt wackelte der Schweineschwanz hin und her, als sei er lebendig. Es sah zu komisch aus!

Puschel hatte das Gebammele ebenfalls entdeckt. Die Katze rannte Adolphe nach und schlug spielerisch gegen den Schwanz. Einmal und noch einmal. Das Gelächter verstärkte sich noch.

Adolphe hörte natürlich das fröhliche Feixen seiner Nachbarn, drehte sich um und wackelte, wie es seine ›Mode‹ war, mit dem Finger.

Beim Umdrehen entdeckte er aber auch den hin und her baumelnden Ringelschwanz. Sein Gesicht lief dunkelrot an, er schien kaum Luft zu bekommen! »Wer war das!?«, schrie er mit umkippender Stimme. Gleichzeitig versuchte er den Schwanz mit der Hand zu greifen. Er drehte und reckte sich, wurde immer hektischer.

Und hörte gleichzeitig das juchende Gelächter. Sein Schwanz-Greifen war vergeblich, er hielt inne und schrie wieder: »Wer war das?« Er zeigte mit dem Finger: »Das warst du, Line Grapenthien! *Ek wahrschau die wat!*«

Hans hatte Schluckauf bekommen vom Lachen und hickste darum: »Adolphe, … ’ne Frau war es, … das stimmt. Dafür, dass die ›Weibsbilder‹ zu dumm sind, haben sie dich eben aber tüchtig hereingelegt.« Er pruschte wieder los.

Frühlerk hatte sich etwas beruhigt und sprach für seinen Freund weiter: »Komm zurück! Ich helfe dir und binde den *Steert* ab!«

Beim Wort *Steert* brüllten alle wieder vor Lachen.

»Ihr werdet das noch bereuen!« Adolphe drehte sich abrupt um und stapfte mit durchgedrücktem Rücken den *Pad* entlang. Er wollte wohl überheblich wirken, es war trotzdem ein schlechter Abgang.

Als er nicht mehr zu sehen war, klang langsam das Lachen ab.

»Vielleicht haben wir nun endlich Ruhe vor ihm.« Früllerk schaute auf seine Frau, sie wirkte etwas ängstlich! »Lass den *Keerl* man drohen, Line! Du kennst doch das Sprichwort: ›Wer bellt, beißt nicht!‹ Wir passen alle miteinander auf!«

»Er schlägt nur Schwächere wie seine Kinder oder seine Frau! Wenn er mit ihnen allein ist!« So fidel wie Louise eben auch gewesen war, Adolphes Drohung nahm sie trotzdem sehr ernst.

Hans versuchte die Stimmung wieder zu heben: »Krischan, sogar du warst eben *füünsch* unserem Nachbarn gegenüber! So kenne ich dich ja gar nicht!«

Der Angesprochene ging darauf jedoch nicht ein: »Ach, das gleiche ›Spiel‹ erlebe ich nun schon zum dritten Mal. Gestern bei Koop-Vadder war Adolphe ebenfalls regelrecht ausverschämt, er *busterte* Mimi, als wäre sie eine Magd. Dabei ist sie doch dank dem Herrn Pastor seit dem Herbst verehelichte Frau Koop! Dass Adolphe sich nicht schämt, dort zu betteln. Deren Schwein ist mickerig geblieben und das Geschlachtete reicht kaum über den Winter. Auch ohne dass sie anderen davon abgeben. Da muss man doch wütend werden. Auf jeder Moorstelle bettelt oder fordert er Essen. Soll denn das ganze Dorf zum Frühjahr hin hungern, nur weil ein fauler Kerl dazwischen lebt?«

»Na, na, so schlimm ist es doch gar nicht!« Hans klopfte dem Schlachter auf den Rücken. »Wir sind doch wohl alle Manns genug, uns gegen ihn zu wehren.«

»Ja, aber es tut doch niemand! Was macht ihr denn, wenn er morgen wieder auftaucht? Und das tut er, darauf könnt ihr euch verlassen! Ihr gebt ihm eine Schüssel voll. So wie sonst auch. Die anderen halten es genauso. Wie kommen denn sonst die vielen Behältnisse in die Poggensteker-Kate? Doch nur, weil alle sagen: ›Es geht nicht um ihn, sondern um seine Frau und die Kinder. Die können nichts dafür, die hungern.‹ Merkt ihr denn nicht, dass das sein Trick ist?«

Mimis Blutklütschen

Line kochte vom *Siedenspeck* einen Teil und schnitt ihn in kleine Stücke. Nachdem auch frische Speckwürfel in der Pfanne ausgelassen waren, schüttete sie alles zu dem vorgequollenen Roggenschrot in die Holzmolle. Im letzten Jahr hatte sie gern von den krossen Grieben genascht, jetzt jedoch …? Während sie das abgekühlte Blut aus dem Daubeneimer dazugoss, würgte sie schon wieder. Vielleicht sollte sie doch Louise bitten die Blutklütschen zu machen. Sie drehte den Kopf weg und atmete tief durch.

»Na, ist dir nicht gut?«

Line schaute erschrocken hoch: »Mimi, ich habe dich nicht kommen gehört!«

»Nein, wenn dir so schlecht ist, wie du aussiehst, dann hast du gerade anderes im Sinn«, lächelte Mimi. *»Du süüst ut as Boddermelk!«*

Line trat vom Tisch zurück und vertraute Mimi ihre Sorge an: »Du hast doch schon Kinder geboren. Kann das sein, dass mir beim Anblick des Blutes immer noch schlecht wird? Es ist doch jetzt kalt und riecht nicht mehr so …« Sie drehte sich um, lief rasch über die Diele zur *Grootdöör* nach draußen und schaffte es gerade noch um die Ecke. Sie würgte und würgte, bis nur noch bittere Galle kam. Erschöpft lehnte sie sich an die Hauswand.

»Hier, das ist warmes Wasser, damit kannst du dir den Mund ausspülen!« Mimi hielt Line die irdene Tasse hin. »Du Arme. Lass deine Übelkeit bloß Piss-Jule nicht sehen. Die schreit gleich, dass Stadtfrauen nicht mal nebenbei Kinder kriegen können. Aber ich kenne das auch, vom ersten Kind. Beim nächsten ist es nicht mehr so schlimm«, tröstete sie.

Line gehorchte und fühlte sich gleich etwas besser. Sie war verblüfft, wie sorgend Mimi sich um sie kümmerte. Bisher war sie so zurückhaltend gewesen, hatte kaum gesprochen.

»Komm wieder auf die Diele, hier ist es zu kalt. Was wolltest du mischen? Den Teig für Blutwurst?«

»Nein, Früllerk liebt Klütschen so sehr.«

»Is good, ek mok dat!« Das klang sehr energisch und gar nicht wie

Mimi: »Du sagst, was ich tun soll, und bleibst etwas entfernt stehen, bis es dir besser geht! Hast du schon Salz hineingegeben? Wie viel Roggenmehl nimmst du? Wo ist Brühe?« Mimi sah mit einem Blick, was noch fehlte.

Line wunderte sich weiter und antwortete folgsam: »Schrot ist schon drin, Mehl fehlt noch. Die Brühe ist noch nicht sehr kräftig, wir haben ja noch keine Würste gegart.«

Mimi griff ganz selbstverständlich mit beiden Händen mehrmals in den Mehlsack und streute den fein gemahlenen Roggen gleichmäßig über das Blut.

Line holte den schweren eisernen Mörser vom Regal. »Ich nehme gern englisches Gewürz und schwarzen Pfeffer dazu. In Bremen wünschte es meine Hausherrin und natürlich hatte ich immer genügend Vorrat, da der Herr Eltermann ja Kaufmann war. Seine Schiffe brachten alle Spezereien aus den fremden Ländern mit.«

»Du warst die Hauptköchin dort?« Mimi fragte, rührte aber währenddessen kräftig weiter in der Masse. »›*Bunt*‹ genug ist es wohl?«

Line warf prüfend einen Blick in die Molle und nickte. »Nimm aber noch mehr Mehl. Ich mörsere inzwischen die Gewürze, zusammen mit Salz. Dadurch werden sie feiner zerrieben.«

»Geh aber lieber ans andere Ende vom Tisch«, Mimi griente verschmitzt. »Damit keine Flüssigkeit in den Mörser gerät!«

Line war baff. Mimi verulkte sie. Während sie den Stößel kräftig in den Mörser stieß, ihn drehte, um die zerquetschten Körner so fein wie möglich zu reiben, beantwortete sie Mimis Frage. »Ich begann nach dem Tod meiner Eltern mit zwölf Jahren im Haushalt der Familie Eltermann zu arbeiten. In der Küche wurden viele Frauen beschäftigt, ich habe zuerst nur die Fußböden gescheuert. Dann durfte ich Gemüse putzen und schon mal im *Grapen* rühren. Später lernte ich von Hanne, der obersten Köchin im Haus, alle Handgriffe. Als sie merkte, wie gern ich kochte und dass ich die Rezepte im Kopf behielt, unterwies sie mich jeden Tag und zeigte mir auch die feine Festtagskost. Eines Tages sagte Hanne, dass sie mir nichts mehr beibringen könnte. Sie war schon recht alt und kündigte zu Martini. Ich erhielt ihren Posten, obwohl es am Anfang nicht leicht war! Die Küchenfrauen mussten lernen, dass ich das Sagen hatte.

Frau Eltermann stand mir damals tüchtig bei, sie drohte einer der Frauen sogar mit Entlassung, wenn sie mir nicht gehorchen würde.«

»Und wo hast du Früllerk kennen gelernt?« Mimi nahm den Mörser und streute die gemahlenen Gewürze über die Masse. Mit den Fäusten drückte und knetete sie den Blutklütschenteig. Bei der Erinnerung spielte ein Lächeln um Lines Mund: »In meiner Küche! Er war der Mann, der uns den Torf brachte. Gleich als ich ihn das erste Mal sah, gefiel er mir. Jedes Mal, wenn er kam, gab ich ihm zu trinken und zu essen. Für den gesamten Wintervorrat unseres Hauses waren mehrere Fahrten mit seinem Torfkahn nötig. Wir brauchten viel Brennmaterial, mehrere Öfen brennen dort ja immer gleichzeitig.«

Mimi riss staunend die Augen weit auf. »Wie, mehrere Öfen? In einem Haus?«

»Ja, an jedem Wintertag. Schon frühmorgens wird das Kontor geheizt, in Frau Eltermanns Ankleidezimmer reicht ein Holzkohlebecken, aber zum zweiten Frühstück brennt natürlich der Torf im Kamin des Empfangszimmers. Auch das Speisezimmer und der Salon dürfen nicht auskühlen. Und in der Küche brennt sowieso das ganze Jahr über mindestens ein Feuer, je nachdem, wie viele Speisen zuzubereiten waren, und nach Gästezahl und fast täglich brauchte ich auch den Backofen. Den heizte ich jedoch am liebsten mit Buchenholz, der Duft überträgt sich auf das Brot, es schmeckt dann noch besser.«

»Line, komm mal näher, ist der Klütschenteig fest genug? Kannst du abschmecken?« Mimi hielt ihr eine kleine Menge hin.

Line schüttelte den Kopf: »Probier du, das kann ich heute nicht!«

»*Mauiii, miau, mauiau!*« Das klang energisch: Puschel bot sich an, sie wollte ebenfalls probieren!

Beide Frauen lachten.

»Ich übernehme aber keine Verantwortung, wenn Früllerk die Klütschen nicht mag und du sie statt *Bookweetenpankoken* alle allein essen musst!« Schon wieder uzte Mimi, Line lachte auf und dachte dabei zurück an die Zeit im vorletzten Sommer, als Mimi mit Walter und ihren Töchtern fortgegangen war. Völlig verschüchtert war sie damals gewesen, wie gut dagegen tat ihr jetzt augenscheinlich das Zusammenleben mit Koop-Vadder.

»Für mich ist er gut, ich lauf aber eben nach draußen und lass die Männer probieren, dann ist es ihre Schuld, wenn es nicht schmeckt.« Und ohne eine Antwort abzuwarten, war Mimi verschwunden.

Line schob den irdenen *Grapen* direkt über die Flammen, legte nicht Torf, sondern Moorholz nach, es brachte schneller Hitze. Zwei Stunden mussten die Klütschen in siedendem Wasser ziehen, hoffentlich war die Blutmasse dick genug. Sonst zerfielen sie und es gab Blutsuppe. Sie durften aber ebenso wenig zu fest werden, wenn beim Kochen der Schrot zu sehr aufquoll, ergab es ›Steine‹. Klütschen waren immer heikel in der Zubereitung.

»Früllerk sagt, sie sind gut gewürzt, Krischan meint, es fehlt noch Salz.« Mimi stand wieder auf dem *Flett.*

»Dann nehmen wir noch etwas mehr Salz. Beim Kochen geht davon im Wasser verloren. Krischan hat Recht! Ich streue noch etwas über den Teig und du knetest wieder, ja, Mimi?«

Während sie arbeitete, fragte Mimi weiter: »Line, hat sich Früllerk seine Hand in Bremen verletzt?«

»Hm, warte, ich gebe noch Salz auf diese Teighälfte. So nahe kann ich wohl an die Molle heran, ohne dass mir wieder schlecht wird. Ja, er war Schiffszimmermann und hatte einen Unfall. Er konnte dann nicht mehr in seinem Beruf arbeiten. Sein Freund Cord Hartwich meint bis heute, er sei an dem Unglück schuld, weil es beim Rumkalbern passiert war. Dessen *Schwestermann* Lüer Wendelken aus Ströhe machte darum Herrn Findorff auf Früllerk aufmerksam. Der gab ihm die Moorstelle, obwohl *Eenspänner* sonst nie Land erhalten. Als Moorcommissarius verlangte er jedoch, dass Früllerk so bald als möglich eine Braut vorweisen und heiraten musste, Herr Findorff nannte es baldige Copulation und er erwartete, dass Früllerk nach einem Jahr den ersten Torfkahn gebaut hatte. Als Vorbild für die Moorleute. Mimi, das kennst du doch: Wer in einem Dorf auf der Geest groß wurde, kennt sich mit Booten nicht aus und alles, was fremd ist, wird gemieden. Herr Findorff wollte sie zwingen, indem Hans und Früllerk zeigen, dass es schneller und leichter ist, zu fahren, statt durchs Moor zu stapfen. ›Die Moorleute sollen sich an das moderne Transportgerät gewöhnen‹, erklärte er. Für Früllerk wurde

Hans darum seine zweite Hand. Alle Arbeiten, bei denen kräftig zugepackt werden musste, hatte Hans übernommen.«

»Deshalb besitzen nun schon zwei Familien ein Schiff!!« Verlangen klang in Mimis Stimme. »Du hast einen guten Mann bekommen. Nicht so einen wie Walter!«

»Aber Koop-Vadder ist doch ein ganz Lieber!« Line versuchte zu trösten und lenkte ab: »So, ich glaube, es ist genug geknetet. Form jetzt einen Kloß, so dick wie ein Säuglingskopf. Den lassen wir etwas kochen, um zu sehen, ob er nicht zerfällt. Probekloß nannte meine Lehrmeisterin Hanne das.«

Beide beobachteten den Blutklütschen, der nicht zerfiel, obwohl das Wasser im irdenen *Grapen* recht kräftig brodelte. »Wenn du alle Klütschen im Wasser hast, darf es nicht so stark kochen, nur so vor sich hin simmern!« Line war eine echte Köchin, die ihr Wissen gern weitergab. Etwas verlegen fügte sie hinzu: »Aber das kennst du natürlich!«

»Ich habe früher, als junge Magd, helfen dürfen. Meine Bäuerin war aber keine Gute! Wir durften die Klütschen nicht essen! Sie bewahrte sie auf, den ganzen Winter über, das war ganz merkwürdig – in der Kälte!«

Line guckte erstaunt und skeptisch. »Wie das?«

»Sie hatte, wohl schon vor Jahren, eine Grube schaufeln lassen. Nicht sehr tief. Darin steckte ein hohler Baumstamm. Etwa so hoch«, Mimi hielt ihre Hand etwa in Bauchhöhe, »ach, ist doch egal, das interessiert ja niemanden.«

»Doch, mich schon, sehr sogar! Erzähl bitte weiter!«

»Wenn du meinst. Also unten war beim Aushöhlen der Boden stehen geblieben. Ich musste nach dem Schlachten in den Stamm Weißtorf schütten, so zwei Hände hoch. Waren die Blutklütschen abgekühlt, schüttete die Bäuerin sie in einen Korb, der mit Stroh ausgekleidet war. Und ließ dann den vollen Korb in den Baumstamm setzen. Obendrauf kam ein alter Holzdeckel und schloss alles ab. Der Zwischenraum wurde ebenfalls mit krümeligem Weißtorf aufgefüllt. Und auf den Deckel kamen Soden, dicht an dicht. Ich fragte die Bäuerin einmal warum und sie erklärte: *›Kannst' di dat nich denken?* Der Torf zieht die Feuchte an, sonst schwimmen die

Klütschen doch im Wasser. *Wat büst du doch 'ne dumme Deern!*‹ Die Klütschen froren wohl im Winter, waren dann steinhart. Das sagte mir die Großmagd dort. Bis ins Frühjahr hinein blieben sie im Baumstamm.«

»Aber warum habt ihr sie denn nicht nach dem Schlachten essen dürfen? Das verstehe ich nicht, das ist doch überall so!«

Mimi hob die Schultern. »Die Bäuerin meinte, im Winter gäbe es genügend Schweinernes. Später wären die Klütschen dann eine Abwechslung. Genauso sagte sie es. Die ersten, die wir aßen, nachdem der Korb aus dem Stamm geholt war, schmeckten wirklich lecker. Aber, Line, der Korb musste dann natürlich leer werden. Und wenn es draußen warm war, bekamen die Klütschen sehr schnell ›Haare‹. Das war nicht weiter schlimm, ich rubbelte mit der Hand alles ab, aber der Teig wurde ganz weich und so … so schleimig. In Scheiben schneiden ging nicht, dann wurde alles eher Brei. Also brieten wir die Klöße im Ganzen. Aber wenn man nicht genau aufpasste, zerrannen sie dann ebenfalls zu Brei! Dann war die Bäuerin mächtig ärgerlich!«

»Hat sie, haben der Bauer und sie denn diesen Brei auch gegessen?«

»Wenn ich jetzt so darüber nachdenke? Nein, ich glaube nicht!«

Line lachte auf: »Na, die mochten das auch nicht essen! Schleimigen Klütschenbrei! Igitt!« Lines Köchinnenherz wehrte sich.

Mimi verteidigte jedoch ihre frühere Arbeitgeberin: »Sie war doch eine gute Hausfrau. Schließlich darf nichts umkommen! Alles muss aufgebraucht werden. Trotzdem finde ich: Klütschen passen einfach besser in den Winter!«

»Genau, darum essen wir den Korb bald leer! Und da Früllerk und ich nicht alles selber essen können, teilen wir mit euch allen! Das ist nur gerecht!«

»Maaiau!« Puschel machte auf sich aufmerksam.

»Ja, du bekommst ebenfalls etwas ab.« Line guckte lächelnd von der Katze zu Mimi: »Tiere sind klug. Sie verstehen jedes Wort – auf jeden Fall, wenn es mit Essen verbunden ist! Da du die meiste Arbeit mit dem Blut hast, bekommt ihr reichlich. Falls du überhaupt noch Blutklütschen magst, Mimi …« Sie lachte.

»Oh Line, willst du das wirklich tun? Ich habe dir aber doch im letzten Jahr nichts geben können! Walter verkaufte ja jedes Ferkel, sobald es groß genug war. Du weißt ja, *he haar ne drööge Lebber!*«

Line traute sich leise und vorsichtig zu fragen: »Du bist ohne ihn mit deinen Kindern zurückgekommen. Was ist aus ihm geworden?«

»Er ist tot!« Mimis Hände arbeiteten nicht, sie hielten den gerade geformten Blutklütschen in der regungslosen Hand. »Und ich habe Schuld an seinem Tod.«

»Aber wieso?« Line zog erschrocken die Luft ein. »Was ist geschehen?«

»Ich habe es inzwischen schon dem Herrn Pastor und hier im Günnemoor Koop-Vadder erzählen müssen, nur darum bin ich im Stande, überhaupt darüber zu sprechen. Line, sonst weiß es hier niemand!«

»Du brauchst keine Sorge haben. Ich sage es niemandem weiter.«

»Du warst im letzten Sommer ja schon hier. Ich weiß noch gut deinen Fingerzeig, Line, was ich unterwegs auf unserem Marsch pflücken und sammeln kann, um eine Suppe zu kochen. Ich habe häufig dankbar an dich gedacht.«

»Das war doch nicht viel«, wehrte Line verlegen ab.

»Dank deiner Ratschläge konnte ich uns in Nächten im Wald etwas Warmes zubereiten. Unsere Zunderbüchse mit Feuerstein und Stahl bewahrte ich in der Hemdtasche unter dem Rock auf. So ging sie nicht verloren. Und wir konnten Feuer machen. Wir sind von hier aus in Richtung Neu St. Jürgen gegangen. Abends fragten wir, wenn am Weg ein Hof lag, ob wir übernachten dürften. Frühstück und sogar Wegzehrung bekamen wir fast überall, weil Walter immer sagte, dass wir auf dem Weg zu seiner Familie in Tarmstedt wären. Seine Mutter läge im Sterben, er würde sie gern noch einmal sehen und all solche Lügen. Wenn ich widersprach oder ihm Vorhaltungen machte, schlug er mich.« Mimis Stimme wurde ein Flüstern: »Line, darum habe ich so Angst vor Adolphe. Er schlägt auch. Ich weiß es!«

Line nickte: »Ja, ich vermute das schon länger.«

»Du kannst dir kaum vorstellen, wohin und wie roh Walter mich überall schlug. Auch als wir Tarmstedt hinter uns gelassen hatten, erzählte er immer weiter die erlogene Geschichte. Nur der Ort, in dem seine Familie angeblich lebte, änderte sich ständig. Erst nannte er, nach unserem Ziel befragt, Dörfer mit -timke, dann Badenstedt. Die letzten Namen, an die ich mich erinnere, waren Eitzmühlen und Selsingen, ich weiß nicht, wo das liegt. Ich glaube, wir haben uns auch verlaufen. Ich schäme mich, aber ich musste immer wieder für ihn lügen.«

»Andernfalls schlug er dich?«

Mimi nickte.

»Aber warum und wie starb er?« Line fragte sehr behutsam.

»In einem dunklen Waldstück, meine Kinder fürchteten sich sehr, standen urplötzlich zwei Männer vor uns. Es waren wohl Strauchdiebe, so wie sie aussahen. Walter schrie meine Mädchen an, sie sollten in den Wald laufen und sich verstecken. Ich konnte nicht sehen, ob sie es taten, denn die Männer stürzten sich direkt auf mich. Einer gab mir sofort einen gewaltigen Stoß. Ich fiel und dann …, du weißt schon, der andere zog *sien Ledd,* na, seinen Piehahn heraus und warf sich auf mich. Walter hatte den Kindern vermutlich so viel Prügel angedroht, dass sie tatsächlich verschwanden. Erst als er die Kinder fort in den Wald gejagt hatte, bemerkte er, was mir gerade angetan wurde. Mit einem Riesengebrüll warf er unser Bündel zur Seite und versuchte den Mann, der auf mir lag, herunterzuzerren. Da haute ihm der andere seinen dicken Knüppel mit einem gewaltigen Schlag auf den Kopf. Es knackte laut, Walter sackte seitwärts weg, sein Blut spritzte über den Mann, der auf mir lag und auf mich. Da begann ich zu schreien.«

»Aber, warum hast du vorher nicht schon um Hilfe gerufen? Der Mann hat dir doch Gewalt angetan. Mimi, das muss doch eine Qual gewesen sein!«

»Ach, Line, das war auch nicht viel schlimmer, als wenn Walter das jeden Abend mit mir machte. Der schreckliche Mann tat mir weh, aber ich war das ja gewohnt. Gewehrt habe ich mich nur, weil ich sehen wollte, was mit Walter geschehen ist!«

»Und die beiden Männer, was haben sie gemacht?« Line räusperte sich, sie konnte sich kaum vorstellen, wie sie sich in einer solchen Situation verhalten hätte.

»Nachdem der Erste fertig war, vergriff sich auch der Zweite an mir. Erst nachdem sie sich die Hosen wieder zugeknöpft hatten, stieß der Anführer Walter mit dem *Holschen* an und grunzte: ›*De is hin!*‹ Der andere rief zu mir herüber: ›*Wie brukt wat to eeten!*‹ Ich stand auf und strich nicht einmal meinen Rock glatt, drehte mich zu Walter. Da sah ich genau, dass er tot war. Sein Kopf war ganz und gar zerschmettert.«

Line schauderte es: »Was hast du gemacht?«

»Ich weiß nicht warum, aber ich nahm unser Bündel, öffnete den Knoten und kippte alles den Männern vor die Füße. ›So, da habt ihr unseren gesamten Besitz. Außer einem Stückchen Brot ist da nicht viel. Wen glaubt ihr denn überfallen zu haben? Einen König? Wir sind arme Bettler und meinen Ernährer habt ihr erschlagen.‹ Und dabei wurde ich so ärgerlich, dass ich laut schrie: ›Jetzt kümmert euch gefälligst um mich!‹ Beide starrten mich völlig entsetzt an.«

Line war völlig verblüfft. »Das hast du gesagt? Das hätte ich mich nicht getraut.«

»Ich war so wütend! Denn ich hatte die Nötigung doch über mich ergehen lassen. Ich habe schon mal gehört, dass Frauen, die sich wehren, getötet werden und danach nehmen die Männer sie sich trotzdem. Und darum ist es ja meine Schuld. Wenn ich doch nur eher gemerkt hätte, dass Walter die Männer abhalten wollte. Ich hätte es ihm zurufen müssen. Dann wäre er auch in den Wald gelaufen. Mir wäre schon nichts Schlimmeres passiert. Ich habe doch stillgehalten.«

Line schwindelte. Mimi sprach so alltäglich über kaum vorstellbar Entsetzliches. Gegen das, was Mimi ausgehalten hatte, war ihre Übelkeit ein Nichts! »Und was war dann?«

»Nachdem ich die Männer so laut angeschrien hatte, guckten sie sich nur kurz an, hoben das kleine Stück Schwarzbrot auf, das ich für die Abendsuppe aufgespart hatte, und verschwanden mit schnellen Schritten wieder in die Richtung, aus der sie gekommen waren.«

»Und dann hast du eilends deine Töchter gesucht?«

Mimi schüttelte energisch mit dem Kopf. »Nein, ich habe sofort einen dicken Ast gesucht, um den Waldboden aufzulockern. Mit den Händen schaufelte ich dort die Erde heraus und rollte Walter in die Vertiefung. Erde und Tannennadeln, Laub und einige Steine bedeckten schließlich seinen Leichnam. Ich wollte doch nicht, dass meine Kleinen ihren Vater tot und so entstellt sahen!« Mimi schaute unvermutet auf ihre Hände, sah verwundert den Kloß darin und begann automatisch wieder mit ihrer Arbeit. Sie rollte kurz, ließ ihn in das heiße Wasser gleiten, nahm neuen Teig und rollte Kloß um Kloß.

Line sah ihr fassungslos dabei zu. »Mimi, du musst jetzt keine Blutklütschen formen. Du hast so Schreckliches erlebt ..., da kann ich ja wohl wenigstens meine Übelkeit bezwingen.«

»Das ist doch Vergangenheit, Line. Ich habe heute versprochen, dir die Arbeit abzunehmen. Und halte mein Versprechen gern. Mir geht es inzwischen gut. Ich habe damals meine Kinder bald gefunden, wir sind jedoch zwei Tage im Wald herumgeirrt, bis wir zu einem einsamen Hof kamen. Dort lebten freundliche Menschen. Sie sorgten dafür, dass Walter ein ordentliches Begräbnis bekam, und wollten auch Ausschau nach seinen Mördern halten. Wir durften sogar den Winter über dort bleiben. Ich habe als Magd gearbeitet und konnte meine Mädchen bei mir behalten. Erst als die Bauersleute merkten, dass ich schwanger war, schickten sie uns fort. Ich wollte gern wieder zurück ins Günnemoor. Das ist doch die einzige Heimat, die meine Kinder kennen.«

»Dann bist du also von einem der Männer schwanger geworden?«

»Das weiß ich nicht. Auch Walter könnte der Vater sein.«

Line wollte so gern etwas Tröstliches sagen: »Ich finde, deine drei sehen alle gleich aus. Da wird wohl auch der Vater derselbe sein!«

»Wer der Vater ist? Doch wohl ich, Line, oder?« Frülلerk war unbemerkt ins *Flett* gekommen. Line wusste, er hatte einen Teil von Mimis Erzählung mit angehört. Aber vor allem versuchte er, die ernste Stimmung zu entspannen.

Mimi sah ihn an und erahnte seine Absicht. »Line, Früllerk darf erfahren, was ich dir sagte. Aber sonst niemand. Bitte!«

»Hab keine Sorge!« Line strich ihr beruhigend über den Arm.

Früllerk suchte Mimis Augen und bekräftigte Lines Versprechen mit einem Nicken. Und lenkte weiter ab: »Line, Krischan ist so weit. Er zerteilt jetzt das Schwein. Hast du besondere Wünsche? Sollen wir dir das Fleisch hierher auf den Tisch bringen?«

Line war froh, dass sie Entscheidungen treffen musste. Das Gespräch über das Vergangene war beendet. »Der Blutklütschenteig ist gleich aufgebraucht?«, fragte sie Mimi. Als diese nickte, fragte sie: »Reinigst du dann auch die Molle? Ich gehe eben raus zu Krischan. Er hat sich noch einen tüchtigen Schluck *Brammwien* verdient!«

*

Krischan schärfte erneut sein Werkzeug und setzte wieder zum Schneiden an. Nachdem er das Schwein mit der Axt von oben nach unten in zwei Hälften geteilt hatte, trennte er die Hinterbeine ab. Er wuchtete jedes Stück Fleisch in eine der Mollen: »Früllerk, stell alles erst einmal aufs *Flett.* Nicht zu dicht ans Feuer, aber so, dass wir es im Auge behalten können. Ich habe Sorge, dass es sonst Beine kriegt!«

Nur Line guckte verständnislos, die beiden Männer lachten laut auf. Früllerk erklärte: »Line, Adolphe ist so geübt im Anschleichen, dass wir es nicht mal merken, wenn wir ihm Fleisch schenken!«

Nun prusteten alle drei los.

Catharine streichelt die Wurst

»Na, ihr seid ja ein fideler Haufen!« Stille-Catharine war unbemerkt über den *Pad* gekommen. »Wenn sich die Arbeit mit Lachen schneller macht, biete ich meine Hilfe besonders gern an! Ich habe noch eine Molle, mein Schneidbrett und das Messer mitgebracht. *Tied, um 'n Pott vull to snacken, ok.* Line, sag, was ich tun soll. Zwei Hände mehr sind sicher gut zu gebrauchen!«

Sasses hatten Guste mitgebracht, sie war alt genug zu helfen und zu lernen. Das Mädchen sagte stolz: »Heute müssen die Jungs auf unsere drei Kleinen aufpassen! Ich habe ja hier zu tun!«

Krischan zerteilte das Fleisch, Line kochte die Stücke und ließ sie im Freien abkühlen. Früllerk sorgte für die Feuerung und passte auf das Fleisch draußen auf. Abcke war ebenfalls gekommen, ihre Älteste achtete auf die Kinder.

Als Hackeklotz diente ein breiter, ungefähr einen Meter langer Baumstamm, den Früllerk im Sommer in der Torfkuhle gefunden hatte. Nach dem Trocknen dechselte er ihn an beiden Schnittflächen. Er war nun standfest und wurde oben mit Sand und Schachtelhalm glatt geschmirgelt und zuletzt mit Wachs von den Sasse'schen Bienen eingerieben. Abcke hackte außerordentlich schnell mit einem Hackmesser in jeder Hand das rohe Fleisch für die Mettwurst ganz fein. Krischan griente und erklärte: »Mein Weib hantiert mit den beiden Messern so schnell wie kein anderer. Und noch nie hat sie sich geschnitten!«

»Im Gegensatz zu Adolphe«, konterte Hans sofort und alle Eingeweihten lachten. Und erklärten denen, die nicht Bescheid wussten, wie es Adolphe als Rechtshänder geglückt war, sich mit der Axt in die rechte Hand zu hacken. Vor lauter Prusten und Gniggern verging eine Weile, bis alle den tatsächlichen Hergang verstanden hatten.

Sogar die ›weise Frau‹ Catharine schmunzelte, warnte dann jedoch vor Adolphe: »*Weest vörsichtich!* Er ist nachtragend und wenn er merkt, dass ihr ihn auslacht, könnte er sich rächen.«

Stille-Catharine hängte sich zurechtgeschnittenes Wurstband als Bündel oben an den Schürzenrand. Nachdem die Mettwurstmasse gut abgeschmeckt in Därme gefüllt war, band sie mit Hilfe ihrer Zähne jede Wurst oben fest zu und steckte einen *Piehlsteker* quer hindurch, knotete auch das lange Ende des Bandes daran fest. Durch die Schlaufe wurde später der Holzstab geschoben, der über dem Feuer unter den Dachsparren hing. Jede Wurst nahm sie dann einzeln ›auf den Arm‹, hielt sie wie einen Säugling. Mit einem *Piehl*, dem spitzen Holzspan, pikte sie einige Löcher in den Darm. Geduldig drückte sie mit Hand und Daumen auch noch die letzte kleine Luftblase heraus. Das Fett in der Wurst verschloss durch den wärmenden Druck jedes Loch gleich wieder. Line starrte sie bewundernd an. Diese Arbeit ging der Frau so leicht von der Hand, es sah aus, als streichle sie die Wurst. Sie lächelte: »Catharine, du musst doch ständig sehr fest drücken. Und das bei so vielen Würsten. Dir tut sicherlich hinterher die Hand weh!«

»Ach, Line, ich helfe in dieser Zeit beim Stopfen aller Günnemoorer Mettwürste mit, auch bei den Sandvoss'schen!« Sie lachte selber über den Spaß – ›Günnemoorer Mettwürste‹. »Nur am ersten Tag tun die Handmuskeln weh, danach haben sie sich an die Arbeit gewöhnt!«

*

Line achtete auf das zu kochende Fleisch und die Innereien, pulte das Fleisch aus den gekochten Kopfhälften, schälte und schnitt Zwiebeln, garte Getreide und mischte ein typisch bremisches Knipp. Schließlich bat sie: »Guste, hol deine Geschwister rüber. *Lüttsche-Hans*, du bist der Schnellste! Lauf zu Brodtmanns und auch zu Koops und hol alle zum Essen hierher. Das gebratene Gehirn war nur eine kleine Vorspeise. Die *Tartuffels* sind fast gar.«

»Aber das geht nicht! Du kannst doch nicht alle versorgen.« Abcke protestierte.

»Ihr helft alle und darum sollen auch eure Kinder satt zu essen bekommen!« Line hatte es mit Früllerk abgesprochen. »Keine Widerrede! Die Kinder werden die unbekannte Speise mögen! Es gibt

Apfelbrei dazu. Wer statt süß lieber sauer mag, hier sind in Essigwasser eingelegte Gurken und Rote Beete!«

Nach dem Essen arbeiteten alle einträchtig miteinander weiter. Und auch die Stimmung blieb fröhlich. Line gab immer mal wieder ›*eenen ut*‹ und Hans wusste witzige Geschichten zu erzählen. Gerade erinnerte er sich an einen Schnack seines Großvaters. »Wenn im Herbst der Nebel morgens noch tief am Boden lag, erklärte er: ›*Dat sünd de Hoosen! De broud eer Beer!*‹ Und wir Kinder suchten jedes Mal die Feuerstelle dazu!«

Lächelnd dachten alle zurück an vergangene Tage und Stille-Catharine berichtete ebenfalls aus ihrer Kinderzeit: »Schon meine Großmutter war eine weise Frau, eine Heilerin und *Mudder Griebsch*. Sie kannte besondere Sprüche, um Warzen und gerötete, schuppende Haut zu heilen. Als meine Mutter sie mit mir nach meiner Geburt erstmals besuchte, erhielt ich von meiner Oma drei ›besprochene‹ Eier. Sie wünschte mir auf diese Weise Gesundheit fürs ganze Leben, schnelles und gutes Lernen und eine eigene Hütte.«

»Nicht alles davon ist in Erfüllung gegangen, oder?« Louise lächelte allerdings bei dieser Feststellung. »Die Hütte gehört zum Sandvoss-Hof! Aber sonst? Dein gutes Lernen kann wohl jeder hier und in den umliegenden Dörfern bestätigen. Du hast ein solch großes Wissen über den menschlichen Körper und weißt genau, welches Kraut wofür oder wogegen hilft! Du bist die beste Heilerin, nicht nur im Günnemoor!«

Stille-Catharine bedankte sich für das Lob und ergänzte: »Und gesund bin ich wirklich, auch immer gewesen. Obwohl ich inzwischen schon mehr als sechs Jahrzehnte lebe!«

Guste Sasse hielt im Fleischschneiden inne, ihr stand der Mund offen: »Dann bist du ja alt!«

Alle Erwachsenen lachten, Stille-Catharine lauter als die anderen: »Ja, *mien Deern,* ich bin alt, obwohl ich mich nur an manchen Tagen so fühle. Ich habe sogar noch all meine Zähne!«

»Dazu wollte ich dich immer schon mal etwas fragen.« Hans sorgte sich ebenso wie Louise um die Gesundheit seiner Kinder. »Von einem Seemann weiß ich, dass auf den Schiffen viel Sauerkraut gegessen wird, damit die Zähne nicht ausfallen. Wäre es nicht gut, wenn wir unsere Kinder ebenfalls zwingen das Kraut roh zu essen?«

»Hans, ihr esst häufig Äpfel. Das ist ebenfalls gut für Zähne und Körper. Louise, du hast doch mit deinen Kindern die Früchte der Hagebutte gesammelt und getrocknet, nicht wahr?«

»Ja, weil du es geraten hast! Ich koche Tee davon, den mögen sie lieber trinken als reines Moorwasser.«

»Und im Herbst habt ihr auch Vogelbeeren gepflückt.«

»Die sind doch giftig!«, wusste Mimi.

»Roh soll man sie nicht essen, das stimmt.« Die Heilkundige nickte.

Louise wusste inzwischen aus Erfahrung: »Gekocht schmecken sie gut. Unsere Kinder mögen sie gern zu den *Bookwetenpannkoken*. Mimi, probier das ruhig mal aus!«

Wo Früllerk aufgewachsen ist

Da vorn bist du also aufgewachsen!« Line drückte zärtlich Früllerks linke Hand. Sie achtete dabei jedoch genau auf ihre Füße. Das Steinpflaster hier am Ostertor war uneben und tückisch glatt. Viele Füße hatten den Schnee im Laufe des Tages zu einer unansehnlichen Masse breitgetreten. Die kleinen Ascheflocken aus den Schornsteinen schwebten in der Luft, legten sich als schmieriger grauweißer Belag auf die vereiste Straße und machten sie noch rutschiger. Der Schnee in den tiefen Fahrspuren war am Tag durch die vielen Wagenräder geschmolzen. Jetzt, am Abend, hart gefroren, verliefen die Wagenspuren wie ein schmales glänzendes Rinnsal parallel zur Häuserfront. Es roch nach verbranntem Torf. Alle Bremer heizten bei dieser Kälte tüchtig ein.

Da sie unter der *›Glocke‹*, dem Ostertor, hindurchgegangen waren, schauderte es Line. Seit einigen Jahren war dort oben das Gefängnis. Mörder und Diebe saßen in den Zellen. Sie wickelte sich ihr wollenes Tuch fester um die Schultern und wünschte sich ins Warme.

*

Früllerk beschleunigte seine Schritte. Er war gespannt, ob sich das Haus, in dem er aufgewachsen war, verändert hatte. Da vorn hatte er mit seiner Mutter nach dem Tod des Vaters gewohnt. Sie selber starb bald nach Früllerks Prüfung zum Schiffszimmermann. Viele Jahre war er nicht mehr hier gewesen.

Sie erreichten das Haus. Aber wie früher musste er sich tief ducken, um mit dem Kopf nicht gegen den Türsturz zu schlagen. Die Tür stand einladend weit auf, Lärm drang bis auf die Straße. Es waren wohl reichlich *Neejohrsklopper* auf der Diele.

Line und Früllerks Wunsch *»Fröhlich Neejohr!«* wurde vielstimmig erwidert. Und noch bevor Früllerk nach Tan' Dele fragen konnte, bekamen sie von einer Frau heißen Grog angeboten. Line schüttelte den Kopf und bat um heißes Wasser, das ja für den Grog bereitstand.

Sie drückte beide Hände fest um die Tasse, um ihre eiskalten Finger wieder zu erwärmen.

Auf der Diele ging es hoch her. Die gesamte Nachbarschaft schien sich eingefunden zu haben. Die meisten Männer wirkten schon reichlich *duun*. Line fühlte sich unbehaglich. Sie hielt sich ganz dicht neben Früllerk. Betrunkene waren unberechenbar, das hatte sie schon als Kind erfahren. Damals hatte sie miterlebt, wie ein Kutscher, der kaum noch auf den Beinen stehen konnte, mit der Peitsche auf seine Pferde losgegangen war. Als Line laut zu weinen begonnen hatte, drohte er ihr ebenfalls Schläge an. Die alte Kinderangst steckte immer noch in ihr.

Ein junger Mann kam heftig schwankend auf Line zu und hielt ihr eine längliche Holzschale mit einigen *Neejohrskoken* entgegen. Obwohl sie einen Schritt vor dem Betrunkenen zurückwich, war sie doch neugierig auf die *Koken*.

Line fasste die Tasse mit der linken Hand und nahm mit weit ausgestrecktem rechten Arm einen der aufgerollten *Koken*. Sie atmete auf, als der junge Mann weitertorkelte. Er stolperte, die restlichen Röllchen rutschten auf den Tisch und zerbrachen in lauter kleine Krümel. Alle Männer dort am Tisch lachten dröhnend auf, leckten dann ihre Zeigefinger nass und tupften damit die süßen Stückchen auf. Da sie immer wieder danebentapsten, wurde das Geschrei und Gejohle noch lauter.

Obwohl Line der Lärm bedrohlich erschien, fühlte sie sich in Früllerks Nähe einigermaßen sicher. Mit Kennerblick besah und befühlte sie darum nun den *Koken:* »Hm, mit ganzen Anisstückchen!«, lobte sie und biss ab. »Oh, ist der aber knusprig!« Das Röllchen zerbröselte und viele Krümel fielen auf Lines Tuch und auf den Boden.

»Jo, jo, bi miene Koken is dat beter, keene hitte Tass in de tweete Hand to holen!«, lachte krächzend eine sehr alte Frau, die in einem Schaukelstuhl vor dem Kamin saß.

»Tan' Dele!« Früllerk ging zum Feuer und reichte ihr die Hand zum Gruß: *»Fröhlich Neejohr!«*

»Mutt ek die kennen?«, fragend sah die alte Frau zu Früllerk hoch.

»Tan' Dele, *ek bünn* Früllerk Grapenthien.« Früllerk musste den Satz wiederholen, um die Betrunkenen zu übertönen.

Erst dann verstand die Frau ihn: *»Ne, ober ok! Früllerk, de lüttsche Früllerk Grapenthien!«* Sie schlug mit den Händen auf ihre Schenkel. »Junge, *wat büst du grot woorn! Kumm mol to mi runner!*«

Früllerk ging vor ihr auf die Knie und seine ›Tan' Dele‹ strich ihm über die Wange. *»So lang büst nicht hier ween.«* Sie schlug sich mit der Hand an die Stirn: *»Dien Unfall! Wat is denn mit diene Hand?«*

Früllerk hielt ihr seine rechte Hand hin: »Es ist wieder gut, Tan' Dele. Nur so richtig fest zupacken, das kann ich nicht mehr.«

»Un wat mokst du nu?«

»Als Zimmermann konnte ich nicht mehr arbeiten. Ich habe nun eine Moorstelle im Düvelsmoor.«

»Hest ok all freet, mien Jung?«

»Ja, Tan' Dele.« Früllerk winkte Line zu sich. »Hier, das ist meine Frau.«

Line konnte der alten Frau nicht gleich die Hand geben. Sie hielt die Tasse und leckte schnell aus der anderen Hand die Krümel des *Neejohrskokens* auf.

»Nu, *de smeckt die wohl good, wat?*«, lachte Tan' Dele heiser auf.

Die Frauen, die mit um den Kamin herumsaßen und sich wärmten, hörten neugierig zu. Eine rotgesichtige Frau steckte schnell den Rest ihres Röllchens in den Mund, kaute, schluckte und begann mit lauter Stimme aufzusagen:

»Lüttje Deern …«

Alle Frauen fielen sofort mit ein:

»… mit kruse Hoor,
lüttje Jung mit witte Fööt,
oh, wat smeckt jo'e Koken sööt.«

Die Männer schienen nur auf das Stichwort gewartet zu haben und ergänzten lauthals:

»Lüttje Jung mit scheewe Been,
de schall jo dat Geld verdehn.«

Mit einem gewaltigen Hickser übertönte ein alter Mann das Geschrei und rief:

»Witten Twirn un swatten Twirn,
dat ol Wief, dat givvt nich geern.«

Danach fiel er vornüber, schlug mit dem Kopf auf den Tisch und begann nach einem gurgelnden Atemzug zu schnarchen. Das laute Gelächter ließ ihn nur einmal grunzen, er drehte sich zur Seite und – rutschte vom Stuhl. *»Witten Twirn un …«*, klang es vom Fußboden hoch, dann war Ruhe.

Am Tisch brach unvermittelt wüstes Geschrei aus, zwei Männer hatten sich an den Jacken gepackt und beschimpften und bedrohten sich gegenseitig. Tan' Dele zeigte gebieterisch mit dem Finger zur Tür und rief mit erstaunlicher Lautstärke: *»Dat reckt. De Fier hett nu 'n End. Goot aal no Huus!«* Sie schien großen Respekt zu genießen, denn die Frauen am Feuer sprangen sofort auf und forderten ihre Männer auf mitzukommen. Die leerten noch schnell ihre Tasse, warfen einen achtsamen Blick auf Tan' Dele, die wieder mit dem Finger zur Tür zeigte, und gingen folgsam mit. Die beiden Streitenden wurden von den anderen einfach mitgezogen. Von draußen ertönte weiter Geschrei. Früllerk ging und schloss die Tür hinter ihnen.

… aber nur an Neujahr!

»So, *nu sett jo dohl, hier bi mi ant Füer! Un segg, wat du wullt,* Früllerk!«

»Tan' Dele, meine Line war bis zur Hochzeit in der Langenstraße Köchin beim Kaufmann Cornelius Eltermann. Der Hausherr wird nun am Wochenende fünfzig Jahre alt. Line wird bei dem Fest für Essen und Trinken verantwortlich sein.«

»Nu kiek an! Wat büst du denn vor'n Fruu, dat du bi son grodet Fest de Verantwortung hest?«

Line war es peinlich, sich selber zu loben, und wusste darum nicht, was sie sagen sollte.

»Nu! *Büüst du sone goode Köksch, dat se die sowat totroot?*« Tan' Dele hob erwartungsvoll den Kopf, sie erwartete eine Antwort.

»Ja, ich habe oft große Feste ausgerichtet. Es gibt dann immer zusätzliches Personal, viele Hände, die arbeiten.«

»Man de Oberopsicht, de hesst du?«

Line nickte: »Ja, darum bat mich das Ehepaar Eltermann, das Festessen zu kochen. Es muss ja auch viel gebacken werden. Und da Früllerk so sehr von deinen *Neejohrskoken* geschwärmt hat, dachte ich …, da meinte ich, …«

»Und da habe ich zu Line gesagt: Dieses Fest ist gerade gut genug für die *Koken*. Tan' Dele, Line war die beste Köchin in der ganzen Langenstraße, das hat Frau Elternmann jedenfalls immer gesagt. Und sagt es heute noch. Ihre jetzige Köchin ist noch neu, sie kam zu Michaelis. Während der Weihnachtszeit war sie doch noch sehr unsicher, darum traut ihr Frau Eltermann noch nicht zu, dass sie der Verantwortung für ein solch großes Festmahl gerecht werden kann. Sie hat deshalb Line gebeten zu kommen. Ein Brief kam zu uns ins Moor, stell dir nur vor! Darum sind wir hier in Bremen.« Früllerk war stolz auf das Können seiner Frau. Das war deutlich zu merken.

»Bald wird die neue Köchin das auch können«, entschuldigte Line ihre Kollegin.

Früllerk kannte die alte Frau schon so lange und traute sich darum, direkt zu fragen: »Ob meine alte Tan' Dele Line wohl das

Rezept für die *Neejohrskoken* sagt? Du backst doch die besten von ganz Bremen!«

Die alte Frau wackelte mit dem Kopf und drohte Früllerk mit dem Finger: *»So, so, du wullt mi Honnich umt Muul smern, wat? Ne, ne, mien Jung! Line, dat deit mi leed, man dat is mien olet Familien-Rezept. Ek bün keene Tagenbare, ek bünn vons Land. In Ohlenstedt bün ek born und upwussen. All von miene Uroma stammt dat Rezept.«*

»Ja, eh …, entschuldige, eh …, dass wir gefragt haben«, mehr wusste Line nicht zu stammeln. Ihr war es peinlich, denn sie selber gab auch nicht gern eigene Rezepte einfach so weiter an Fremde.

»Glööv mi, de ganzen Huuswiefer hier ut de Stroot wullen dat ok gern hebben. Man dat Rezept geff ek nich her!« Richtig laut war Tan' Dele geworden. *»Un denn is ja bloß vondag Neejohrsdag. Disse Koken gifft dat bloß an dissen eenen Dag.«*

»Aber, man kann sie doch auch außer der Reihe backen! Im Herbst als *Harvsttietkoken* schmeckten sie auch sehr gut! Und im Januar könnten sie doch *Kooletiedkoken* heißen!« Früllerk lachte bei seinen Worten, er versuchte seine Tan' Dele umzustimmen. »Du würdest doch auch großes Lob bekommen!«

»Ts, *wat scheert mi Loff!*« Die alte Frau wischte mit der Hand das Argument fort. *»Neejohrskoken ut de Reeg eeten, dat gifft Unglück!«*

»Aber wenn die, die deine *Koken* essen, das gar nicht wissen, wenn es ihnen sogar egal wäre, dann könntest du doch welche backen!« Früllerk gab nicht auf. Er wollte die alte Frau mit Ehrgeiz überzeugen. »Line backt sie ja recht gut, aber deine schmecken viel besser!« Dass Line sie selber backen konnte, half. Früllerk spürte, dass Tan' Dele nachgiebig wurde.

»… hm. *Man dat Rezept gifft dat nich! Wie köönt …, jo, wie köönt oberleggen, dat ek in de Langenstraat komen und dor de Koken for dat Fest backen kann!*«

Line nickte begeistert: »Ja, das geht natürlich gut. Das wäre sogar wunderbar!«

»Oma, backst du dann für uns auch welche? Wir haben heute keinen einzigen *Koken* abbekommen. Guck mal, die Schale ist ganz leer. Die *Neejohrsklopper* haben alle aufgegessen!« Ein kleines Mädchen rüttelte Tan' Dele am Ärmel und blickte sie bittend an.

Line sah noch zwei kleinere Kinder hinter ihr stehen. Alle drei blickten traurig auf die Holzschale und dann auf ihre Großmutter.

Line taten die Kinder leid: »Habt ihr denn vorher keinen *Koken* gegessen?«

»Nein«, schüttelte die Älteste den Kopf. »Oma erlaubt das nicht. Erst zum *Neejohrskloppen* dürfen sie auf den Tisch kommen.«

»Und wir müssen warten, bis die Großen alle wieder weg sind.«

Auch die beiden Kleinen trauten sich jetzt. »Und nun sind sie alle!« Tieftraurig klangen die Stimmen.

Die Jüngste probierte es sogar mit der Sprache der Großmutter: »Oma, *back us doch een poor.*« Sie blickte der Oma tief in die Augen und erklärte: *»Wi hefft nich een smekt, gorkeen een hefft wie afkregen!«*

»Du kannst doch einige mit nach Hause nehmen, wenn du für die Geburtstagsfeier backst!« Line verstand die Enttäuschung der Kinder sehr gut, aber die alte Frau war eben schon zu nachgiebig gewesen. Ihr Versprechen tat ihr jetzt beinahe leid. Sie achtete sehr auf Regeln – ihre Enkel würden ihr das noch mal danken – und blieb darum streng: *»Next Joor gifft woller wekke!«*

Die beiden Kleinen begannen zu weinen. Die Größere kannte ihre Oma und wusste, dass an ihrem Wort nicht zu rütteln war, nahm die Geschwister bei den Händen und zog sie fort.

Line verstand das nicht: »Warum dürfen deine Enkel denn keine bekommen? Du machst doch auch für Herrn Eltermanns Feier eine Ausnahme.«

»Neejohrskoken gifft dat bloß an dissen eenen Dag!«

»Ja, aber du backst doch trotzdem noch welche. Für eine andere Familie! Dann nimmst du einfach für deine Enkel davon einige mit nach Hause.«

»Bi mi un miene Familie gifft dat Neejohrskoken bloß an dissen eenen Dag! Dor paas ek good op! Ne Utnohm gifft dat man blos wo anners, wenn de dat unbedingt wööt, denn ist dat nich miene Verantwortung. Keen de Regeln nich inholen will oder kann, de hett sülben Schuld, wenn dat'n denn een Dags bi em n' Unglück gifft. Und dat gifft Unglück, ek wahrschau di dat! Bi us gifft dat erst next Joor woller Neejohrskoken!«

Brei oder Brot

O Früllerk, war mir das unangenehm!« Line hielt den Kopf immer noch gesenkt, sie glaubte, alle, die ihr begegneten, könnten sehen, wie peinlich ihr das Betteln eben gewesen war.

Früllerk dagegen kannte seine Tan' Dele schon immer. »Line, mach dir nichts draus! Sie ließ sich früher schon gern bitten! Hast du nicht gemerkt: Als ich ihr erklärte, dass du auch *Neejohrskoken* backst, da hatte sie Sorge ...«

»Du hast gesagt, dass meine nur ›recht gut‹ schmecken. Wenn ich daran denke, wie viele du am *Vullbuuksobend* in dich hineingestopft hast – mehr als *Lüttsche-Hans* und Fritz! Da waren sie noch *allerbest!*« Line war empört.

»Recht gut habe ich doch nur gesagt, damit sie dir das Rezept gibt!«

»Wenn ich ehrlich bin, ihre *Koken* sind wesentlich knuspriger als meine und die Anisstückchen machen den Geschmack perfekt. Deine Tan' Dele backt wirklich bessere *Neejohrskoken* als ich!« Ein größeres Lob konnte Line nicht vergeben.

Diese Ehrlichkeit schätzte Früllerk an seiner Frau, er wollte ihr nun auch noch das letzte Quäntchen Verlegenheit nehmen: »Line, heute Abend weiß jeder Mann und jede Frau rund ums Ostertor, dass Dele Dust für den reichen Kaufmann in der Langenstraße backen soll! Solche Neuigkeiten verbreitet sie schon selber, glaub mir. Und nun guck mal wieder gradeaus!« Früllerk hob mit dem Zeigefinger ihre Nase hoch und griente sie an.

»Hu, bist du kalt!«, rief auch prompt Line. Und ihre Mundwinkel zogen sich ein klitzekleines bisschen gen Himmel.

»Soll ich dich auch noch durchkitzeln?«

»Hier mitten auf der Straße? Was sagen dann die Menschen um uns herum dazu?«

»Na, dann lach wieder!« Früllerk ging langsamer und wandte sich einem älteren Herrn zu, der hinter ihnen ging. »Wären Sie auch stolz auf Ihre Frau, wenn sie als beste Köchin Bremens gälte?«

»Meine Frau?« Verdutzt blieb der Herr stehen. »Meine Frau? Guter Mann, Sie haben noch nie bei meiner Frau gegessen!«

»So gut kocht sie?« Frullerks Gesicht verzog sich wie fragend.

Und auch Line hatte angehalten und sich zu dem Herrn gedreht. Sie überlegte, nun nicht mehr verlegen, sondern neugierig, wer wohl so gut kochen könne.

»Meine Frau! Sie gilt als sparsamste Hausfrau an der *Gete,* denn sie kocht Tag für Tag Brei und der brennt ihr meistens noch an. Abwechslung gibt es nur, weil sie einen Tag Weizen und den anderen Hirse nimmt! Meine Mutter würde so gern das Kochen übernehmen, sie lebt als Altenteilerin bei uns, aber das erlaubt meine Frau nicht. Es müsste gar nicht die beste Bremer Köchin sein, nur ein kleines bisschen kochen müsste sie können!« Er seufzte sehr tief und bedachte Früllerk mit einem mitleidigen Blick: »Kann Ihre Frau auch nicht kochen?«

Lines Körper spannte sich, sie stand ganz gerade. Was würde Früllerk nun wohl antworten?

Der schüttelte langsam und bedächtig den Kopf. »Nein, Brei gibt es bei uns nicht alle Tage. Meine Frau weicht jeden Tag Brot ein, in Milch mit einem Ei verquirlt, und brät es in der Pfanne. Ohne Salz oder ein wenig Süße schmeckt das Brot am Abend wie Leder und lässt sich auch genauso schwer beißen.«

Vollkommen empört schubste Line ihren Mann mit beiden Händen: »Was erzählst du denn da?«

Früllerk war einen Schritt zurückgewichen und schaute nun seinerseits mitleidig und verstehend nickend auf den Herrn. »Vielleicht tauschen wir mal unsere Frauen, dann haben wir beide Abwechslung!« Mit breitem Grinsen flüsterte er aber dabei: »Meine Frau ist tatsächlich die beste Köchin!«

Der Herr wusste nun, dass Früllerks Gerede nicht ernst gemeint war, er begann zu lachen und sagte nur noch leise im Weitergehen: »Sie sind zu beneiden!«

Line blieb jedoch erbost, sie hatte das Flüstern nicht gehört. »Wie kannst du nur so etwas über mein Kochen sagen und mich dann auch noch dem Mann anbieten!« Sie funkelte Früllerk an.

Der prustete los und japste schließlich: »Line, wo bleibt dein Humor! Ich hab ihm doch gesagt, dass du die beste Köchin weit und breit bist. Warum ist er wohl fortgegangen? Du musst aber zugeben – ich habe erreicht, was ich wollte. Deine Rezept-Peinlichkeit ist – schwups – nicht mehr da!«

»Oh Mann, *dat du mie ober ok jümmer argern musst!*« Line passte ihre Tritte Früllerks Schritten an, sie überquerten gerade den Grasmarkt und Line schaute, wie immer, wenn sie hier entlangging, zum Ballehr'schen Haus hoch. Als ganz junge Frau hatte sie gern geträumt, darin zu wohnen. Sie grüßten den Roland, strebten nun aber der Wärme entgegen. Früllerk schlief bei seinem Freund Cord Hartwich und dessen Familie in der Pelzerstraße, er brachte Line ins Eltermann'sche Haus in der Langenstraße. Sie war dort, so wie früher, in einer der Mägdekammern untergebracht.

»Was hast du denn für den Geburtstag noch alles zu überlegen? Für die Vorbereitungen hat Frau Eltermann sicher genug Personal! Kannst du denn nicht doch morgen mit zurück ins Moor fahren?«

»Frülllerk, das haben wir nun so oft besprochen. Du guckst, ob zu Hause alles in Ordnung ist, und holst mich nächste Woche wieder ab.«

»Ja, wenn das dann überhaupt möglich ist! Solange Schnee fällt, ist es nicht zu kalt, die Weser und auch die Hamme sind noch nicht zugefroren. Aber sobald es eisig wird …, Line, und wenn es bei Ostwind lange friert …, dann kann ich nicht kommen. Dann musst du bis zum Frühjahr in Bremen bleiben.«

»Nein, Früllerk, das Wetter ändert sich noch nicht. Stille-Catharine hat *gewahrschaut,* dass das Kind im Moor geboren wird. Und was sie sagt, trifft doch immer ein.« Line versuchte, nicht nur Früllerk mit dieser Antwort zu beruhigen. Sie drängte sich dichter an ihren Mann.

»He, welch junges Liebespaar haben wir denn da!« Ein Herr klopfte Line von hinten auf den Arm und hielt sie fest, sie sollte stehen bleiben. »Oder haben wir den gleichen Weg in die Langenstraße?«

Line schaute dem Mann ins Gesicht: »Kapitän Dürenkopp!«, erkannte sie ihn sofort. »Soll ich Euch wieder Lobs-Course zubereiten?« Sie zeigte auf Früllerk: »Das ist mein Mann, Früllerk Grapenthien!« Und zu Früllerk gewandt: »Ich habe dir doch von Kapitän Dürenkopp erzählt, im Herbst, weißt du noch?« Ohne eine Antwort abzuwarten, fragte sie: »Wollt Ihr zu Herrn Elternmann? Ich dachte, da kein Eisgang ist, seid Ihr mit Eurem Schiff noch unterwegs. Oder ist es immer noch nicht fertig? Ihr solltet doch den neuen Segler befehligen, den mein alter Dienstherr in Auftrag gegeben hatte, nicht wahr? Ach, jetzt weiß ich es wieder – Ihr habt im Sommer ja auch dem Kapitän Dallmann geholfen, ist er wieder gesund?«

Noch mehr Worte waren ihr nicht möglich, denn Früllerk hielt ihr den Mund zu. »Line, niemand kann so viele Fragen gleichzeitig beantworten. Entschuldigt bitte, Herr *Kaptein,* aber nur wenn meine Frau sich sehr freut, jemanden zu sehen, benimmt sie sich so!«

»Hmhm, das höre ich gern, Line, du freust dich also, mich zu sehen. Aber was machst du denn hier? Seid ihr nach Bremen zurückgekehrt?«

Line schüttelte ganz entschieden mit dem Kopf: »Nein, nein! Wir sind nur auf Besuch!«

»Na, so ganz stimmt das nicht! Herr *Kaptein,* Ihr wisst sicher, Herr Eltermann feiert seinen Geburtstag. Und Line ist für das gesamte Essen und Trinken verantwortlich!«

Kapitän Dürenkopp nickte: »Ja, dass Line die beste Köchin von ganz Bremen ist, das wissen in Frau Eltermanns Umfeld wohl alle. So oft sagt sie es. Line, ich freue mich, dass du die Verantwortung hast. Ich weiß sonst nichts über *Köksch un Köök,* aber seitdem du mit mir im Kontor warst …!« Unter Geplauder hatten sie das Eltermann'sche Haus erreicht. »Früllerk, du kommst doch noch mit rein?«, bat Line und öffnete die Haustür.

Der Kammerdiener trat gerade aus dem Salon und schritt die Treppe herunter: »Line, gut, dass du da bist, du sollst sofort zur Hausfrau kommen.« Nach diesem recht laut gesprochenen Satz flüsterte er: »Ich warne schon mal vor: Unsere Frau hat für den Geburtstag noch mehr Ideen. Auch braucht sie, glaube ich, Bestätigung, sie meint, nichts wird klappen und alles ist viel zu wenig und es gibt nichts Neues, mit dem sie protzen kann! Na, du kennst sie ja. Vermutlich braucht sie dich nur zu sehen und schon löst sich alles in Wohlgefallen auf.« Und wieder sehr laut: »Oh, guten Tag, Herr Kapitän Dürenkopp! Wollt Ihr ins Kontor?«

Um Verzeihung heischend drehte sich Line zu Früllerk, der winkte jedoch schon ab. »Ich weiß, es ist wie früher, du wirst unbedingt und sofort gebraucht. Ich bin da überflüssig. Ich geh dann mal, komm aber morgen früh noch rein, bevor ich ganz allein ins Moor fahre!«

»Du armer Mann, du!« Schnell strich Line ihrem ›armen Mann‹ über die Wange, gab ihm einen Luftkuss und lief auch schon die Treppe hinauf.

Ein Passagier an Bord

Mit einem Seufzer wandte sich Früllerk um und griff nach der Türklinke.

»Oh bitte, warte noch eben. Ich möchte gern etwas mit dir überlegen!«

Früllerk sah den *Kaptein* erstaunt an. Er kannte ihn doch gar nicht. Was hatte der mit ihm zu tun? Nun legte er ihm auch noch ganz vertraulich die Hand auf die Schulter.

»Früllerk Grapenthien, wenn du morgen ins Moor zurückfährst, könntest du dann einen Passagier mitnehmen?«

»Natürlich!«, antwortete Früllerk nur.

»Weißt du, der Medicus berichtete mir, wie du ihn mit ins Moor genommen hast. Ich würde diese Reise ebenfalls gern unternehmen. Ich bezahle dich auch und ...«, er lächelte verlegen: »Ich kann dir auch als Seemann zur Seite stehen.«

»Na, solch Wellengang wie auf dem Meer ist auf der Hamme selten«, antwortete Früllerk und wunderte sich weiter. Eine Fahrt nur zum Vergnügen? Im Winter?

»Ich sollte dir das wohl erklären.« Der *Kaptein* stotterte fast. »Ich erfuhr, dass der Ort Worpswede sehr malerisch sein soll. Den würde ich gern einmal ansehen. Und da du ja nach dem Wochenende deine Line wieder abholst, könnte ich ja solange dort bleiben und mit dir wieder zurückkommen. Besser und bequemer kann ich es nicht haben.«

Früllerk guckte ihn trotz der Begründung skeptisch an: »Habt Ihr dort denn auch ein Quartier?«

Wieder wirkte der *Kaptein* verlegen. »Nein, aber der Herr Pastor soll gastfreundlich sein, erfuhr ich!«

»Er weiß aber noch nichts von Eurem Plan?«

»Nein!«

»Aber was wollt Ihr dort machen? Es liegt überall Schnee und es ist kalt. Ihr fahrt nicht in die Sommerfrische! Und falls ich Line nicht abholen kann, müsst Ihr dort verweilen! Ob Ihr dann rechtzeitig zum Schaffermahl zurück seid?« Früllerk verstand den Mann nicht.

Warum blieb er nicht hier in Bremen in der warmen Stube? »Ob Ihr Euch das gut überlegt habt?«

»Na ja«, nun bekam der *Kaptein* auch noch einen roten Kopf, »eigentlich würde ich ja gern direkt ins Günnemoor fahren.«

»Hm, das ist genauso schwer oder leicht möglich, da wohnen Line und ich ja!« Früllerk schüttelte fast mit dem Kopf. Was wollte der Mann denn nun im Günnemoor? »Bei uns ist aber noch weniger zu sehen als in Worpswede. Ich glaube nicht, dass Ihr daran Freude hättet!«

Tief durchatmend erklärte Kapitän Dürenkopp nun deutlicher: »Früllerk, ich hoffe dort bei Euch meine Jugendliebe zu treffen!«

Früllerk sah ihn fassungslos an. Was *tüünte* der Mann da? Seine Jugendliebe? Im Günnemoor? Mit einem Hüsteln kaschierte er sein Gniggern: »In wen wart Ihr denn einmal verliebt? In unsere Kräuterfrau, unsere *Mudder Griebsch?* In Piss-Jule ja wohl nicht. Und sonst lebt dort doch niemand in Eurem Alter!«

»Ja, in meinem Alter! Ich bin wohl wirklich zu alt für solch ein Treffen. Aber«, er packte Früllerk am Arm und schüttelte ihn, »seit ich weiß, dass meine Anna dort lebt, wünsche ich mir nichts so sehr, wie sie zu sehen. Ich übernehme mit dem neuen Segler die Amerika-Route für Herrn Eltermann. Ich bin dann für lange Zeit fort ...«

»Anna Mittelsteiner war einmal Eure Liebste?«, entgeistert blieb Früllerk der Mund offen stehen.

»Nein, nein«, wehrte der *Kaptein* ab, »meine Anna war die zweite Frau des Bauern Diederich Sandvoss, nachdem ihre Schwester im Kindbett gestorben war. Und Line berichtete mir, dass sie dort im Günnemoor immer noch als Bäuerin lebt. Und dass Diederich inzwischen gestorben ist!«

Jetzt verstand Früllerk. Er erinnerte sich plötzlich sehr vage, dass Line ihm davon erzählt hatte. »Ach so ist das! Nun verstehe ich Euer Interesse am Moor!«

»Vielleicht kennst du den Weg von Worpswede nach Osterholz und Scharmbeck. Von da aus über Westerbeck und Ohlenstedt ...«

»Von Ohlenstedt habe ich schon gehört, da kommt Tan' Dele her«, meinte Früllerk. »Ich war aber nie dort. Könnte ich mit meinem Torfkahn ...«, er plante sofort, dort neue Torfabnehmer zu finden.

»Nein, Früllerk, Torf graben die Menschen dort selber, wenn auch nur für den Eigenbedarf. Weißt du, dort liegt Bilohe und nur drei Kilometer weiter mein Heimatdorf. Ich bin in Harrendorf *up'n Finterbarg,* auf dem Finnaerberg, geboren und aufgewachsen. Anna stammt vom Seedorf'schen Hof, er liegt direkt neben unserem.«

Früllerk überdachte kurz die vielen Worte und entschied: »Herr *Kaptein,* ich nehme Euch mit, obwohl es bei diesem Wetter leicht zwei oder mehr Tage werden können, bis wir im Moor sind. Ihr schlaft in unserer Kate und könnt dann am nächsten Morgen bei Anna Sandvoss Eure Visite machen.«

Kapitän Dürenkopp wirkte befreit, hielt Früllerk mit beiden Händen an der Schulter und schüttelte ihn heftig. Früllerk verstand, das war Rührung und Aufregung zugleich.

Sechzehn plus zwei ist achtzehn

Nimm deine Finger zu Hilfe! So, wie ich es mache!« Oloff Schott wedelte Guste Sasse mit seiner rechten Hand vor dem Gesicht herum. »Zähl zusammen. Wie viel sind denn nun sechzehn und zwei?«

»Achtzehn, das habe ich doch schon gesagt!« Sie hob einmal beide Hände in die Höhe: »Das sind zehn!« – hielt darauf nur die linke Hand mit gespreizten Fingern hoch und zeigte zusätzlich den rechten Daumen: »Das sind zehn und sechs und zwei dazu«, sie streckte Zeige- und Mittelfinger und zählte laut »sieben und acht. Sechzehn und zwei sind achtzehn!«

»Das kann aber nicht sein, weil vierzehn und vier doch schon achtzehn sind, das haben wir eben festgestellt!«, erklärte der Lehrer mit einem überlegenen Gesichtsausdruck.

»Aber natürlich kann trotzdem das gleiche Ergebnis herauskommen, wenn zweimal unterschiedliche Zahlen zusammengezählt werden«, berichtigte Jacob den *Schoolmester* und lachte gedankenlos, als er auf dem Weg in die *Dönz* an den Kindern vorbeikam.

»Ja, ja, der Bauer hat immer Recht!« Der Lehrer klatschte laut in die Hände. »So, nun eine leichte Aufgabe für die Kleineren: Wie viel sind drei und eins? Du da, du Brodtmann-Junge!«

Der kleine Junge zog die Schultern hoch und sah den Lehrer verängstigt an, sein Mund verzog sich zum Weinen. Seine Schwester, die neben ihm saß, stieß ihn an: »Gevert, heb deine Hände und zeig deine Finger. Du weißt doch die Zahl!«

»Drei Finger und ein Finger, das sind, das sind so viele!« Obwohl ängstlich, zeigte der kleine Gevert mit Stolz vier Finger und nannte die Zahl.

»Ha, ha, ha, *dat stimmt gor nich, dree un een sind fiev!*« Triumphierend schubste Hinnerk ihn mit einem harten Schlag von der Bank, auch sein Bruder Arp lachte boshaft, da der kleine Junge vor Schreck laut aufweinte. Gevert rappelte sich auf, hielt sich jedoch das Knie, mit dem er auf dem Lehmboden aufgeschlagen war. Er beobachtete den Lehrer und jammerte nur ganz leise.

»*Wees still* und setz dich sofort wieder hin«, brüllte ihn trotzdem der Lehrer an, ergriff Geverts Ohren und riss ihn daran brutal in die Höhe.

»Au, au, *dat deit so weh!*«, jammerte nun laut der kleine Junge.

»Du darfst nicht einfach aufstehen, das weißt du! Strafe muss sein!«

»Aber, er ist doch gar nicht aufgestanden, Hinnerk hat ihn doch geschubst!«, verteidigte die Schwester ihren kleinen Bruder.

»Du bist still!« Oloff Schott drohte mit der Handfläche. »Für solch *opsternaatsche* Kinder wie euch besorge ich mir wohl besser eine Weidengerte. Wenn ihr die zu fühlen bekommt, seid ihr wohl brav!«

»Für uns braucht Ihr aber keine Gerte, guter Herr *Schoolmester*«, sanft und einschmeichelnd klang Hinnerks Stimme, er saß brav auf der Bank.

»Ja, Hinnerk, so ist es recht. Nun sag du uns noch mal, wie viel sind drei und eins?«

»Dat süünd fiev!«

»Das hast du gut ausgerechnet«, lobte ihn der Lehrer. »Du bist ein guter und kluger Schüler!«

»Aber das stimmt doch gar nicht«, protestierten nun *Lüttsche-Hans* und Fritz gemeinsam und hielten gleichzeitig Guste zurück. Sie wollten nicht, dass sie noch einmal an den Haaren gezogen wurde. Sie würden mannhaft die Schmerzen für ihre Schwester ertragen.

»Oloff Schott, die *Fröhkost* ist fertig!« Anna Sandvoss steckte nur kurz den Kopf aus der *Dönz*-Tür, winkte aber dabei liebevoll mit der Hand.

Der Schulmeister wusste inzwischen um seinen herausgehobenen Platz und die festen Gewohnheiten auf dem Hof. Erst wenn er es sich in der *Dönz* gemütlich gemacht hatte, rief die Bäuerin nach der Großmagd und ließ sie Knechte und Mägde zum Essen holen. Auch die Kinder waren dann beaufsichtigt. Darum befahl er noch schnell: »Kinder, ihr könnt jetzt eure *Fröhkost* essen. Guste, du holst frisches Wasser vom Brunnen, gefroren ist es ja noch nicht, und gibst jedem Kind mit dem *Sleef* aus dem *Dubenammer* zu trinken. Ich bin in der *Dönz,* ich höre aber alles.« Er strebte schnellen Schrittes den Leckereien entgegen, die für ihn bereitgehalten wurden.

Sasses Kinder atmeten zwar erleichtert auf, *Lüttsche-Hans* und Fritz ballten jedoch ihre Fäuste und bereiteten sich auf den Kampf mit den Poggensteker-Jungs vor, die den Schulkindern täglich ihr Essen streitig machten.

Herzklopfen, Prügel und Wettrennen

Kapitän Dürenkopp hatte Früllerk immer wieder am Ärmel gepackt und aufgehalten, mit dem Zeigefinger mal in die eine, mal in die andere Richtung gewiesen und gefragt, was denn dies und was denn das sei und wer hier und dort wohne. Er war dabei beständig langsamer gegangen. Nun war er verstummt und trat jetzt fast auf der Stelle.

Zuerst wunderte sich Früllerk, die Gegend war verschneit und sah gleichbleibend weiß aus, von den Katen war unter der Schneedecke nicht viel zu sehen. Dann jedoch ahnte er – der *Kaptein* hatte Angst vor der ersten Begegnung mit Anna Sandvoss! Dabei war er bisher die ganze Zeit so lebhaft gewesen. Früllerks Ohren hätten sich während der Kahnfahrt von Bremen hierher ins Moor gern einmal ausgeruht von all dem ›*dwallerie und dwallera*‹. Dass die großmächtige Bäuerin früher so unbeschwert war und herumgealbert hatte, konnte er sich in keiner Weise vorstellen!

Er fasste den Kapitän darum nun an der Schulter und schob ihn fast über die Brücke zum Sandvoss-Anwesen. »So, das ist der Hof!«

»Groß ist er …, schön sieht es hier aus … und so sauber und ordentlich wirkt alles«, fast stotterte Kapitän Dürenkopp. »Wie viel, eh …, wie viel Knechte und Mägde sind denn hier auf dem Hof beschäftigt?«, fragte er und blieb wieder stehen.

»Großknecht und Großmagd, drei, vier Knechte und mehrere Mägde, dann die Kleinmagd und Hanken, der Altknecht«, zählte Früllerk auf und zeigte mit der Hand um die Hausecke. Ihm wurde kalt ohne Bewegung.

»Wo sind die denn jetzt alle, der Hof sieht so leer aus?«

Früllerk seufzte, der Kapitän wollte das doch sicher nicht wirklich wissen. Er versuchte nur, Zeit zu gewinnen. »Ich vermute, sie dreschen, horch doch!« Schon auf dem Sanddamm hatte er das ›Klipp-klapp-klapp-klapp‹ wahrgenommen. Der Kapitän schien dieses Geräusch nicht zuordnen zu können.

Nun aber horchte er genauer hin: »Stimmt, ich erinnere mich an früher! Das hatte ich total vergessen. Bei uns auf den Schiffen und in den Häfen hört man das so selten!«

Früllerk lachte und freute sich, das war wieder der humorvolle Kapitän, den er während der Kahnfahrt und gestern Abend erlebt hatte. Noch als sie nebeneinander in der *Butze* lagen, Line war ja nicht da, da war kein zusätzlicher Strohsack nahe am Feuer nötig, hatte der Mann kein Ende finden können beim Erzählen. Eine Schnurre folgte der nächsten, obwohl sie beide keinen *Brammwien* getrunken hatten.

»Aber, wo dreschen sie denn? Nicht auf der Diele? Ist das hier nicht üblich?«

»Doch, doch, aber unsere großmächtige Bäuer…«, Früllerk stockte, da wäre er beinahe in ein Fettnäpfchen getreten. Nicht in ein echtes, denn die standen bei ihm in der Kate unter den tropfenden Würsten, sondern in das sprichwörtliche. Er räusperte sich: »Unsere Bäuerin hat morgens alle Kinder aus dem Günnemoor auf dem *Flett* zum Schulunterricht versammelt. ›Die können sich bei all dem Lärm und Staub ja nicht konzentrieren!‹, erklärt sie. Da es hier noch eine Tenne im Stall gibt, wird darum dort gedroschen. Wo die Mägde sind, weiß ich nicht, vielleicht in der Milchkammer, denn die großmäch…, eh, die Bäuerin hat auch dafür einen Extraraum. Das sei modern, begründete sie es einmal nach dem Kirchgang den Worpsweder Frauen gegenüber. Meine Nachbarin Louise hörte es und berichtete natürlich davon. Wir mussten sehr lachen!« Und da der Kapitän etwas verständnislos guckte, erklärte er: »Hier im Günnemoor ist eigentlich immer nur meine Line für den *neemodschen Krom* zuständig!«

»Warum nennst du Anna Sandvoss immer großmächtig?« Der Kapitän wies mit dem Finger auf sein Ohr. »Denk nicht, ich höre schwer!«

Statt einer Antwort fasste Früllerk den Mann am Ärmel, »Hier geht es lang!«, und zog ihn mit sich zur Seitentür. Er klinkte sie auf und schob den Kapitän ins Dunkle. Beider Augen mussten sich nach der Schneehelle draußen erst umgewöhnen.

Früllerk hatte beim Unterricht der Kinder noch nie zugesehen und schaute darum neugierig um sich. An der Feuerstelle war niemand, aber der lange Tisch in der *Flett*-Nische war gedeckt. Sicher rief die Großmagd gerade alle zusammen. Die *Fröhkost* war reichhaltig und sah lecker aus. ›Dreschen ist schwere Arbeit, da braucht es kräftige Kost!‹, wusste Früllerk natürlich. Ihm lief das Wasser im Mund zusammen, obwohl der Kapitän und er in der Frühe gut gegessen hatten. Das war jedoch schon lange her.

Auch der Schulmeister schien nicht da zu sein. Das zeigte sich am Verhalten der Jungen. In einem Knäuel wälzten sich mehrere auf dem Lehmboden. Merkwürdig war nur die Lautlosigkeit, mit der sie sich prügelten. Von früher her wusste er, dass normalerweise jeder Kampf unter Kindern von einem Riesengeschrei und Getöse begleitet wurde.

Der Kapitän blieb einfach stehen.

Früllerk war mit einigen schnellen Schritten bei den Kämpfenden und fasste nach einem Bein, das aufragte. Er zerrte daran und zog das Kind seitwärts aus dem Knäuel. »Fritz, halt ein, warum prügelst du dich?«, fragte er erstaunt den Sasse-Jungen.

Der blinzelte verwirrt und erkannte Früllerk. »Hilf Hans, *Unkel* Früllerk, bitte, Hinnerk und Arp Poggensteker sind größer und stärker. Und wenn ich ihm nicht helfe, vermöbeln sie ihn noch mehr als sonst! Bitte, *Unkel* Früllerk, tu was!«

Früllerk besah sich das Jungen-Knäuel genauer. *Lüttsche-Hans* lag unten, ein Junge, fast so groß wie ein Mann, das war Hinnerk, lag auf ihm und hielt ihn mit Händen und Beinen am Boden fest. Der zweite, Arp hieß er, wusste Früllerk, trat ihm mit dem *Holschen* in einer erbarmungslosen Regelmäßigkeit in die Seite. Sie schienen kaum wahrzunehmen, dass sie nicht mehr allein waren.

Früllerk riss Arp mit solcher Kraft zurück, dass der hintenüberfiel. Dann griff er dem auf Hans Liegenden mit der rechten Hand in die Haare, so gut es ihm möglich war, fasste mit der Linken dessen Hose und hob ihn einfach hoch. Hinnerk schien noch nicht wirklich verstanden zu haben, wer ihn gepackt hielt. Er glaubte wohl, es sei ein Kind, sein Gesicht verzog sich höhnisch, er kniff den Mund fest zusammen, drehte sich im Griff und schlug Früllerk mit der Faust ins Gesicht. Der ließ ihn vor Schreck und Schmerz fallen. Nun erst sah der Junge, wen er da geschlagen hatte und hielt inne.

Arp hatte inzwischen kurz Zeit zum Nachdenken gehabt, er begann zu grinsen und schrie dann, so laut er konnte: »Herr Lehrer! Herr Lehrer! Kommt schnell! Früllerk schlägt meinen Bruder. Ich wollte ihm helfen, da gab er mir einen solchen Schubs, dass ich hintenübergefallen bin. Mein Steiß ist gebrochen, ich kann nicht aufstehen!«

Den Kapitän im Hintergrund bemerkte er nicht. Der war zwar einen Schritt nach vorn gekommen, um zu helfen, alles war jedoch so schnell gegangen, dass er Früllerk nicht beizustehen brauchte.

Früllerk war zwar wütend, musste jedoch zunächst seine Nase behandeln. Das Blut tropfte auf den Boden. Der Kapitän zog ein großes blau kariertes Tuch aus der Hosentasche und reichte es ihm. »Ist es schlimm?«, fragte er leise.

Bevor Früllerk antworten konnte, stürzte der Lehrer auf die Diele. »Was ist hier los?«

Hinter ihm hastete Jacob durch die Tür, Anna Sandvoss folgte gemessener. Kapitän Dürenkopp stutzte, runzelte dann die Stirn und zog sich ein Stück ins dunklere *Flett*-Teil zurück.

»Was ist los? Ich hab doch gesagt, ihr sollt brav sein, ich habe alles mitbekommen!« Er beugte sich zu dem weiter laut schreienden Arp hinunter: *»Wat is denn, büst du an Buk dropen?«*

»Ne«, heulte der nun noch lauter. »Der Mann, der Früllerk da, der hat mir meinen Steiß gebrochen. Es tut so weh!«

Grimmig und entrüstet sah der Lehrer zu Früllerk: »Was erdreistest du dich, einfach die Kinder zu schlagen!«

»Ich habe niemanden geschlagen, ich tat nur Eure Arbeit, *Schoolmester!* Hier geschah die schlimmste Prügelei, die ich je bei Schulkindern sah! Ihr hättet das verhindern müssen!«

»Oloff Schott hat seine wohlverdiente Pause bei mir in der *Dönz* verbracht.« Anna Sandvoss war empört. Was hatte dieser Früllerk hier zu tun! »Du hast doch gar keine Kinder, was weißt du denn von Erziehung! Der Herr Lehrer wird die Schüler jetzt genau befragen und die Schuldigen bestrafen! Mich geht das nichts weiter an!« Gebieterisch drehte sie sich um und verschwand in der *Dönz*.

Jacob blieb jedoch neben Früllerk stehen und beobachtete Lehrer und Kinder.

»Arp, nun steh erst mal auf. So ist es gut! Was hat dir der böse Mann denn getan?« Der Junge wurde von seinem *Schoolmester* aufgehoben und ans Feuer geführt. Sein lautes Weinen war schlagartig beendet. Er wurde in einen der Stühle dort gesetzt und *schnuckte* ab und zu leise.

»Und was haben dir die Jungen nun getan?« Herrisch trat Oloff Schott zu Früllerk. Er blieb jedoch ein Stück von ihm entfernt stehen, wirkte wachsam, da Jacob geblieben war. »Warum schlägst du die Schulkinder?«

»Warum fragt Ihr nicht, was Hinnerk und Arp getan haben, *Schoolmester?*« Jacob mischte sich ein, da Früllerks Nase immer noch heftig blutete und er so wohl kaum antworten konnte. »Früllerk, geh vor die Tür und mach dir einen Schneeball. Drück ihn an die Nase, die Kälte hilft gegen den Schmerz. Das ist einer von Stille-Catharines Ratschlägen. Sie hat nach den Prügeleien vom *duhnen Mannsvolk* immer viel mit solchen Schrammen zu tun.« Er lächelte Früllerk zu, der öffnete die Seitenür und ging hinaus. In dem Licht, das von draußen hereinfiel, bemerkte Jacob nun erst den ihm fremden Mann, der wohl schon die ganze Zeit dort gestanden hatte. »Oh, Verzeihung, ich habe Euch nicht gesehen. Wollt Ihr zu mir? Ich bin Jacob Sandvoss.« Er ging auf den Kapitän zu und gab ihm die Hand. »Willkommen, auch wenn es hier gerade nicht sehr friedlich zugeht! Was wünscht Ihr?«

Kapitän Dürenkopp reichte ihm ebenfalls die Hand. Aufgrund dieser besonderen Situation war seine Befangenheit vollends verschwunden. Er stellte sich vor, nannte laut und vernehmlich seinen Kapitänsrang und bat um ein Gespräch mit der Bäuerin. »Ich kenne Eure Mutter von früher und möchte sie gern wiedersehen!«

»Sie ist nicht meine leibliche Mutter. Mein Vater war zweimal verheiratet«, erklärte Jacob, nur wer ihn gut kannte, spürte eine leise Bitterkeit in seiner Stimme.

»Hm-hm, ich weiß, ich kannte Eure leibliche Mutter, wir sind zusammen groß geworden!«

»Ich bringe Euch gleich zu ihr. Aber vorher möchte ich gern wissen: Wie lange steht Ihr schon hier auf der Diele? Ich meine, habt Ihr den ganzen Vorfall miterlebt?« Jacob zeigte mit der Hand zu den Schulkindern.

»Ja«, nickte der Kapitän, und sagte lauter werdend an den *Schoolmester* gewandt: »Ich habe alles genauestens mitbekommen, hast du das verstanden, Oloff Schott?«

Jacob war völlig verblüfft. Der Angesprochene antwortete nicht. Er wirkte aber wachsam und schaute mit einem rätselhaften Blick auf den Kapitän.

»Ihr kennt Euch?« Jacob konnte nicht fassen, dass der Mann hier unerwartet auftauchte und den Schullehrer kannte! Und dessen Verhalten wirkte, genau überlegt, sehr befremdlich. Er, der sonst so Sprachgewandte, sagte kein Wort. Er kümmerte sich weder um Arp noch um die anderen Kinder. Er stand nur da. Jacob schaute ihn genauer an. Bisher hatte er mit dem Satz ›Wenn Blicke töten könnten‹ keine Vorstellung verbinden können. Jetzt sah er diesen Ausdruck auf Olof Schotts Gesicht gegen den Fremden gerichtet. Woher kannten sich der Lehrer und der Kapitän und was hatten sie miteinander zu tun?

Früllerk trat gerade wieder über die Schwelle, mit der linken Hand drückte er vorsichtig einen riesigen Klumpen Schnee an die Nase, mit der kaputten Hand hielt er das blau karierte Tuch unter den schmelzenden Schnee. »Danke, Jacob, es hilft tatsächlich!« Er verriegelte die Tür und ging auf den Bauern zu. »Ich habe ganz vergessen, Euch den Besuch vorzustellen. Aber das brauche ich nun wohl nicht mehr?« Früllerk begriff, dass er keine Antwort erwarten konnte und dass hier etwas geschah, das er nicht verstand. Warum sagte niemand etwas? Warum schaute Oloff Schott mit einem so merkwürdigen Blick auf den Kapitän? Dieser Augenausdruck konnte einem ja direkt Angst machen. Und nun sah er ihn, Früllerk, mit demselben Ausdruck an. Er hatte dem Lehrer doch nichts getan. Verteidigte der das Verhalten seiner Schulkinder so sehr? Und was machten die Kinder überhaupt? Betont fröhlich sagte er darum: »Na, geht es den Kindern wieder gut?«

Nur Jacob schaute zu den beiden Bänken, auf denen mucksmäuschenstill die Kleinen wie die Großen saßen. Hinnerk stand und sein ganzer Körper strahlte Trotz und Sturheit, aber auch Angst aus. Arp saß im Stuhl und funkelte Früllerk hämisch an. Jacob ging zu dem Jungen, der erschreckt zu ihm hochblickte. »Was meinst du, ist dein Steiß wirklich gebrochen?«

»Ja, das tut ganz doll weh!« Arp begann wieder laut zu jammern und schaute dabei auf seinen Bruder.

»Darf ich etwas sagen?«, mischte sich der Kapitän ein. »Bei mir an Bord geschah einmal ein solcher Unfall. Ein Matrose wurde von einer Welle erfasst und mit großer Wucht gegen den Besanmast geschleudert. Sein Steiß war tatsächlich gebrochen. Er konnte nicht mehr sitzen ...«

Arp sprang sofort vom Stuhl hoch und presste beide Hände an den unteren Teil der Wirbelsäule.

»Guck an«, der Kapitän lächelte listig, »du weißt ja tatsächlich, wo sich der Steiß befindet!«

»Ja, weil es im Sitzen dort so wehtat!«

»Und was machst du, wenn ich dir sage, auch stehen kann man dann nicht? Wirfst du dich dann auf den Boden?«

Verwirrt und verstockt runzelte der Junge die Stirn und blickte den Kapitän dann böse an. »Du weißt ja gar nichts, unser Opa, der hatte ein kaputtes Steißbein, darum weiß ...«

»Hol dien Sabbel!« Hinnerk ging drohend auf seinen Bruder zu. *»Wenn us Vadder hört, wat du hier vertellst, denn hest du di n' orige Dracht verdeent!«*

Erschrocken hielt sich Arp die Hand vor den Mund. »Wir haben ... gar keinen Opa, das war nur Spaß!«, kam es leise von ihm, der Junge wirkte nun deutlich ängstlich.

Jacob hatte den Kapitän reden lassen, er war nachdenklich geworden, mit den Poggensteker-Kindern stimmte etwas nicht. Was verheimlichten sie bloß?

»Meine Line sprach aber von einem Opa, der bei euch zu Hause im Bett lag!« Früllerk erinnerte sich, dass er seiner Frau, als sie davon erzählte, zunächst nicht geglaubt hatte, da ja eindeutig kein alter Mann bei der Familie lebte. »Sie wusste sogar seinen Namen, da sie ihn aus Bremen kannte. Er heißt Lür Bolte und er hatte ihr erzählt, dass sein Steiß gebrochen sei!«

»Ne, ne, so einen Mann kennen wir nicht!« Hinnerk rief es laut und seine Stimme kippte wie in Panik.

»Oloff Schott, weißt du mehr darüber?« Obwohl der Kapitän nur als Besucher hier im Haus war, hatte er die Führung bei der

Unterredung übernommen. »Was weißt du von diesem Großvater?«

»Ich? Ich, eh, ich weiß rein gar nichts!« Der Lehrer war unbemerkt immer weiter zurück in Richtung Diele gewichen und schoss nun regelrecht zusammen, als er so plötzlich wieder angesprochen wurde. »Was soll ich schon über einen alten Mann wissen!«

»Na, du weißt doch immer alles! Du steckst deine Nase doch in jede Geschichte, vor allem, wenn sie dir einen Vorteil bringt!« Kapitän Dürenkopp schien den Lehrer tatsächlich gut zu kennen. Er duzte ihn auch so selbstverständlich, als hätte der Lehrer die ehrerbietige Anrede ›Ihr‹ gar nicht verdient!

»Oloff Schott, wo bleibt Ihr denn nur?« Anna Sandvoss mochte nicht mehr länger allein in der *Dönz* bei der *Fröhkost* sitzen. »Das Problem habt Ihr doch sicher inzwischen gelöst?« Sie lachte geziert, während sie aufs *Flett* trat.

»*Mudder,* so einfach ist es heute nicht. Hier ist so einiges im Argen.«

»Also, Jacob, was tust du denn hier? Überlass die Kinder mit ihren Problemen dem Lehrer. Es gibt keinen besseren *Schoolmester* als ihn. Im Handumdrehen löst ein solch studierter Mann das, wovon du als Bauer nichts weißt!« Sie blieb stehen, denn die eigenartige Stimmung zwischen den Männern spürte sie nun auch. Und jetzt erst sah sie den Kapitän. »Oh«, sie lachte wieder unecht, »wir haben Besuch! Jacob, warum hast du den Herrn denn nicht in die *Dönz* geführt? Verzeiht meinem Sohn! Kommt doch …«, sie blieb mitten im Satz stecken. Sie wurde schneeweiß, dann schoss ihr das Blut ins Gesicht, die Farbe wechselte mehrfach. »Bist du …, seid Ihr …?«, sie lachte gezwungen auf. »Für einen Moment meinte ich Euch zu kennen, von früher her!« Sie schwankte, Jacob nahm sie verwundert um die Schultern und hielt sie fest. Das wurde heute ja immer absonderlicher. Eine körperliche Schwäche bei seiner Mutter, das hatte er noch nie erlebt. »*Mudder,* ist dir nicht gut?«, fragte er besorgt.

»Liebe Frau Anna, Ihr habt mich erkannt, ich bin tatsächlich der kleine Jobst Dürenkopp vom *Finterbarg,* mit dem Ihr und Eure Schwester Elsbeth als Kind gespielt habt!«

Die Bäuerin schwankte wieder und ein unkontrollierbares Zittern durchlief ihren Körper.

Jacob ergriff nun die Initiative. »*Mudder*, geh wieder in die *Dönz* und nimm Kapitän Dürenkopp mit. Ich regele hier mit Früllerk, was notwendig ist.«

Anna Sandvoss' Jugendfreund hatte jegliche Nervosität und Aufregung abgelegt. Mit sonderbaren Situationen kannte er sich aus. Auf Reisen im Ausland war immer wieder Fingerspitzengefühl und das Reagieren auf außergewöhnliche Sachverhalte notwendig. Das war ihm vertraut. Er trat zu Anna Sandvoss, nahm ihre Hand, hielt auch ihren Arm und geleitete sie Richtung *Dönz*-Tür. Im Zurückblicken sagte er kurz: »Oloff Schott soll gleich zu uns kommen. Ich habe ihn noch weiter zu befragen!«

Der Genannte war inzwischen schon fast an der Seitentür angelangt. *»He will utneien!«*, rief Früllerk und warf den Rest seines Schneeballes in dessen Richtung.

Die Schulkinder juchten auf und begannen zu lachen: *»De Schoolmester is bange vor Schnee!«* Sie lachten immer lauter, die Spannung entlud sich bei ihnen.

Oloff Schott hatte mit einem Satz die Tür erreicht. Er hatte den Riegel schon in der Hand, da wurde er von Früllerk zurückgerissen. *»Ne, Keerl, du blivvst bi us!«* Er duzte ihn jetzt auch und schob ihn Jacob zu.

Der nahm ihn hart am Oberarm: »Wenn alles in Ordnung ist, warum wolltet Ihr …, wolltest du *utneien?* Was hat der Kapitän mit dir abzumachen? Das klären wir gleich!«

»Aber was ist mit den Kindern?« Früllerk überlegte, wie er helfen könnte.

»Eben wurde doch gerechnet, kannst du mit den Kindern die Stunde weiter halten? Ich möchte diese Geschichte«, er schüttelte Oloff Schott ein wenig, »erst versuchen zu klären!«

»Klar, das mache ich gern. Ich versuche mich jetzt einmal als *Schoolmester!*« Früllerk griente den Bauern beruhigend an. Dann stellte er sich vor die Kinder: »So, wie haltet ihr es hier? Die Kleinen sitzen auf der einen Bank, die Großen auf der anderen? Das ändere ich, nur für heute! Hinnerk und Arp, ihr beiden bleibt stehen, hier, so nahe wie möglich am Feuer, ihr friert bestimmt nach der großen Aufregung.« Er dirigierte sie mit den Händen. »Welche Aufgabe war denn die letzte? Hebt eure Finger, wenn ihr es wisst!« Früllerk war stolz auf sich selber. Er erinnerte sich, dass sein Bremer Lehrer es genauso gemacht hatte.

»*Unkel* Früllerk, *ek weet dat genau!*« Der kleine Gevert Brodtmann schlug immer wieder mit dem Zeigefinger in die Luft. Vor Früllerk hatte er keine Angst. »Die Aufgabe hieß: Wie viel sind drei und eins?«

Guste meldete sich, wartete aber Früllerks Aufforderung zu sprechen ab: »Das ist richtig, und er wusste auch, dass das Ergebnis vier ist. Hinnerk rief jedoch fünf und schubste den kleinen Gevert von der Bank.«

»Du alte Petze, du. Warte bis nachher!«

»Was ist nachher, Hinnerk?« Früllerk knurrte die Frage nur, er hatte Lust, dem großen Jungen eine ordentliche Tracht Prügel zu verpassen. Er war aber auch betroffen. Als Louise davon berichtete, hatte er es nicht für wirklich ernst erachtet. Jetzt erlebte er die Gewalt, die von den Poggensteker-Jungen ausging, sogar am eigenen Körper.

Hinnerk ahnte Früllerks Gedanken und Gefühle und hielt sich lieber zurück. Er warf Guste nur einen bitterbösen Blick zu.

»Ich bin keine Petze, ich weiß, es muss endlich einmal gesagt werden!« Nicht nur sie nickte dabei. »Der Lehrer gab nicht Hinnerk, sondern dem kleinen Gevert die Schuld und bestrafte ihn, wie er es immer tut.«

»Was tut er dann? Wie bestraft euch der Lehrer?«

»Er zog ihn an seinen Ohren hoch!«

»Nein, das ist doch nicht möglich!« Früllerk war entsetzt. Er ging zur Bank der Kleinen und besah sich Geverts Ohren. Unter beiden Ohrläppchen lief ein blutiger Riss und die Ohren waren feuerrot! Früllerk schaute fassungslos auf Guste. *Lüttsche-Hans* und Fritz trauten sich bei Früllerk ebenfalls, ihr Herz auszuschütten, und riefen: »Der Lehrer lobt bei den falschen Zahlen und wenn wir die richtigen nennen, straft er uns und sagt, wir würden nicht richtig rechnen!« Mehrere Kinder bekräftigten seine Aussage mit immer lauter werdenden Stimmen.

»Halt! Ruhe!«

Alle Kinder verstummten auf der Stelle, die Angst, die der *Schoolmester* ihnen eingeflößt hatte, saß tief.

»Welche Zahlen waren denn noch falsch, eurer Meinung nach?« Er zeigte auf Guste.

»Ich habe für sechzehn und zwei achtzehn ausgerechnet, aber der *Schoolmester* erklärte: Das könne nicht sein, weil vierzehn und vier schon achtzehn sind!«

Stolz, Scham und Anklage

Anna Sandvoss versuchte, ihr Gleichgewicht wiederzuerlangen. Sie zeigte auf ihren Stuhl und ließ sich vom Kapitän dorthin führen.

»Anna, es tut mir leid, dass ich dich so erschreckt habe!« Jobst Dürenkopp setzte sich, ohne die steifen Formen der Höflichkeit zu wahren, so nahe zu ihr, als es ihm möglich war. Mit einem Blick überschaute er den für ein reichhaltiges Frühstück gedeckten Tisch. Vor Anna stand eine Tasse mit Kaffee. Er reichte sie ihr und bat: »Trink, das wird dir guttun!«

Die Bäuerin nahm die Tasse und trank sie leer, schaute sie dann an, als würde sie nicht wissen, was es sei, und drehte sie in den Händen immer hin und her.

Der Kapitän, der schon draußen auf dem *Flett* die tonangebende Rolle übernommen hatte, behielt sie auch jetzt bei. »Anna!«

Keine Reaktion kam von ihr.

»Anna, guck mich an«, er entzog ihr die Tasse, stellte sie auf den Tisch und fasste Annas Hände, die sie noch so in der Luft hielt, als wäre die Tasse darin. *»Mine leeve Anna!«* Sein ganzes Herz lag in diesem Satz.

Anna Sandvoss hob ihr Gesicht und schaute ihn zum ersten Mal direkt an. Sofort füllten sich ihre Augen mit Tränen. Sie tropften auf Jobst Dürenkopps Hände, die immer noch ihre hielten. »Warum bist du damals fort gewesen, Jobst?«

»Anna, ich war auf See, wie hätte ich Nachricht von den Geschehnissen bekommen können? Durch die Luft?«

»Aber ich hätte dich nach Elsbeths Tod so sehr gebraucht. Du hättest doch spüren müssen, dass ich traurig war.« Wie ein kleines Kind argumentierte Anna. »Und dann entschied mein Vater, dass ich Elsbeths Mann, Diederich, heiraten solle. Unmittelbar nach der Beerdigung. ›Es muss dort wieder eine Frau ins Haus!‹, hatte mein Vater erklärt, und ›Der kleine Jacob braucht eine Mutter!‹. Meine Mutter war sofort einverstanden. Der Sandvoss-Erbe galt als beste Partie in der Region.«

»Außerdem ist es immer noch üblich, dass die nächste Tochter nachrückt! Ich weiß es wohl. So bleiben Geld und Land zusammen, so, wie es die Väter ausgerechnet und abgesprochen hatten. Oh meine arme *Deern!*«

Annas Tränen liefen, die Nase ebenfalls.

»Hier«, der Kapitän zog ein weiteres großes blau kariertes Tuch aus einer der Rocktaschen, »hier, schneuz dich dort hinein.«

Anna hatte diese neue Mode in Lilienthal gesehen, selber aber noch nie ausprobiert. Es widerstrebte ihr, in ein Stoffstück zu schnauben. Da Jobst es ihr jedoch energisch direkt unter die Nase hielt, probierte sie es aus. Anschließend atmete sie einmal tief durch und wischte auch die Tränen fort. Diese Geste wirkte ärgerlich und erinnerte wieder mehr an die stolze Bäuerin als an ein Kind.

Sie gewann durch den Gebrauch des Tuches ihre Selbstbeherrschung zurück, setzte sich sehr gerade auf, wusste jedoch nicht, was sie damit beginnen sollte. Sie steckte es in die Schürzentasche und strich mit beiden Händen den Rock darunter glatt.

Noch einmal atmete sie tief durch und blickte starr geradeaus, ohne den Kapitän anzusehen: »Jobst Dürenkopp, ich vergaß mich eben wohl! Verzeiht! Es war nur der Schock, Euch nach so vielen Jahren und so unerwartet wiederzusehen!«

»Oho!«, lachte der laut auf. »Da bist du aber schnell wieder die Sandvoss-Bäuerin geworden! Wie ist es dir, oh verzeiht, wie ist es Euch all die Jahre ergangen? So fragt man doch sicherlich in Euren Kreisen, wenn ein alter Freund, nein, verzeiht wieder, wenn ein ehemaliger Nachbar nach so vielen Jahren zu Besuch, oder sagt Ihr eher, zur Visite, kommt?«

Anna merkte, er verspottete sie. Sie erhob sich und fragte mit zusammengepressten Zähnen: »Darf ich Euch etwas anbieten? Mein Sohn und der Schullehrer werden jeden Moment zum Frühstück kommen.«

»Ja, ja, der Schullehrer. Wie ist Oloff Schott denn hierher ins Moordorf gekommen? Er hat wohl sonst keine rechte Arbeit gefunden? Sein Ruf eilt ihm inzwischen überall voraus. Da habt Ihr in Worpswede aber einen gütigen Pastor, wenn der die Kinder in seine Obhut gibt!«

»Nein«, in Annas Stimme schwang Stolz mit: »Den Oloff Dr. Schott, den habe ich ganz allein gefunden!«

»Ho, schreibt er sich immer noch so?«

»Er ist eben ein ausnehmend bescheidener Mann, niemand soll ihn aufgrund seines Doktortitels für hochnäsig halten. Nur ich weiß davon! Selbst den Eltern der Schüler gegenüber verschweigt er ihn.«

»Natürlich verschweigt er ihn, denn ...«

Jacob öffnete die Tür und schob den Lehrer vor sich her in die *Dönz*. So flink, wie der sonst zur *Fröhkost* gekommen war, so rasch war er jetzt bestrebt zurückzuweichen.

»Kommt, Oloff Schott, Ihr habt ja Euer Rührei nicht zu Ende gegessen. Dass die Kinder aber auch immer wieder für Störungen sorgen müssen!« Die Bäuerin winkte ihm, sich zu setzen. »Ihr habt ja inzwischen unseren Besuch kennen gelernt!«

»Anna, kennen lernen brauchte er mich nicht. Ich kenn dich genau«, die Stimme des Kapitäns klang drohend. »Schullehrer bist du also inzwischen. Wann hast du denn diesen Beruf ergriffen? Los, *Keerl,* sag was!«

Jacob war hinter dem Lehrer stehen geblieben. Nun gab er ihm einen tüchtigen Schubs, so dass er mit einem Satz direkt vor dem Tisch zu stehen kam.

»Jacob, Jobst Dürenkopp, wie geht ihr mit dem armen Mann um!« Anna Sandvoss protestierte, wunderte sich aber trotzdem über Oloff Schott. Warum wehrte der sich nicht? Warum erklärte er nicht, wo er studiert hatte und wer sein Doktorvater gewesen war? Ihr hatte er es doch berichtet, damals, bevor er eingestellt worden war.

Der Kapitän schlug mit der Faust auf den Tisch, dass die Tassen leise klirrten: »Sag was, du bist doch sonst nicht auf den Mund gefallen!«

»Wie soll ich mich verteidigen? Ihr wisst doch alles! Aber hätte ich nicht auch das Recht, ein bisschen Glück zu haben? Ihr, Kapitän Dürenkopp, seid doch ›mit einem goldenen Löffel im Mund‹ geboren worden. Ich nicht! Ihr habt immer alles im Leben bekommen. Ihr habt nur sagen müssen, was Ihr begehrt.«

»Das glaubst du allen Ernstes, ja? Oh, Oloff Schott, ich habe viel erreicht im Leben, das stimmt. Aber nicht durch Geld. Sicherlich war mein Start leichter, da meine Familie nicht arm ist. Aber meine Position erlangte ich nicht mit Geld, sondern durch sehr viel Arbeit und noch mehr Lernen. Ich habe als kleiner Schiffsjunge begonnen, wurde für die niedrigsten Dienste eingeteilt, nicht anders als du. Ich habe durchgehalten, bin nicht im ersten Hafen heimlich von Bord gegangen, habe nicht von den Kameraden genommen, worauf ich gerade Lust hatte. Ich bin heute der ranghöchste Kapitän eines der reichsten Kaufleute Norddeutschlands! Aber auf ›krumme Touren‹ zu Wohlstand zu kommen, das kam für mich nie in Frage.«

»Ja, das lässt sich leicht sagen, weil Ihr nie Hunger spüren musstet und immer Anerkennung bekamt.«

Jacob sah Oloff Schotts erbosten und verdrossenen Gesichtsausdruck. Nichts von der Rede des Kapitäns bewegte etwas in ihm.

»Glaubst du, dass deine ehemaligen Kameraden gut über dich sprechen? Niemand weiß, wie du es geschafft hast, ihre gesamten Ersparnisse an dich zu bringen und mitzunehmen. Sie fluchen bis heute über dich! Und – hat dir das Geld etwas eingebracht? Da hattest du doch deinen ›goldenen Löffel‹! Hast du das Geld zusammengehalten und eine Ausbildung gemacht?«

Anna wollte den Lehrer in Schutz nehmen, der Kapitän wehrte jedoch ab: »Anna, er hat mit dem Geld nicht studiert! Er hat auch keinen Doktortitel! Er heißt ganz einfach mit zweitem Vornamen Dierich und kürzt ihn ›D R – mit Punkt dahinter‹ – ab. Nicht aus Versehen, er weiß genau, was er tut. Mit diesem Trick findet er immer einen Dummkopf – wie euern Herrn Pastor –, der darauf hereinfällt.«

»Wie könnt Ihr es wagen, so schlecht über den armen Oloff Schott zu sprechen und dann noch den Pastor einen Dummkopf zu nennen!« Anna Sandvoss empörte sich bewusst laut, im Stillen ahnte sie jedoch schon, dass sie keine gute Menschenkenntnis bewiesen hatte. Wären die Anschuldigungen des Kapitäns nicht wahr, Oloff Schott hätte schon längst und sehr wortgewaltig dagegen protestiert. Aber war ihr ein solch großer Fehler passiert? Hatte sie sich so täuschen lassen? Noch mochte sie es nicht vollends glauben und verstummte darum.

»Die paar Ersparnisse, Ihr glaubt doch nicht, dass die für eine Ausbildung gereicht hätten. Wenn Ihr kein Geld mehr hattet, brauchtet Ihr doch nur nach Hause zu schreiben und schon schickte Euch der liebe Vater mit dem nächsten Schiff ausreichend davon. Das Glück ist Euch doch nachgelaufen!«

»Wenn du dich da man nicht sehr täuschst, Oloff. Mein Glück sitzt hier am Tisch, aber das kannst du nicht verstehen. Und vermutlich muss ich davon in der Vergangenheitsform sprechen!«

Jacob wusste nicht, was er tun sollte. Er hätte sich gern zu seiner Mutter gesetzt, sie gestärkt. Aber er hegte den Verdacht, dass der ›Lehrer‹ fortlaufen würde. Er verstand genau, was der Kapitän eben erklärt hatte. Das betraf nicht nur den *Schoolmester!* Es war viel schlimmer: Seine Mutter, die ständig damit prahlte, diesen so besonderen Lehrer gefunden zu haben, die sich über alle Regeln hinwegsetzte, hatte sich total blamiert. Sie würde ausgelacht und zum Gespött der Leute werden! Gerade weil sie diesen *Keerl,* wie ihn der Kapitän nannte, so sehr gelobt hatte, bei jeder, aber auch wirklich jeder Gelegenheit. Und noch schlimmer, sie hatte dem Herrn Pastor und sogar dem Superintendenten die Dienstaufsicht verweigert und sie wie Nichtswisser dastehen lassen. Er sah an ihrem Gesicht, dass sie wusste, was ihr an Häme bevorstand, und sie tat ihm leid.

Jobst Dürenkopp ahnte nichts von alledem, er bohrte darum weiter: »Wenn der Herr Pastor kam, bemerkte der denn nicht, dass hier nicht alles mit rechten Dingen zuging? Beschwerten sich denn die Eltern nicht über seine Erziehungsmethoden? Die Blessuren, die ihnen der brutale Kerl zufügte, müssen doch Spuren hinterlassen haben. Na ja, oder auch nicht! Oloff Schott, du warst schon immer sehr gut darin, deine Opfer auf eine nicht nachweisbare Weise körperlich zu peinigen. Auf meinem Schiff nannten sie dich den unsichtbaren Schläger! Deine Technik hast du sicher bei den Kindern noch verfeinert. Anna, Jacob, habt Ihr denn nie etwas von seinen Misshandlungen bemerkt?«

Jacob schüttelte den Kopf, Anna saß nur reglos da und schaute ins Leere.

»Wurdest du denn nie im Rechnen geprüft, Oloff? Oder hast du das inzwischen gelernt?«

Über diese Mitteilung war Jacob fassungslos und er rief: »Wie, ein Lehrer, der nicht rechnen kann!?«

»Na ja, ich glaube ja, Euer Lehrer ist gar keiner!« Der Kapitän zuckte mit der Schulter.

»Aber, *Mudder,* du hast doch von ausgezeichneten Zeugnissen gesprochen, die er hat!«

Anna Sandvoss' Blick ging immer noch ins Leere. Sie reagierte nicht.

»Ich habe vermieden, während des Unterrichtes über das *Flett* zu gehen. Um die Kinder nicht abzulenken. Trotzdem war es natürlich öfter nötig. Und mir fällt jetzt ein, dass ich schon mal mitbekam, dass der Lehrer eine falsche Antwort lobte. Ich war jedoch zu sehr mit anderem beschäftigt und habe mir nichts dabei gedacht! *Schoolmester,* Ihr, äh, du kannst wirklich nicht rechnen?«

Oloff Schott warf ihm statt einer Antwort einen solch hasserfüllten Blick zu, dass Jacob erschrocken seinen Blick abwandte und sich entgeistert auf einen Stuhl plumpsen ließ.

Nur der Kapitän schien den Mann einzuschüchtern. Oloff Schott schrie plötzlich mit umkippender Stimme gegen Jacob gewandt: *»Dat allns geiht di goornix an! Du tüünst doch! Wat weest du denn, du büst ja man bloß 'n lüttschen Buuernsöhn, de nix to vermelden hätt!«* Er machte einen Satz zur Tür, riss sie mit solcher Wucht auf, dass sie gegen den *Fievpannenoben* knallte, als würde sie gleich zerbersten. Er drohte: »Das wird euch allen noch leidtun!«, und stürmte über das *Flett.* Jacob sprang auf und rannte ihm hinterher. Oloff Schott sprintete über die Diele, schob und zerrte heftig am Balken, der die *Schnackedöör* hielt, und riss auch sie mit Wucht auf. Mit einem Satz sprang er über den *Süll* und rannte in Richtung Damm.

Jacob wollte ihm nachlaufen, hielt dann jedoch inne. Der Kerl konnte doch nicht weit laufen, so ohne Joppe, und auch seine Habe war ja hier auf dem Hof. Er würde schon wieder zurückkommen.

Die Kinder waren bei dem plötzlichen Erscheinen ihres Lehrers von der Bank hochgeschossen. Zwei der kleinen Jungen begannen sogar in Richtung *Grootdöör* zu laufen, Früllerk hielt sie jedoch mit einem kurzen Ruf zurück. Sie waren nicht unartig, sondern nur durch das merkwürdige Benehmen des *Schoolmesters* verwirrt. *»Sett* *jo dool!«*, befahl Früllerk und schnell kehrte Ruhe ein. Er schaute Jacob fragend an, der entschied spontan die Kinder nach Hause zu schicken. »Die Schule ist für heute beendet!«

Die Anspannung der Kinder entlud sich in großem Geschrei. *»Wie süünd free! Wie köönt no Huus gohn!«*

Früllerk sah aus den Augenwinkeln, dass Hinnerk und Arp gegen die Sasse-Kinder ihre Fäuste hoben, und befahl: »Die vier Poggensteker-Kinder bleiben noch hier!«

Unter Protest setzten die sich wieder auf eine der Bänke. Guste winkte Früllerk einen Dank zu, sammelte ihre kleinen Schwestern ein und bewies ihre Fürsorglichkeit, indem sie darauf achtete, dass Lotti, Erna und Ida auch gut in ihre Schultertücher eingemummelt waren. Alle Kinder verschwanden durch die *Grootdöör,* nur *Lüttsche-Hans* und Fritz drehten sich noch einmal um und streckten in Richtung Bank ihre Zungen heraus. Jacob war den Kindern nachgegangen und schob den Balken wieder vor.

»Was hast du mit den Poggensteker-Kindern vor, Früllerk?«

»Ihr bleibt hier sitzen, bis die anderen zu Hause angekommen sind und ihr die angedrohten Prügel versäumt«, erklärte er. »Mit euch übe ich noch ein bisschen das Rechnen. Hinnerk, wie viel sind vierzehn und vier?«

»Früllerk, wenn du diese großen Raufbolde los bist, komm bitte in die *Dönz!* Ich denke, es gibt viel zu besprechen!« Jacob sprach nur leise.

»Ja, aber ich habe hier im Günnemoor nichts zu sagen, ich bin doch nur ein Kolonist!«, flüsterte Früllerk zurück.

»Du hast den meisten Verstand hier! Mach dich nicht kleiner, als du bist!«

Freud, Feind und Kapitän

»*Schoolmester,* solltest du während dieser Zeit nicht Kinder unterrichten? Was ist mit dir?« Adolphe war auf dem Sanddamm in Richtung seiner Moorkate unterwegs und fragte rundheraus und wie immer äußerst neugierig.

Oloff Schott hatte ihn von Weitem gesehen und in schnellem Lauf eingeholt. Er war noch atemlos und japste. »Adolphe, du musst mir helfen. Kann ich bei euch unterkommen?«

»Bei uns unterkommen? Was meinst du damit?«, fragte der vorsichtig. Er lenkte, um Zeit zu gewinnen, erst einmal ab: »Hilf mir mal mit *de grode Schöttel!* Ich glaube, alle hier wollen mich ärgern. Ich bekomme Tag für Tag nur *Pannkoken!*«, beschwerte er sich bei seinem Freund und übergab ihm die hölzerne Schüssel.

Oloff Schott war außer Atem, er hatte nun auch noch zusätzlich an der Menge *Pannkoken* zu schleppen, verzweifelt wusste er sonst niemanden, der ihm helfen würde. Die Frauen hier im Moor hatten ihn bisher zwar umschwärmt, aber ihn aufnehmen, nein, so weit reichte die Zuneigung nicht. Es waren ja doch nur *vermuckte Landlüe,* alle zusammen. Nur Adolphe war gerissener. Der hatte ihm zu Beginn ihrer Bekanntschaft immer mal wieder zugezwinkert, wenn er Anna Sandvoss gegenüber gar zu schmelzende Worte benutzt hatte. Als die Kinder dann später das Gedicht über den Reis aufsagen konnten, hatte Adolphe ihm zugeflüstert: ›So, so, das hast du gedichtet? Gerade erst vor kurzer Zeit? Meine Nette kennt es schon aus Bremen. Aber ich sag nichts! Du kannst mir vertrauen. Ich bin doch dein Freund!‹ ›Dein Freund‹ – auf Adolphes Unterstützung rechnend fragte er drängend: »Kann ich bei euch schlafen und so? Ich muss hier verschwinden. Meine Lehrer-Dienste sind nicht mehr gefragt!«

»Nanu!«, Adolphe war wachsam und und wich einer Antwort wiederum aus: »Hast du dich mit deiner großen Freundin Anna Sandvoss erzürnt? Das mag ich ja gar nicht glauben! Noch am Sonntag rieb sie doch deine großartigen Fähigkeiten der *ollen Pastorschen* unter die Nase! Hast du sie heute nicht wie sonst eingeschleimt?« Er lachte kurz auf und blieb argwöhnisch mitten auf dem Sanddamm stehen. Gönnerhaft meinte er: »*Sett de Schötel man dohl. Un nu vertell, wat is posseert?*«

Oloff Schott war irritiert, hier mitten auf dem Damm in der Kälte sollte er berichten? Er schaute um sich – alles war weiß verschneit. Die Konturen der Scheeden und Grüppen wirkten verschwommen und jeden noch so kleinen Heidekrautzweig krönte eine winzige weiße Haube. Der Schnee lag aber noch nicht hoch und auch das Wasser in den Gräben war noch kaum gefroren. Es wehte auch kein eisiger Ostwind, aber so ohne Joppe wurde ihm nach dem Lauf doch langsam kalt. Er hatte erwartet, dass Adolphe ihn mit ausgebreiteten Armen aufnehmen würde. Er war doch sein bester Freund, der einzige hier, der wusste, dass er nicht wirklich ein Lehrer war. ›Und dass er eigentlich ein Seemann und aufgrund von Diebstählen geflohen war.‹ »Dieser Früllerk ist schuld! Oder wohl eher dessen Frau, diese Line! Sie wollte doch unbedingt nach Bremen. Ganz wichtig wäre es, sie solle die Geburtstagsfeier des reichen Kaufmannes in der Langenstraße ausrichten, hat sie *getüünt!* Als wenn es in der Stadt nicht bessere Köchinnen gibt als diese Moorfrau!«

»Ja, schon gut, sie ist ein dummerhaftiges Weib, aber was hat das mit dir zu tun?«

»Als Line dort im Haus war, muss sie des Kaufmanns Kapitän getroffen haben. Nur von ihr kann er erfahren haben, dass Anna Sandvoss hier lebt. Und da entdeckte der Kapitän, dass er sie von früher her kennt.« Oloff Schott hatte sich inzwischen zusammengereimt, wie der überraschende Besuch des Kapitäns bei Anna Sandvoss zu erklären war. Beim Aufeinandertreffen beider im Flett hatte er jedes Wort und jede Regung aufmerksam verfolgt. Und er beklagte sich: »Wäre diese Line nicht nach Bremen gefahren, hätte der das doch gar nicht erfahren und wäre nach dem Schaffermahl mit seinem Schiff nach Amerika gefahren und ich hätte Ruhe!«

»Ja, ja! Ich versteh es aber immer noch nicht!« Adolphe mochte nicht mehr hier in der Kälte auf dem Damm stehen. Er wollte aber Oloff auch nicht mit nach Hause nehmen. »Nun beeil dich mal mit der Geschichte! Was hast du denn mit dem Kapitän zu tun?« Er schlug sich mit der flachen Hand gegen die Stirn: »Das ist doch nicht etwa der Kapitän, unter dem du gefahren bist? Das Schiff, auf dem du deine Kameraden beklaut hast?«

»Doch, genau der!«

»Und was hat das nun mit deiner *Schoolmesterei* zu tun?«

»Na, der Früllerk hat den Kapitän doch mitgebracht. Der sitzt bei der Bäuerin in der *Dönz* und hat natürlich alles verraten! Wäre diese Line doch bloß nicht nach Bremen gefahren! Aber das soll sie mir büßen!«

»Hojo, auch ich habe mit ihr ein Hühnchen zu rupfen!«

»Was hast du denn mit ihr abzumachen?« Oloff Schott staunte seinen Freund an.

»*Ach wees man still, ek hevv mie ober dat döösige Frooensmisch argert.* Aber das geht dich nichts an, hat nichts mit deiner Geschichte zu tun«, wehrte Adolphe ausweichend ab. Er fragte sofort weiter: »Der Kapitän kann aber doch nicht wissen, dass du kein Lehrer bist!«

»Nein«, Oloff Schott stockte. Er wunderte sich, dass Adolphe ihm vom Ärger mit der Line nichts erzählt hatte.

»Nun sag schon, wieso kam es raus, dass du das Unterrichten nie gelernt hast?« Adolphe vereitelte, dass Oloff weiter unbequeme Fragen stellte, und drängelte. »Nun lass dir doch nicht jede Neuigkeit aus der Nase ziehen!«

»Na, weil ich im Vertrag mit Anna Sandvoss meinen zweiten Vornamen mit D R. abkürzte.«

»Sie denkt also, du bist ein Doktor?«

»Sie dachte es! Der Dürenkopp wusste blöderweise, dass ich das schon einmal gemacht habe!«

»Einmal oder mehrmals?«, lachte Adolphe. Die Richtung, die das Gespräch nun annahm, gefiel ihm besser.

»Na ja, dir gegenüber kann ich ja ehrlich sein, oder?« Leise Zweifel waren trotz des Geständnisses in Oloff Schotts Stimme zu hören. »Immer wenn ich einen Vertrag unterschreibe, benutze ich die Abkürzung. Weißt du, Adolphe, es können so viele Menschen gar nicht schreiben, da macht ein Dr. schon ziemlichen Eindruck!«

»Aber du kannst doch wieder zurückgehen. Du hast doch nichts Falsches geschrieben. Wenn Anna Sandvoss so *naarsch* ist und das falsch verstanden hat!«

»Ja«, nun zögerte Oloff Schott doch ein wenig.

»Nun sag schon«, Adolphe schlug ihm auf die Schulter, »mir kannst du doch alles sagen, das weißt du doch!«

»Also, es kam raus, dass ich …, ich …«, er räusperte sich, »es ist mir peinlich, aber ich kann doch nicht rechnen!«

»Wie, du kannst nicht rechnen?« Spontan lachte Adolphe hell auf. »Rechnen lernen Kinder doch schon auf der Straße!«

»Wie meinst du das?«

»Na, beim Murmelspielen, daher kann ich es auch. Wie willst du denn deinen Gewinn bekommen, wenn nicht durch Zählen! Auch deine Heuer musst du doch nachgezählt haben! Hast du dich immer auf den Zahlmeister verlassen?«

Eben noch hatte Adolphe gelacht, er überlegte nun jedoch genauer: »Sag mal, haben meine Kinder bei dir kein Rechnen gelernt? Wozu habe ich denn Schulgeld bezahlt?« Adolphe stieß Oloff Schott jetzt mit der Faust gegen die Schulter. »Sag an, hab ich umsonst Geld ausgegeben?« Er stieß noch heftiger zu.

»Hör auf!« Oloff Schott rieb sich die Schulter und trat so zur Seite, dass die Holzschüssel zwischen ihnen stand. »Alles andere kann ich doch! Sie haben Buchstaben in der Luft schreiben gelernt. Sich den Katechismus eingeprägt, wichtige Kirchenlieder habe ich mit ihnen gesungen …«

»Aber Rechnen hast du ihnen nicht beigebracht?«, drohend klang nun Adolphes Stimme. »Was für ein *Schoolmester* bist du denn, wenn meine Kinder für mein gutes Geld nichts lernen?« Er boxte bei jedem Wort Oloff Schott gegen Brust und Bauch. Immer heftiger wurden seine Schläge. »Was hast du mit meinem Geld gemacht?«

Oloff Schott machte ein paar Schritte rückwärts. »Lass das, Adolphe. Was regst du dich denn so auf! Du hast doch noch gar nicht bezahlt!« Er wich noch weiter zurück. »Du hast mich doch immer vertröstet und gesagt, es reiche im Moment nicht. Und unter Freunden würde man eben auch mal warten können.«

»Freunden hätte man aber gesagt, dass man nicht rechnen kann. Dann hätte ich meine Kinder gar nicht in die Schule geschickt!«

Oloff Schott wich immer weiter zurück. Wie im Reflex drehte er seinen Kopf in Richtung Sandvoss-Hof. Aber noch verteidigte er sich. »Das Rechnen wie das Schreiben sind doch im Schulunterricht nicht so wichtig! Notwendig ist die Kenntnis der kirchlichen Gesetze. Und außerdem hast du eben doch selber gesagt, dass alle Kinder rechnen auf der Straße lernen. Deine können es doch. Sie sind gut im Rechnen!«

Adolphes Unterkiefer schob sich weit vor, sein Gesicht war urplötzlich wutverzerrt, seine Augen funkelten wild, er stieß zornig zwischen den Zähnen hervor: »Das wirst du nun ausbaden! Ich lass mich von niemandem an der Nase herumführen. Offenheit zwischen Freunden ist das Wichtigste! Du hast mir Entscheidendes verschwiegen! Ich schlag dich windelweich!« Mit drohend erhobenen Fäusten ging er mit zwei Schritten um die Schüssel herum.

Oloff Schott wartete nicht ab, er drehte sich blitzschnell um und raste zurück. Erst an der Sandvoss'schen Brücke wagte er einen Blick hinter sich. Adolphe konnte schneller laufen, als er geschätzt hatte, er war dicht hinter ihm. Oloff Schott hatte Seitenstiche, er schnaufte kurzatmig, aber er rannte nun rechts um das Bauernhaus herum zur Seitentür, schlug mit der Faust unter den Riegel, so dass er nach oben schnellte, und stürmte aufs *Flett.*

Adolphe war dicht hinter ihm.

Früllerk und der alte Hanken standen vor der Bank, auf der immer noch die Poggensteker-Kinder saßen. Alle schreckten zusammen und sahen zur Tür, durch die wie eine wilde Jagd die beiden Männer hereinstürzten.

Oloff Schott lief nun langsamer und blieb hinter Früllerk und Hanken stehen.

Adolphe hielt erschrocken inne, sein Gesichtsausdruck wechselte, aus Wut wurde ein Grinsen: »Puh, war das schnell! Wir haben ein Wettrennen veranstaltet und der *Schoolmester* war eindeutig flinker als ich!« Er schaute um sich und bemerkte seine Kinder, nur seine: »Was ist mit euch? Warum sitzt nur ihr hier?« Und an Früllerk gewandt: »Was haben sie ausgefressen?«

Die Kinder, die vorher selbstbewusst und forsch gewirkt hatten, duckten sich nun fast und zogen die Schultern hoch. Selbst die beiden Großen sahen erschrocken und bang auf ihre Hände. Keines traute sich, den Vater anzusehen.

Der stand nun vor der Bank, die Beine breit gespreizt wie in Positur und fragte noch einmal mit einem deutlichen Grollen in der Stimme: »Also, Hinnerk, sag, was habt ihr getan, dass ihr immer noch hier sitzt?«

»Wir mussten nur noch etwas besprechen, da ja der *Schoolmester* nicht da war«, mischte Frullerk sich ein. Er deutete das Verhalten der Poggensteker-Kinder richtig.

Verblüfft schauten die ihn an. Verriet er sie denn nicht?

Der schüttelte leicht mit dem Kopf und lächelte. »Absprache ist Absprache und ich weiß, ihr haltet euch daran!«

Obwohl sie es noch nicht recht glauben konnten, machte sich langsam Erleichterung bei den Kindern breit. Die sich widerspiegelnden Gefühle berührten Früllerk. »Ihr könnt jetzt mit eurem Vater nach Hause gehen«, entließ er sie.

Die vier standen jedoch nur zögerlich auf, ihre Blicke galten dem Vater: »Dürfen wir schon vorlaufen, *Vadder?*« Nur der Jüngste ging auf Früllerk zu, fasste ihn zutraulich an der Hand und flüsterte Bestätigung heischend: »*Leeven Jung bün ek doch noch, Unkel* Früllerk?«

Kind und Mann drückten sich verstehend die Hand und Früllerk sagte zu allen: »Klinkt die Tür gut hinter euch zu!« Er beobachtete dabei Adolphe, der sah nur kurz zum Lehrer, seine Augen blitzten dabei, aber er folgte seinen Kindern.

Oloff Schott hatte sich während der ganzen Zeit nicht gerührt. Fast hinter Hanken versteckt, wartete er, bis Adolphe verschwunden war. Erst dann holte er tief Luft und erklärte: »Dass Adolphe und ich einen Wettlauf gemacht haben ...«

»... das glauben wir euch nicht!«, ergänzte Hanken einfach. »Du bist gerannt *as'n Tüüt,* dieses Wort sagen wir eigentlich nur über alte Weiber!« Er griente dabei zahnlos wie ein Säugling. »Hast du deine Beine in die Hand genommen, weil Adolphe dir Angst macht? Ich dachte, ihr seid beste Freunde?«

»Das sind wir auch. Ich weiß nicht, was in ihn gefahren ist. Aber er wollte mich schlagen, geboxt hat er mich schon, so, dass es wehtat. Dabei weiß ich überhaupt nicht, warum er so zornig auf mich wurde.«

»Ach, wehtun tut nicht weh – aber selber geschlagen werden

schon?« Hanken war zynisch, noch viel mehr aber wütend. Da beschwerte sich der Lehrer über Schläge, aber nur, weil sie sich gegen ihn selber richteten. Wie oft hatte er, Hanken, heimlich beobachtet, mit welcher Grausamkeit der *Schoolmester* die Kinder quälte. Mehrfach hatte er versucht, es Anna Sandvoss zu sagen, aber sie glaubte ihm nicht, oder wollte ihm nicht glauben, und hörte einfach nicht zu. Hanken fühlte sich sehr alt, er überlegte sich sehr genau, bevor er etwas sagte, war langsam und bedächtig geworden. Aber gerade darum horchten alle Hofarbeiter auf, wenn er etwas vorbrachte. Dass Anna Sandvoss tat, als wären seine Worte Luft, schmerzte ihn. Er hatte sie trotz ihrer Herrschsucht doch gern. Immer noch sah er in ihr die junge tieftraurige Frau, die damals den Mann ihrer Schwester heiraten musste.

Früllerk hatte heute zu viel erlebt. Gerade weil er anfangs den Erzählungen der Sasse-Kinder nicht geglaubt hatte, mochte er nun nicht schweigen. »Warum bist du überhaupt fort gewesen?«, fragte er Oloff Schott. Dieser blickte Früllerk erstaunt an. Wusste der denn inzwischen nicht schon alles?

»*Schoolmester,* nun rede doch! Bist du vom Hof direkt zu Adolphe in seine Kate gelaufen?«

Räuspern und Husten, dann antwortete der Mann, jedoch nur leise: »Ich wollte zu ihm, traf ihn aber vorher auf dem Sanddamm.«

»Ja und dann? Kerl, nun lass dir doch nicht alles aus der Nase ziehen!« Früllerk meinte, sich ein Recht auf Antworten erworben zu haben, schließlich hatte er den Unterricht weitergeführt.

»Ja, ich …eh …«, wieder räusperte sich Oloff Schott und hustete, »ich wollte tatsächlich zu Adolphe und bei ihm bleiben, bis sich hier wieder alles beruhigt hat. Aber er nahm mich nicht mit«, und mit Staunen in der Stimme: »Ich glaube fast, er wollte mich wirklich nicht mit zu sich in die Kate nehmen! Aber die Hilfe verweigern – so etwas tut ein Freund doch nicht!«

»Bist du dir sicher, dass er wirklich dein Freund ist? Oder benutzte er dich nur?«

Oloff Schott zuckte nur mit der Schulter.

»Ich weiß immer noch nicht, warum du so plötzlich verschwunden bist«, Früllerk wurde langsam ungeduldig. Schließlich hatte er bei dieser Episode selber eine blutige Nase davongetragen.

»Du hast doch die Verantwortung für die Kinder, da kannst du doch nicht weggehen! Du musst doch einen gewichtigen Grund gehabt haben!«

»Ja, den hatte ich auch!« Oloff Schott hatte sich inzwischen von der Angst vor Adolphe erholt, er war ruhiger geworden und überlegte. Früllerk und Hanken schienen nichts von den Enthüllungen über ihn zu wissen, also konnte er immer noch den Lehrer spielen. »Ich musste Adolphe als Vater schließlich mitteilen, dass zwei seiner Kinder von dir tätlich angegriffen wurden!«

Hanken traute seinen Ohren nicht, sein Zorn gegen den brutalen Lehrer schenkte ihm neue Energie. Empört rief er: »*Wat büst du doch vor'n elennigen Keerl, du!* Früllerk wurde von Hinnerk angegriffen, der ist schließlich kein Kind mehr! Körperlich, meine ich, im Kopf hat er allerdings nur den Verstand eines Kleinkindes!« Hanken lachte wütend auf: »So wie du im Rechnen! Wenn vierzehn und vier achtzehn sind, können sechzehn und zwei nicht auch achtzehn sein. Das wäre ja zum Lachen, wenn deine Unwissenheit nicht so traurig wäre! Ich habe dich immer wieder beobachtet, ich weiß, wie du die Kinder *kujoneert hest,* und zwar auf eine so ...so hinterhältige Weise!« Hanken wurde lauter und lauter, so sehr regte er sich auf. Seine Gesichtsfarbe wechselte in ein kräftiges Rot. »Es wurde immer schlimmer, aber einige Kinder hast du ausgenommen. Du bist ein *Tribeleerer,* jawohl, ein *Tribeleerer* bist du!« Dieses Wort schrie er ihm laut ins Gesicht.

Jacob öffnete die *Dönzdöör:* »Hanken, was schreist du denn so?« Und ironisch: »Oh, der *Schoolmester* ist zurück!« Er drehte seinen Kopf in Richtung *Dönz:* »Kapitän Dürenkopp, der *Schoolmester* ist zurück! Auch wenn meine Mutter hier das alleinige Sagen hat, seid Ihr damit einverstanden, dass wir gemeinsam versuchen, eine Lösung zu finden? Hanken gehört zum Hof, und bei Früllerk habe ich inzwischen erlebt, dass er verschwiegen ist.«

Von drinnen kam ein aufmunterndes *»Se schööd rinnkomen!«.*

Oloff Schott wurde von Früllerk vor sich hergetrieben, indem er einfach dicht hinter ihm auf Tuchfühlung blieb.

»Früllerk und Hanken, *sett jo dool!*« Der Lehrer erhielt von Jacob keine Aufforderung. Das war zwar demütigend, aber Höflichkeit hatte der Mann nicht verdient.

Jobst Dürenkopps Besuch bei seiner Jugendliebe gestaltete sich völlig anders, als er es vorab erwartet oder sich vielleicht sogar erhofft hatte. Er erkannte seine Anna von früher nicht wieder und war Realist. Er bewahrte ihr Bild als junges Mädchen im Herzen und vergaß ihrer beider Alter und Veränderungen. Anna, Jacob und er hatten inzwischen ausreichend Zeit gehabt, sich zu unterhalten. Einiges hatte er erfahren, anderes sich zusammengereimt und weitere Vermutungen angestellt. Er musste als Kapitän Menschen schnell einschätzen und beurteilen können. Die Frau, die vor ihm saß, war ihm in ihrer Art unerträglich. Sie war überheblich und anmaßend, er fand nicht einmal die passenden Attribute für Annas Hochmut. Ein Zukunftstraum, egal, wie hoffnungslos klein er auch gewesen war, endete hier und heute.

Er hatte sich während der kurzen Zeitspanne, in der Oloff Schott nicht in der *Dönz* war, vom aufgeregten, befangenen Mann zurück in den selbstbewussten Kapitän verwandelt, der er beruflich immer war. Er übernahm wieder die Führung bei der Befragung des enttarnten *Schoolmesters*. »Oloff Schott, ich frage dich nicht, warum du die Bäuerin so belogen hast. Du weißt es und ich weiß es.«

»Meine Mutter und ich auch«, sagte Jacob sehr leise, mehr zu sich selber. Anna Sandvoss hatte es gehört, sie blickte kurz zu ihm, bevor sie sich im Stuhl wieder hoch aufrichtete und den Kapitän fest ansah. Ihr Körper war gerade und so sehr angespannt, dass es sie anstrengte und ihr der Rücken wehtat. Jobst Dürenkopp schützte sie vor Oloff Schott, das verstand sie. Ihre Fehleinschätzung, dann die Peinlichkeit ganz Worpswede gegenüber, würde sie irgendwie aushalten, aber dass er sich jetzt über sie lustig machen könnte, würde sie nicht ertragen. Mit den Augen dankte sie dem Kapitän dafür.

»Oloff Schott, ich frage dich stattdessen, was du nun geplant hast!« Der Kapitän hob dabei die Arme und zeigte die Innenflächen seiner Hände. Diese Gebärde sollte den Mann zwingen ihn anzuschauen, er lenkte ihn auf diese Weise von der Bäuerin ab, ein Zugeständnis an früher. »Wie sieht deine Zukunft nun aus?« Er wedelte mit den Händen und nun funktionierte es. Der Mann schaute ihn direkt an, antwortete jedoch nichts.

»Oloff Schott, ich frage dich noch einmal, du musst dir doch einen

Plan ausgedacht haben, falls diese Situation einmal eintreten würde. Was hast du nun vor?« Er sah, dass der ›falsche Lehrer‹, so konnte man ihn ja jetzt nennen, störrisch zu werden begann.

»Was geht Euch denn meine Zukunft an!«, rief der auch sofort mit einer Stimme wie ein bockiges Kind. *»Dat geiht numms een wat an!«*

Der Kapitän lächelte verstehend: »So antwortet nur ein Kerl, der es nicht weiß! Der sich keine Gedanken machte, sondern meinte, er würde für alle Zeiten damit durchkommen. Es ist ja auch ein riesengroßer Zufall, dass ich hierher ins Günnemoor kam!« Er lachte kurz und freudlos auf, ein Seufzer folgte, eine Erinnerung an eigene Hoffnungen.

»Geht es auch niemanden etwas an, dass du wieder einmal eine ›krumme Sache‹ verübt hast? Wie ist Anna Sandvoss denn auf die Idee gekommen, dich als *Schoolmester* hierherzuholen? Nicht klug, aber schlau bist du, du kannst hinterher immer abstreiten, jemals bestätigt zu haben, du wärest ein ausgebildeter Lehrer! Genauso hältst du es ja auch mit deinem Dr., wenn die Leute das falsch verstehen, deine Schuld ist es natürlich nicht! Und du weißt genau, dass du gegen kein Gesetz verstoßen hast. Lehrer kann jeder Mann werden, wenn er eine Prüfung vor der Kirchenobrigkeit abgelegt hat. Aber selbst das hast du sicher nicht geschafft! Schweigen, wenn Menschen wie Anna Sandvoss dir Leistungen bescheinigen, die du nie erworben hast, ist nicht strafbar. Da du diesen Trick ganz sicher nicht zum ersten Mal angewendet hast, weißt du das genau.« Der Kapitän drohte ihm: »Du weißt aber auch, dass sich die Amtmänner untereinander austauschen und sich helfen und durchaus daran interessiert sind, dich in Arrest zu nehmen, wenn ich ihnen berichte, wie du all meine Schiffsleute bestohlen hast!«

»Dann streite ich eben alles ab!«

»Mir glauben sie vermutlich mehr als dir, was meinst du?«

»Ich geh fort, gleich wenn Ihr mit Eurem Verhör fertig seid!« Oloff Schott wusste, dass ihm hier keine Strafe drohte, und er grinste durchtrieben. »Ich packe meine persönlichen Dinge und komme dann, um das mir noch zustehende Geld zu holen.«

Früllerk saß am Tisch, er fühlte sich unwohl, nun jedoch staunte er mit offenem Mund. Der Kerl war wirklich dreist, da er sogar noch Geld forderte!

Der Kapitän konnte aber auch damit umgehen: »Ich wundere mich, dass du einen Korb mit Essen und Trinken für unterwegs vergessen hast!« Er sah zu Anna Sandvoss: »Willst du ihm seinen Lohn geben? Anteilig natürlich?«

Die Bäuerin nickte langsam, dann räusperte sie sich und entschied mit fester Stimme: »Ja, schließlich hat er hier gute Arbeit geleistet!«

»Na, wenn du meinst«, mischte sich Jacob ein, »ich weiß aber nicht, ob falsches Rechnenlehren zur guten Arbeit gehört!«

Der Kapitän sah ihn mit einem warnenden Blick an.

Jacob verstand, er wünschte sich auch, dass der Kerl so schnell wie möglich verschwand und seine Mutter in Ruhe ließ. Er nickte darum nur.

»Dann sind wir uns einig! Oloff Dierich Schott, du gehst jetzt und packst deinen Kram zusammen. Die Bäuerin legt inzwischen deine noch ausstehenden Taler zurecht und dann verschwindest du, und zwar für immer!«

Anna Sandvoss wartete, bis er die *Dönz* verlassen hatte, dann stand sie auf und wandte sich an Hanken: »Geh du zur Großmagd und sag ihr, sie soll ihm Zehrung für einen Tag mitgeben. Es ist doch Winter und heute hat er noch kaum etwas in den Magen bekommen durch all die Aufregung hier!«

Alle vier Männer verdrehten die Augen, aber nur der Kapitän meinte: »Oh Anna!« Hanken jedoch erhob sich und ging die Großmagd suchen.

Rechtzeitig zurück

Ich saß mit Jacob, Anna und dem Kapitän allein in der *Dönz*. War mir das unangenehm! Die beiden Männer unterhielten sich, ich mochte aber nicht zuhören! Die großmächtige Bäuerin saß einfach nur da und schaute starr auf ihre Hände. Wie diese Frau den nächsten Kirchgang übersteht, weiß ich nicht. Ich würde an ihrer Stelle lieber in einem Kaninchenbau verschwinden!

Und dann, Line, nötigte uns Jacob auch noch von der *Fröhkost* zu nehmen. Ich habe ja versucht zu essen, aber es ging einfach nicht. Den anderen erging es aber ebenso. Wir waren froh, als Oloff Schott kam, sein Geld zu holen. Der Kapitän und ich sprangen sofort auf und verabschiedeten uns, wir wollten auf keinen Fall gemeinsam mit dem Kerl den Hof verlassen. Ohne etwas zu sagen, strebten wir mit Riesenschritten unserer Kate zu.« Frúllerk fühlte sich sogar noch beim Erzählen unwohl. Er schüttelte sich unter der groben, aber wärmenden Filzdecke und korrigierte den Kurs seines Schiffes nach einem Blick in Richtung Ufer. Das Wasser der Wümme floss nur in der Mitte der Fahrrinne schnell. Am Rand hatte sich Eis gebildet, unregelmäßig dick und wie in Wellen geformt zur Flussmitte hin. Das trockene Schilfrohr war vollständig vom Eis eingeschlossen, Schnee lag darauf. Frúllerk sah genauer hin und lächelte: Hinter jedem einzelnen Halm häufte es sich wie klitzekleine Schneeverwehungen. Links der Deich war nicht sattgrün wie sonst während seiner Fahrten. Die Farbe Weiß beherrschte auch auf der gegenüberliegenden Uferseite die dort flache Landschaft und verschwamm zum Horizont hin mit dem Himmel zu einem Weiß-Grau-Gemisch.

»Und dann ist der Kapitän mit dir wieder zurück nach Bremen gefahren?« Line saß total eingemummelt in der winzigen Kajüte. Frúllerk hatte Stroh um sie herum aufgehäuft und das Federbett aus der *Butze* daraufgelegt. Den Ofen konnten sie natürlich nicht befeuern, Line hatte aber eine *Brammwienkruke* mit heißem Wasser als Wärmflasche gefüllt. Inzwischen war diese jedoch längst erkaltet. Aber die Aufregung und Freude, wieder zusammen zu sein, wärmte auf eigene Weise. Sie erzählten sich gegenseitig ausführlich von ihren Erlebnissen.

Line kramte in dem Korb, den sie mit an Bord gebracht hatte. »Hier, Früllerk, das muss ich dir zeigen! Und dir ganz viele Grüße von Cord Hartwich ausrichten. Das hat er mir geschenkt! Er fand es an der Weser in der Langen Bucht, randvoll mit silbernen Talern. Die hat er verkauft und ist nun reich, meinte er!« Triumphierend hob sie eine kleine Kasserolle hoch.

Früllerk beugte seinen Kopf in ihre Richtung. »Na, die ist aber *lüttsch!* Was willst du darin denn kochen?«

»Genau das hat Cord auch gesagt. Für seine Familie wäre das nichts – und dann so ganz ohne Beine! Man könne sie ja nicht mal ordentlich übers Feuer stellen. Wübke hat sie mit Sand gut ausgescheuert und wollte sie den Kindern zum Spielen geben. Und da hat Cord sie gefragt, ob das nicht ein gutes Geschenk für unser Kindchen wäre. Und hat es mir in die Langenstraße gebracht!«

»Aber das Kind ist doch noch nicht geboren!«

»Wübke wollte ja eigentlich noch warten, sie meinte, es wäre nicht gut, schon vor der Geburt etwas zu schenken. Das würde den Tod herausfordern. Aber Cord glaubt nicht an solchen *Spökenkrom!* Er erzählte mir, dass Wübke außerdem Sorge hatte, dass ihre Kinder das Geschenk vorher kaputt machen. Den Stiel umbiegen oder abbrechen. Der kleine Topf hat einen zu kurzen Stiel, sehr nahe ans Feuer kann man ihn nicht stellen! Da verbrennt man sich die Hand! Aber guck doch mal, Früllerk, am Stielende das Loch, es ist aus zwei kleinen Schwanenköpfen geformt. Das ist so niedlich!«

»Ja«, brummte Früllerk, schaute zwar pflichtschuldig dorthin, interessierte sich aber nicht wirklich für einen Gegenstand, der im Haushalt nicht zu gebrauchen war.

Line jedoch strahlte: »Die bewahre ich auf, als Kumme für unser Kind, wenn es größer ist und allein essen kann. Es wird sich über die Schwanenköpfe freuen. Das weiß ich genau!« Sie zeichnete mit dem Finger die kleinen Vogelköpfchen nach, legte die Kasserolle dann aber wieder zurück in den Korb.

Früllerk wollte stattdessen mehr über das große Fest erfahren.

Line berichtete, was sie alles mit den Küchenfrauen geleistet und wie viel Lob sie bekommen hatte. »Als ersten Gang ließ ich Speisen reichen, wie sie den Bremern vertraut sind, Granadbrot, Schnepfenpastete, scalloped Austern und Mince Pies. Herr Eltermann hatte es sich gewünscht. Die weiteren Gänge sollten Überraschungen sein, das war Frau Eltermanns Wunsch! Speisen, die so besonders sind, dass anschließend die ganze Stadt darüber sprechen würde! Das sagte sie natürlich nicht, aber ich weiß es! Der zweite Gang bestand aus Suppen, die einige der Gäste wohl nur probierten, weil sie nicht unhöflich erscheinen wollten. Louise hat mich auf die Idee gebracht, damals, als Korl-Fofftein bei uns im Moor war. Erinnerst du dich? Als ich Erbsensuppe mit Tartuffels ergänzt hatte? Da sprach sie von Tartuffelsuppe. Und genau die habe ich gekocht.«

Früllerk lachte lauthals: »Na, das musst du Louise aber ganz genau berichten! Die wird staunen. Line, du hast aber von Suppen gesprochen. Welche hast du denn noch gekocht?«

»Kennst du eine Banaan?«

»Nein, das Wort habe ich noch nie gehört. Ist das etwas zu essen?«

»Ja, das ist eine südländische Frucht. Ein portugiesischer Seemann brachte ein Büschel von einer Insel mit, Kanar oder Kanarik, glaube ich, nannte er das Eiland. In der Mitte der Banaan war ein Stamm, an dem lauter merkwürdige gelbe krumme Finger hingen. Ich durfte mir einen Finger zum Probieren abbrechen und als ich direkt hineinbeißen wollte, lachte der Seemann laut. Dann zeigte er es mir: Die Frucht ist umhüllt von der gelben Schale, die man abziehen kann. Innen war sie ganz hell, mit einigen braunen Flecken. Die kommen vom langen Transport, erklärte er.«

»Und wie schmeckte diese Frucht?«

»Sie war weich, etwas mehlig und roch gar nicht wie Obst. Der Seemann verriet mir jedoch, dass seine Mutter sie zu Mus zerdrückt und mit Brühe und fetter Sahne zu Suppe verkocht. Er bot mir auch ein Gewürz an, dass seine Familie gern darin mitkocht. Es war sehr teuer. Aber als ich es Frau Eltermann berichtete, musste ich es sofort kaufen.«

»Ein Gewürz, das du nicht kanntest? Du kennst doch alles, was von den Schiffen an der Schlachte gelöscht wird«, staunte Früllerk.

»Hm, ich kenne Pfeffer, diese heißen aber Pfefferschoten. Innen sind kleine Körner, die sehr, sehr scharf waren. Die habe ich nicht benutzt. Ich habe auch noch Safran und Ingwer in der Brühe gekocht, und dann erst die Banaan dazugegeben. Durch ein sehr feines Sieb passiert fanden alle Gäste die Suppe delikat, köstlich, lecker und so samtig, wenn auch scharf im Geschmack.«

Früllerk nickte heftig und sagte beifällig: »Da ist dir wieder etwas Besonderes geglückt!«

»Es war eine so große Überraschung, dass Frau Almata Oelrichs, die Ehefrau des Bremer Senators, am nächsten Tag nach dem Rezept fragte.«

»So etwas schafft nur meine Line!« Früllerk war außerordentlich stolz auf seine Frau.

»Du glaubst aber nicht, wie verblüfft die Gäste danach über meinen dritten Gang waren. Ich hatte schon früher Herrn Eltermanns Kapitäne über Speisen ausgefragt, die sie in fremden Ländern gegessen haben. So wie ich den portugiesischen Seemann nach den Banaan fragte. Vielerlei habe ich auch ausprobiert. Als Hauptkost an Herrn Eltermanns Festtag kochte ich also nur solche Gerichte für den Festtisch, die erlesen und außergewöhnlich waren. Da ich dazu viel Currypulver benutzte, so, wie es mir meine Vorgängerin, die alte Hanna, damals zeigte, nannte ich es eine ostindische Curry-Tafel. Frau Eltermann sonnte sich regelrecht in dem hohen Lob, das alle Gäste der Tafel zollten.«

Line zeigte Früllerk nun mit strahlenden Augen ihren Verdienst. »So viel Geld hat mir Frau Eltermann gegeben. Weil ich ihren Erwartungen mehr als gerecht geworden bin«, erklärte sie.

»Und dann muss ich dir noch etwas erzählen, Früllerk. Es ist erst seit kurzem eine junge Frau in der Küche, die ist was ganz Besonderes. Sie erinnert mich an mich, als ich noch jung war. Sie ist genauso zurückhaltend, lernt aber schnell. Ich konnte ihr sehr viel zeigen. Wenn sie es schafft, den Küchenfrauen zu befehlen, dann ist sie eine würdige Nachfolgerin. Das habe ich Frau Eltermann auch gesagt.«

Während einer Verschnaufpause, Line hatte viel kalte Luft beim Reden eingeatmet, kam Früllerk wieder auf den Kapitän zu sprechen, und auf der Stelle waren Bremen und der Eltermann'sche Haushalt vergessen, Line wollte alle Neuigkeiten aus dem Moor wissen: »Hast du gemerkt, dass Kapitän Dürenkopp früher in Anna Sandvoss verliebt war? Weißt du, warum er keine Frau hat? Wie verhielten sie sich, als sie aufeinandertrafen? Oh, Früllerk, wenn die beiden sich immer noch lieben, dann heiraten sie vielleicht und Anna Sandvoss geht fort aus dem Günnemoor und Jacob kann dann sofort der Bauer sein. Und vielleicht findet der ja auch eine Liebste und heiratet, und dann … und dann … ist alles gut! «

»Wenn ich dich nicht unterbrechen würde, wie viele Fragen kannst du wohl hintereinander stellen?« Früllerk begann zu lachen. »Merkst du eigentlich, dass ich bis jetzt keine beantwortet habe? Ich habe sogar die ersten Fragen schon wieder vergessen. Weißt du sie noch? Frag mich doch noch mal, liebe Line!«

Spielerisch streckte sie ihm die Zunge heraus und beide lachten.

»Früllerk, als ich den Kapitän das erste Mal traf, da hatte ich das Gefühl, er liebt Anna immer noch. Meinst du das auch? Du bist mit ihm doch mehrere Tage zusammen gewesen. Was hat er denn gesagt?« Sie hielt inne, damit Früllerk antworten konnte, und strahlte ihn an. »Hörst du es? Ich kann aufhören zu fragen!«

Früllerk lachte wieder und antwortete ihr: »Dass er sie noch liebt, wurde mir schon während der Fahrt ins Moor klar. Line, du kannst dir nicht vorstellen, wie anstrengend das war. Der Kapitän redete und redete, über früher, über eine Anna, wie wir sie nun ganz sicher nicht kennen. So, wie er sie beschrieb, war sie lustig und fröhlich, sogar ein bisschen schüchtern. Das war damals, dort in dem Dorf, aus dem beide stammen, Finnaerberg.«

»Wo ist das eigentlich? Ich kenne den Ort nicht.« Line ließ sich nun Zeit beim Sprechen. Sie wusste, sie würden noch viele Stunden so wie jetzt beisammen sein. Sie hätte den Kapitän gern selber gefragt, als er ihr von seiner Kindheit berichtete, er musste damals jedoch leider sehr schnell fort, ihr Gespräch war unterbrochen worden.

»Ich fragte ihn danach, wir hatten ja viel Zeit.« Früllerk zuckte mit den Schultern und zog sich die dicke Wollmütze tiefer ins Gesicht. Es war nicht kalt, der Schnee verhinderte ein Absinken der Temperaturen, aber hier auf dem Wasser gab es Wind. Das war gut, so segelten sie hoffentlich an einem einzigen Tag bis ins Moor. »Line, du erwähntest vorhin Korl-Fofftein, den *Slöpendriver*. Der erzählte doch den Kindern von seinem Steinhaus. Da ganz in der Nähe liegt der Finterbarg. Der Kapitän schwärmte von seiner Heimat. Der Berg ist natürlich kein richtig hoher Berg. Die Gegend heißt wohl nur so, weil alles Land drumrum flach ist. Nahebei fließt ein Bach und das Moor ist auch nicht weit. Er wusste aber auch von einer weiteren Erhöhung in der Nähe, *Rugenbarg* nannte er sie. Dort brannten früher, also ganz früher, Signalfeuer und es erklang Hörnermusik. Das klingt, finde ich, merkwürdig.«

»Mir hat der Hauslehrer der Eltermann'schen Kinder erzählt, dass er einmal in einem Wald wanderte und immer wieder Hügel fand. Die Menschen dort vermuteten, das seien hoch aufgetürmte Gräber!«

»Ne ober ok, wat de Lüe so allns glöövt!« Früllerk schlug seine Hände gegeneinander, trotz der dicken Fausthandschuhe waren sie eiskalt. »Wer macht sich denn die Mühe, so viel Erde zu bewegen? Außerdem gehören Leichen tief in die Erde, das weiß doch jedes Kind.«

»Lass uns nicht über Gräber sprechen, Früllerk, erzähl vom Kapitän«, bat Line. Sie wusste, wie oft Frauen bei der Geburt starben, und mochte jetzt nicht daran erinnert werden.

Früllerks Gedanken waren ähnlich. »Line, der Kapitän wollte gern zum Finnaerberg, aber zu Fuß ist es jetzt im Winter zu weit, und da es noch nicht stark fror, ist jeder *Pad* schlammig. Das konnte ich ihm ausreden. Aber dann überlegte er, mit dem Kahn dorthin zu fahren. Da wir jedoch beide nicht wussten, wie weit die Kleine Hamme befahrbar ist, ließen wir es sein. Weil wir darüber so viel sprachen, habe ich mir die umliegenden Orte gemerkt. Die Quelle der Hamme entspringt bei Ohlenstedt. Weißt du, dort kommt Tan' Dele her.«

»Oh, das konnte ich noch nicht erzählen, Früllerk. Tan' Deles *Neejohrskoken* sind *allerbest* angekommen. Die Knusprigkeit und der kräftige Anisgeschmack! Ich glaube, kein einziger Krümel ist übrig geblieben! Frau Eltermann ließ ihr extra ein Lob ausrichten und verdient hat Tan' Dele nicht nur Dalers, sondern viel Anerkennung. Ganz Bremen spricht vermutlich darüber! Ich hatte leider keine Gelegenheit, sie noch einmal zu besuchen. Du bist zu früh gekommen!«

Beide lachten auf, Früllerk brauchte nicht erst zu erklären, warum er froh über das noch milde Wetter war.

»Kannst du dich noch erinnern, was Korl-Fofftein erklärte?«
Line schüttelte den Kopf.

»Die Hamme bis zum Ende, dann über Haslah und Hoope, durch ein Waldgebiet und an der Wulsbütteler Kirche vorbei. So sagte er, der Kapitän bestätigte es und meinte, dort um das Dorf herum sind große Heideflächen. Und das alte Pastorenhaus, das Löfflersche, hätte, wie andere Höfe auch, eine lange Mauer aus riesigen Feldsteinen als Abgrenzung. Das sieht sehr gediegen aus, meint er.«

»Das gefällt mir. Ob wir solch eine Mauer auch bauen könnten, Früllerk?«

»Du, ich glaube nicht. Hier im Moor versinkt alles Schwere doch, Steine natürlich auch.«

»Schade, eine schützende Mauer würde mir gefallen!«

Früllerk sprach schnell weiter: »Korl-Fofftein machte an der Drepte Halt, erinnerst du dich, Line? Sasses Mädchen wollten ihm nicht glauben, dass es klares, durchsichtiges Wasser gibt. Nicht nur braunes Moorwasser, wie bei uns. Der Rest des Weges bis nach Lehnstedt ist dann schnell gegangen. Und dort blieb er dann ja. Aber der Kapitän erklärte mir: Wer dann immer noch weitergeht, kommt nach Uthlede. Und er zeigte mir seine Uhr. Oh, Line, eine wunderbare Uhr«, schwärmte Früllerk. »Die stammt aus dem Dorf. Es ist bekannt für sehr gute Uhrmacher.«

Line nahm sich sofort vor, ihrem Früllerk einmal eine Uhr aus Uthlede zu besorgen.

Nach dieser Heimatkunde-Stunde durchfuhren sie die mäandernden Flussschleifen hinter Ritterhude, Früllerk brauchte jetzt seine ganze Aufmerksamkeit für das Manövrieren des Schiffes. Zu spät fragte er: »Line, hättest du gern eine Pause machen wollen? Du brauchst es nur zu sagen! Jetzt gibt es bis zum Worpsweder Landungsplatz nicht mal mehr *'ne lütte Piesel*«, lächelte er seine Frau an.

»Nein, lass uns so bald wie möglich zu Hause sein. Der Wind meint es doch gut mit uns, er weht nicht zu stark, bringt uns aber an einem Tag direkt nach Hause. Oder ist dir so kalt, Früllerk, dass du etwas Warmes brauchst?« Sein Kopfschütteln reichte ihr. »Nun sag endlich, empfinden der Kapitän und die Bäuerin noch Liebe füreinander?«

»Du bist ja gar nicht *neeschierig, mien lütt Schnuddel!*«

»Na und? Nun sag schon: War da denn nicht doch ein kleines bisschen Gefühl?«

»Bei ihm schon, ich glaube, er hatte Hoffnung, auf dem Hinweg. Während der Fahrt zurück nach Bremen sprach er kaum etwas. Doch er fragte mich, ob Anna Sandvoss immer so großmächtig sei. Das Wort war mir öfter herausgerutscht, weil wir sie ja im Gespräch mit Louise und Hans immer so nennen. Ich konnte ja nicht gut lügen. Und viel später fragte er nur so nebenbei, warum Jacob denn noch nicht verheiratet sei.«

Piss-Jules Problem

»Frühllerk, *kannst du mi helpen?*«

Schon von Weitem war Piss-Jules Rufen zu hören.

Früllerk legte resignierend sein Schnitzmesser aus der Hand. Er hatte gerade den Umriss eines Vogels grob aus einem Holzstück herausgeschnitten. Und nun kam Piss-Jule. Was die alte Frau wohl wieder wollte? Für Reparaturen an ihrer Hütte überredete sie nacheinander alle Günnemoor-Männer. Keiner konnte lange in dem speziellen Geruch arbeiten, den sie verbreitete. Darum wechselten sie sich ab. Heute war wohl er an der Reihe! Früllerk seufzte. Er verspürte große Lust, seine Schnitzarbeit zu vollenden. Statt Knauf oben auf den Pfosten der Wiege wollte er zur Zierde Tiere anbringen. Sicher würden ihn anschließend alle im Moor auslachen. So viel zusätzliche Arbeit für ein Kind! Aber er freute sich doch so sehr, Vater zu werden!

»Vielleicht ist nur eine Kleinigkeit zu erledigen und es dauert nicht so lang!«, tröstete Line und lächelte ihn liebevoll an.

Es klopfte. *»Kumm rinn!«*, rief Früllerk laut.Unter einem Schwall kalter Luft und vieler aufgeregter Worte betrat die alte Frau die Kate. Sie wuselte zum Feuer, zog ihr Schultertuch höher über die Schulter bis zum Hals, ließ es dann los und bewegte ihre Hände in der warmen Luft hin und her. »Früllerk, stell dir vor, ein Teil meines Daches ist eingestürzt! Heute Nacht! Ich bin wach geworden, weil es so rumpelte.«

»Oh, Jule, wie ist das denn geschehen? Es gab in den letzten Tagen doch keinen Sturm!«

»Ich weiß es auch nicht! Ich glaube, das Moorgespenst ist gekommen. Es hat mit seiner großen Hand das Stroh einfach runtergerissen. Genau an der Seite, wo meine *Butze* steht. Die ganze Kälte kommt rein und wenn es wieder schneit, auch der Schnee. *Kannst du mi helpen?*« Piss-Jule rang ihre Hände, blieb aber so nahe wie möglich am Feuer stehen.

»Jule, du musst ja ganz durchgefroren sein«, Line erschauerte. Obwohl die alte Frau oft so *achtertüksch* redete und immer nach

Ammoniak roch, wusste sie sofort mitleidig Rat. »Komm, setz dich doch«, bot sie ihr einen Platz auf der Bank an. »Du bekommst jetzt erst einmal etwas Warmes in den Bauch. Ich koche gerade ein Huhn ab, von der Brühe gebe ich dir eine Tasse voll, das wärmt durch.« Line schnitt auch einen Kanten Brot ab: »Hier, das habe ich gestern erst gebacken. Brotgetreide mit *Bookweeten,* Buchweizenbrot nennt es Frülllerk.«

»*Biet man gau rin, Jule, dat smeckt fein!* Line kann sehr gut backen!« Frülllerk musste die alte Frau ärgern. Sie war immer so böse zu Line.

Piss-Jule besah sich das Brot. Es war schön locker aufgegangen mit großen Poren, aber viel heller als das tägliche Brot vom Sandvoss-Hof. »Das ist doch gar kein richtiges Brot«, entschied sie. »Frülllerk, deine Frau kann nicht mal Brot backen! *Bloß so'n neemodschen Krom ut Bremen!*« Trotz Kritik brach sie sich ein Stückchen ab, steckte es in den Mund und nahm einen Schluck Hühnerbrühe. Erstaunt mümmelte sie auf dem Bissen herum. Das Brot musste im Mund nicht erst eingeweicht werden. Sie konnte es ohne Mühe mit dem Gaumen zerdrücken. Sie schluckte und nahm ein neues Stück, dazu Hühnerbrühe. In kürzester Zeit war alles verspeist! Trotzdem bedankte sie sich nicht, sondern sagte nur kurz: »Na ja, *eeten kann'n dat jo!*« Während des Essens hatte sie sich neugierig umgeschaut und zeigte nun mit dem Finger zur Wiege: »*Wat mookst du dor?*«

»Jule, das siehst du doch!« Frülllerk zog sich seine Joppe an, setzte die Wollmütze auf und wickelte sich in den warmen Schal. »Line, *wo süünd miene Handschen?*« Line reichte sie ihm schon.

»Warum steht da oben auf dem Pfosten der Wiege eine kleine Kuh?« Die alte Frau zeigte immer noch mit dem Finger auf die Wiege. »Und auf dem anderen Pfeiler ein …«

»Och, Jule, die wollen wir füttern, damit sie groß und stark wird!« Frülllerk konnte das Ärgern nicht lassen. Außerdem war er schließlich in guter Position, Piss-Jule wollte etwas von ihm. Sie musste jedoch das letzte Wort behalten: »*So'n neemodschen Krom ober ok!*«

Line lachte hell auf, Frülllerk grinste und verzog dann das Gesicht, da er sich den langen Lederriemen, an dem der Griff seiner *holten Geschirrkist* befestigt war, über die Schulter hängte. Sein Zimmermannswerkzeug stand immer parat. Er warf Line einen Luftkuss zu und verließ mit der alten Frau die Kate.

Der ›nette‹ Adolphe

Line, du musst nun auch kommen. Schnell! Dein Früllerk ist verunglückt!«

Adolphe stand in der offenen Tür. Line hatte kein Klopfen gehört. Sie legte gerade Torfsoden nach. Merkwürdig schwer war einer. Sie wog ihn in der Hand und überlegte, ob er wohl noch nass sei. Legte ihn aber ins Feuer. Erschrocken zuckte sie, als sie Adolphes Stimme hörte, zusammen und fuhr aus der gebückten Haltung hoch. Ihr wurde schwindelig, sie ging einen Schritt rückwärts und ließ sich auf den Hocker plumpsen.

»Was? Was hast du gesagt? Früllerk ist verunglückt?« Sie versuchte einen klaren Gedanken zu fassen. »Das kann nicht sein. Er ist bei Piss-Jule und richtet dort das Dach!«

»Ja, nun komm doch! Er stand oben auf dem Dachfirst, der ist alt und da ist er abgerutscht und runtergefallen!«

»Aber das Dach ist doch gar nicht hoch! Und er ist doch auch noch nicht lange fort!«

»Weib«, drängte Adolphe, »*wees doch nich so miemelig,* steh auf und komm mit!«

Erst durch seinen barschen Befehl realisierte Line, was er da sagte! Helle Aufregung erfasste sie und sie eilte aus der Tür, ohne Schultertuch und mit den Haus-*Holschen.*

Adolphe war dicht hinter ihr.

Sie lief hastig in Richtung Sanddamm und hatte nur einen Gedanken – Früllerk. Ob er sich etwas gebrochen hatte? Oder blutete er?

»Komm, lass uns die Abkürzung hier über den Graben nehmen«, dirigierte Adolphe Line. »Da ist das Brett, aber sei vorsichtig. Jetzt im Winter ist es rutschig.« Er hielt sie am Arm und zog sie nach einer Drehung mit sich in Richtung Scheeden. Blind für alles um sie herum folgte sie ihm.

Auf der anderen Seite begann das Wendelkenland. Alles lag weiß beschneit. Am Rand des Grabens türmte sich der Schnee hoch auf. Er hing in Rundungen wie Wellen als Überhang über dem Wasser.

Der Ströher-Bauer hatte einige der Torfsoden als Ringel stehen lassen. Dieses Bild nahm sie in sich auf. Wie kleine, runde Hütten mit einem Dach aus Schnee obendrauf sahen sie aus. Jedes Torfstück war seitwärts bepudert, jede Faser dadurch deutlich sichtbar. Line kannte sich auf diesem Land gut aus. Im Herbst hatte sie hier die rötlichen Moosbeeren gesammelt. Zu Kompott gekocht oder mit Honig gesüßt mochte Früllerk sie als Leckerei. Früllerk! Sie blinzelte, die Angst um ihn ließ sie unwillkürlich nach rechts, in Richtung Sanddamm und Piss-Jules Hütte laufen.

Adolphe stoppte sie jedoch mit hartem Griff. »Nein, du läufst in die falsche Richtung. Hier geht es entlang!« Er riss an ihrem Arm und zog sie mit sich nach links.

»Aber – hier geht es doch nicht zum Sanddamm!« Line blieb stehen.

»Das stimmt! Da wollte ich auch nie hin!« Er zerrte sie mit einem Ruck weiter. Immer mehr beschleunigte er seinen Schritt, Line stolperte und fiel in den Schnee. Sie begann nach Früllerk zu rufen.

Sofort war Adolphe drohend über ihr, er kramte in seiner Hosentasche und zog ein schmuddeliges Stück Stoff hervor. Mit der linken Hand drückte er ihren Kiefer auseinander und stopfte brutal den Lappen in ihren Mund. »Du wirst still sein! Wie lange habe ich auf diesen Augenblick gewartet.«

Line schrie, aber nur unterdrückte leise Laute waren durch den Knebel zu hören.

»Ja, wimmer du nur, hören kann dich hier niemand. Auch wenn im Moor alle Töne lauter schallen als anderswo.«

Line versuchte ihre Panik zu unterdrücken. Angst, was Adolphe mit ihr vorhatte, beherrschte sie. Wenn sie nur eine Minute den Knebel ausspucken könnte, sie würde kreischen und wie ein Nebelhorn brüllen, im ganzen Moor könnte man es hören. Und dann käme Früllerk und würde sie befreien. Sie überlegte nicht lange, sondern fuhr mit beiden Armen hoch und zerrte an dem Stoffstück.

Adolphe, der sie in genau dem Augenblick hochziehen wollte, bekam dadurch einen heftigen Schlag ins Gesicht. Da es ihr dadurch nicht gelang, den Lumpen zu fassen, versuchte sie es erneut. Sie stieß mit der Zunge gegen den Lappen, packte ihn mit den Händen und riss mit aller Kraft daran.

Adolphe hatte sich von dem unvorhergesehenen Schlag nur kurz ablenken lassen. Er rieb sich nicht einmal die Stelle, an der sie ihn getroffen hatte, sondern warf sich mit voller Wucht auf Line und drückte ihren Körper mit seinem fest in den Schnee. Ihr blieb die Luft weg.

Das bemerkte er und grinste hämisch. Er drehte sich etwas zur Seite, suchte ihre Hände und bog sie nach hinten. Er fasste ihre mit einer Hand und quetschte sie so fest zusammen, dass Line die Tränen in die Augen schossen. Gleichzeitig versuchte sie, Luft durch die Nase zu bekommen.

Mit der freien Hand stopfte ihr Adolphe den Stoff wieder tief in ihren Mund.

Line wollte zubeißen, er lachte aber nur. Er mühte sich hoch und zog sie dabei in eine sitzende Position. Auf ein Knie gestützt, streckte er das andere Bein und schaffte es aufzustehen. Als er sicher stand, zog er sie mit einem Ruck hoch. Mit der freien Hand fingerte er hinter Lines Rücken an ihrem Schürzenband. Er löste die breite Taillenschleife, merkte aber, dass die Schürze am unteren Ende noch gebunden war, und riss einmal heftig. Nun zog er den Stoff zu sich.

Line ahnte, was er vorhatte, und krümmte ihren Körper abwehrend vor und zurück.

Adolphe lachte nur darüber, er zwang ihre Hände wieder nach hinten, drückte so fest wie ein Schraubstock, sie schrie vor Schmerz. Durch den Stofffetzen drang ihr Schrei wieder nur als ein erstickter Laut. Der Mann nutzte diesen Augenblick und wickelte ihre Schürze eng um ihre Hände. Darauf drehte er Line roh herum, so dass sie sich mit dem Rücken zu ihm befand, und fesselte Arme und Hände mit dem breiten Band.

Sofort versetzte er Line einen kräftigen Stoß. Sie stolperte einen Schritt vorwärts, um nicht das Gleichgewicht zu verlieren. Wieder stieß er sie.

Line hatte es diesmal jedoch erwartet und blieb steif auf der Stelle stehen.

Wieder lachte Adolphe nur und boxte gewalttätig gegen ihre Schulter, einmal und noch einmal. Sie verlor das Gleichgewicht und fiel, da sie sich nicht abstützen konnte, mit dem Gesicht voran in den Schnee. Wieder blieb ihr die Luft weg.

»So habe ich mir das nicht gedacht!« Adolphe zog sie auf die Füße und wischte ihr grob mit der Hand den Schnee unter der Nase fort. »Ersticken ist ein viel zu schneller Tod für dich! Los, lauf, sonst nehme ich dich über die Schulter!«

Line stolperte vorwärts, sie hatten den *Pad* längst verlassen. Der Schnee lag zwar nicht sehr hoch, ihre Haus-*Holschen* ließen sie jedoch immer wieder rutschen. Sie schob den Schnee darum vor sich her, denn noch einmal Fallen und keine Luft bekommen wollte sie nicht riskieren. Schnell waren dabei ihre Strümpfe nass, die Füße gefühllos kalt.

Immer weiter schob und stieß Adolphe sie vorwärts. Inzwischen waren weder ihre Kate noch Piss-Jules Hütte zu sehen. Line quälte sich voran, von Adolphe getrieben, hakte mit dem *Holschen* hinter Binsen, trat auf Heidekraut, stampfte Moosbeeren zu rotem Brei und hinterließ durch ihr Schieben mit den *Holschen* eine breite Spur, in die Adolphe trat und so leichter vorwärtskam. Ihre Gedanken überschlugen sich. Was hatte er mit ihr vor? Wollte er ihr Gewalt antun? Oder plante er, sie umzubringen? Er hatte ja gedroht: Ersticken ist ein viel zu schneller Tod für dich! Aber warum wollte er sie töten? Ihr fiel der Schlachtetag ein. Da hatte er sie gewarnt! ›Verleumdungen dulde ich nicht!‹ Ob er sie darum hierher verschleppte? Und was war mit Früllerk geschehen? Piss-Jule hatte inzwischen bestimmt Stille-Catharine zu Hilfe geholt. Die kümmerte sich schon um ihn. Hoffentlich hatte er nicht zu große Schmerzen. Auch Hans und Louise wussten inzwischen wohl von seinem Unfall und leisteten Beistand.

Die beiden besten Freunde und Nachbarn würden sie schnell vermissen. Und von Piss-Jule erfahren, dass Adolphe sie holen wollte. Adolphe – dessen Drohung gegen Line alle mitangehört hatten! Sie würden die Wahrheit wohl schnell erraten und kämen sie suchen. Sie musste nur durchhalten!

Am Horizont verschwamm dunstig die weiße gleichmäßige Fläche wie Nebel. Nur an einer Stelle zeigte sich ein schmaler dunkler Streif, das war die Beek, auf der die Schneeflocken sofort wegtauten. Line schauderte, ob durch die Kälte oder aus Angst, wusste sie nicht.

Adolphe schob und trieb sie nun am Ufer der Beek entlang, von den Grundstücken immer weiter weg. Es begann zu schneien. Flocken legten sich auf Lines Gesicht und schmolzen sofort. Obwohl ihr kalt war, schwitzte sie, es juckte und sie hätte das Nass gern fortgewischt.

Da sie langsamer geworden war, stieß Adolphe sie immer wieder vorwärts. »Los, trödel nicht, geh weiter! Wir sind gleich da!«

Es schneite nun heftiger, Wind kam auf und wirbelte die Flocken auf, die um Line herumstiebten.

›Gleich da? Wo denn? Hier ist doch nichts!‹ Line kniff die Augen zusammen, um in dem Schneetreiben besser sehen zu können. Eigentlich wusste sie es ja genau – hier war keine Behausung, kein Mensch, Wendelkens Land erstreckte sich weithin. Auf der anderen Landseite folgten nacheinander die Gräben, die nach Ströhe und Spreddig führten.

Sehen konnte sie kaum etwas, sie spürte aber, dass Adolphe sie leicht nach rechts drängte.

»Hier ist der Busch mit dem Strohhut. So, nun noch fünfundzwanzig Schritt. *Een, twee, … fievuntwintig. Man wo is denn nu dat Lock?* Bei dem Schnee sieht man ja nichts! He, geh weiter«, brüllte er Line ins Ohr, da sie wieder langsamer geworden war. Er ging genau hinter ihr. Der Boden schwankte jetzt stärker, hier war es nasser als am Uferrand des Flusses.

Welches Loch meinte er? Doch nicht etwa …? Line wurde in der Kälte siedend heiß. Frülllerk hatte ihr erzählt, dass die Wendelken-Knechte immer wieder vor einer gefährlichen Stelle im sumpfigen Untergrund warnten. Selbst sie mussten bei schlechter Sicht darauf achten, dass sie nicht unversehens in dieses tückische Moorloch gerieten. Ob Adolphe das kannte? Er hatte im Herbst sicher auch bei den Knechten geschnorrt und sie ausgefragt. Darum hielt er sich jetzt hinter ihr, er wollte nicht riskieren, in das Loch zu fallen! ›Ich aber auch nicht!‹ Line nahm alle Kraft zusammen und begann zu laufen.

Adolphe hatte nicht mehr mit Gegenwehr gerechnet. »*Büst du mall? Du griese Grappenkopp,* du! Her, kommst du, sofort!«

Line stürzte vorwärts, so schnell es ihr in dem stärker werdenden

Schneegestöber möglich war. Sie beschrieb eine Linkskurve, um wieder zur Beek zu gelangen. Das war ihr Wegweiser zurück auf ihr Grundstück. Sie stolperte über einen Heidestrauch, fing sich wieder, verlor aber einen *Holschen*. Sie taumelte weiter, ihre Füße waren inzwischen eiskalt. Um schneller zu sein, schüttelte sie auch den zweiten *Holschen* im Laufen vom Fuß.

»Wo bist du?! So'n Mist aber auch, dass es gerade jetzt schneien muss! Ich krieg dich doch, da kannst du so schnell laufen, wie du willst. Ein Mann ist immer schneller als ein Weibsbild!«

Line hörte Adolphe nur, sehen konnte sie ihn nicht, die wirbelnden Schneeflocken machten sie blind. ›Wenn ich mich nun auf den Boden werfe, nein, gleiten lasse, nur dann spürt er es nicht auf dem Moorboden, dann würde er vorbeilaufen.‹ Sie könnte abwarten und anschließend … Line zögerte nicht länger, sondern ließ sich vorsichtig zunächst auf die Knie fallen, damit der Boden nicht schwankte, und dann seitwärts in den Schnee sinken. Sie versuchte so ruhig und geräuschlos wie möglich zu atmen.

Adolphe war in der Nähe, das spürte sie, der Moorboden bewegte sich. Sicher schlich er, so lautlos er konnte, seine Rufe hätten sie gewarnt. Er meinte wohl, er könne sie zufällig finden.

So plötzlich, wie der Schneefall begonnen hatte, hörte er wieder auf. Selbst der Wind schien sich zu legen. Line schluchzte auf, warum war denn sogar das Wetter gegen sie.

»Ah, da bist du ja, du *vermucktet Wief,* du!« Das klang wie ein Triumphschrei, Adolphe stürzte sich auf Line, er beugte sich zu ihr hinunter, fasste nach ihrem Arm, erwischte aber nur den Ärmel. Nach einem reißenden Geräusch hielt er verblüfft den Stoff in der Hand. Sofort packte er wieder zu, setzte seinen Winter-*Holschen* gegen Lines bestrumpften Fuß, stemmte sich dagegen und zog sie herrisch hoch. Er hielt sie, bis sie aufrecht stand, dann hieb er ihr fest in die Rippen. »Warte noch, ich muss mich erst umsehen!« Er ergriff wieder ihren nackten Arm und packte so fest zu, dass Line wimmerte. Dann erst schaute er sich suchend in allen Richtungen um, Line schwante, er suchte das Moorloch!

»Da ist es ja, so nahe!«, wies Adolphe mit dem Finger auf eine dunkle Stelle und stieß sie in die gezeigte Richtung.

Line ging gehorsam die paar Schritte. Erst als das mit Wasser gefüllte Loch aus dem Schnee auftauchte, begann sie sich zu wehren. Hohe Binsen verdeckten die Abbruchkante am Rand. Wer hier im Herbst unachtsam entlangging, konnte das plötzliche Ende des festeren Bodens im gleichmäßig welken Braun leicht übersehen. Heute im einheitlichen Weiß stach das Loch tiefschwarz abgegrenzt wie ein Geviert hervor. Weder Eis noch Schnee bedeckten die Wasseroberfläche.

Kalte *Gräsen* liefen über Lines Körper, sie fühlte sich unendlich schwach, und doch musste sie handeln. Sie wollte nach Hause, zu Früllerk, sonst nichts. Mit einem kurzen Seufzer drehte sie sich, für Adolphe unerwartet, um und stieß ihm mit aller Wucht ihre Stirn auf die Nase. Wie aus einem Reflex heraus mobilisierte sie daraufhin alle ihr noch zur Verfügung stehenden Kräfte und rannte los. Sie versuchte gleichzeitig zu schreien, aber sie röchelte nur, dann mühte sie sich, mit der Zunge den Stofflappen aus dem Mund zu schieben, dabei begann sie jedoch zu husten, die Tränen schossen ihr in die Augen, sie mühte sich verzweifelt durch die Nase zu atmen, da stürzte sie ein weiteres Mal mit dem Gesicht voran in den Schnee. Ihre Schulter brannte von dem heftigen Schlag, mit dem sie zu Fall gekommen war.

Adolphe stand vor ihr, unvorstellbar wütend. Er beugte sich über sie, riss sie brutal herum. Seine Augen blickten blutrünstig und gefühllos. »Niemand schlägt mich! Erst recht kein Weib!« Das Blut lief ihm über Nase und Kinn in den Kragen seiner Joppe. »So, nun reicht es!«, stieß er in blinder Wut zwischen den Zähnen hervor. Trotzdem lief ihm ein dünnes Rinnsal in den Mund. Er prustete und blies Line das Blut ins Gesicht.

Und bevor in Line auch nur das Gefühl von Ekel aufkommen konnte, setzte er einen Fuß auf Lines Bauch, stieg auf ihren Leib, als wäre es eine Treppenstufe, stampfte mit dem *Holschen* unbarmherzig nach, stieg wieder herunter und mit all seinem Gewicht wieder hinauf, wippte mit sadistischer Gewalt hin und her, stieg auf ihren Bauch und wieder herunter und summte dabei an- und abschwellende Töne, ohne den Mund zu öffnen. Sein Gesichtsausdruck war angespannt und erregt zugleich. Unerträgliche Schmerzen im Unterbauch ließen Line aufschreien, doch durch das Tuch hindurch entrang sich ihr wiederum nur ein Röcheln.

Adolphe hielt endlich inne, packte sie und hob sie achtlos wie eine Schweinehälfte auf. Er schleppte sie die wenigen Schritte zum Moorloch und schleuderte sie mit ganzer Wucht, mit den Füßen voran, ins Wasser.

Angst und Sorge

So, Jule, jetzt schneit es nicht mehr in deiner Hütte! Selbst während des kurzen Schneefalls heute Morgen blieb schon alles trocken. Nun ist Mittag, Zeit heimwärts zu gehen.« Zufrieden räumte Früllerk sein Werkzeug zurück in die *holten Geschirrkist*. »Wie gut, Jacob, dass Ihr uns schon entrindete Baumstämme und ausreichend zugesägte Bretter zur Verfügung gestellt habt.«

»Na ja, komisch sieht das Dach schon aus, so dünn und ohne Binsen.« Hans griente, er musste, wie immer seinen *Spijöök* machen. »Es ist ja jetzt im Winter bald Binsenmähzeit. Wir nageln dir anschließend Büschel davon auf die Bretter, damit das Dach seinen ›Schick‹ bekommt!«

Alle lachten, sogar Piss-Jule hatte den Spaß verstanden und grinste ein zahnloses Lächeln.

»Aber es haben auch alle Männer mitgeholfen, sogar Koop-Vadder und Hanken als Älteste gingen zur Hand«, lobte Früllerk. »Wir sind, zusammen mit Euch, Jacob, und Euren Knechten natürlich, schon eine gute Dorfgemeinschaft!«

»Nur einer fehlt!« Krischan hatte sich erst jetzt richtig unter den Helfenden umgesehen und gezählt. »Nein, stimmt nicht, zwei, des *Schoolmester*s Hände sind wohl zu zart und fein für so grobe Arbeit!«

Früllerk sah Jacob fragend an und nickte, darauf erklärte der nur kurz: »Der Oloff Schott hat gekündigt und ist schon auf dem Weg nach Gnarrenburg.«

Ungläubiges Raunen ging um.

»Und wo ist Adolphe? Ist der auch zu fein? Oder kann er nicht arbeiten, weil er sich die Hand verletzt hat? Der arme Mann. Sich als Rechtshänder in die rechte Hand zu hacken. Oder hat er vielleicht doch die Axt in die Luft geworfen und sie aufgefangen? *Narrschen Krom is dat doch!*« Hans drehte seine rechte Hand vor dem Gesicht hin und her und alle lachten laut.

Nur Piss-Jule stutzte und überlegte und sagte wie fragend mehr zu sich selbst: »Als ich Früllerk abgeholt habe, da dachte ich, er kommt ihm direkt nachgelaufen.«

»Wie, er ist mir gefolgt?« Früllerk hatte die Worte der alten Frau gehört, wunderte sich jedoch. »Kannst du denn so weit gucken, Jule?«

»Nein, nein«, widersprach sie. »Er war doch bei euch. – Oder nicht?«, sie wurde unsicher, weil Früllerk solch ein fragendes Gesicht machte.

»Jule, das möchte ich jetzt genau wissen. Wo war Adolphe, als du mich holen kamst?«

»Ich dachte, er …, ich …, er hat sich doch hinter eurer alten Hütte zu schaffen gemacht, ich habe ihn dort gesehen, oder nicht?« Sie stotterte, weil die Stimmung unter den Männern so unvermutet umschlug.

Jetzt mischte sich Jacob ein: »Jule, bist du dir ganz sicher?«

Aber bevor sie antworten konnte, rief Früllerk aufgeregt: »Wenn der Kerl bei uns rumschleicht, hat er nichts Gutes im Sinn! Du meine Güte, Line ist allein in der Kate. Und das seit mehreren Stunden!« Entsetzt ließ er sein Werkzeug fallen und rief, schon im Laufen: »Ich muss sofort nachsehen!«

Hans entschied: »Wir gehen wohl besser mit!«

Jacob zweifelte, dass das nötig sei. »Adolphe ist doch ein höflicher und netter Mann. Was soll denn solch ein Aufgebot an Männern!«

»Jacob, Euch und Eurer Mutter gegenüber verhält er sich sicher ordentlich. Ich glaube jedoch, er ist ein Wolf im Schafspelz!«

»Wer weiß, warum er so lange lauerte, bis Früllerk aus dem Haus war. Ich laufe ihm nach und sehe nach dem Rechten!« Hans rief hinter Früllerk her. Der verlangsamte jedoch nicht seinen Schritt und drehte sich auch nicht um.

Krischan schlug Hans kameradschaftlich auf die Schulter und meinte nur: »Gemeinsam ist alles leichter! Ich komme auch mit!«

Der tote Lebensretter

Das Wasser des Moorloches schwappte hoch auf, als Line mit den Füßen voran hineingestoßen wurde. Sie schloss die Augen und hielt die Luft an, obwohl sie wusste – sie würde jetzt ertrinken. Sie dachte an Früllerk und an das Kind, das in ihr wuchs. Es war dieser Gedanke, der einen winzigen Rest Hoffnung auf einen Ausweg in ihr aufkeimen ließ. Der aufflackernde Überlebenswille bewirkte, dass sie die Beine hin und her bewegte. Sie strampelte kurz, hielt inne und spürte, wie das Wasser an ihrem Hals hinunterlief. Sie öffnete verwirrt die Augen und sah, sie war nicht untergegangen. Da sie sich nicht nun mehr bewegte, beruhigte sich das Wasser. Sie sog tief Luft durch die Nase ein. Unter dem linken Fuß spürte sie Widerstand. In ihrem Rücken fühlte sie die gerade steil aufragende Wand, aber sie stand, schob auch den zweiten Fuß darauf, ohne immer tiefer zu sinken und unterzugehen! Vielleicht steckte dort ein dicker Ast oder ein Stubben, der sie trug.

Während ihr solche Gedanken durch den Kopf schossen, hatte sie Adolphes Nähe total vergessen. Der machte sich jedoch augenblicklich bemerkbar. Seine Stimme zitterte und klang eher wie Geheul: »So, du *opsternaatschet Wief* du! Hier findet dich niemand! Ertrinken und Erfrieren, dieser Tod ist zwar immer noch nicht qualvoll genug für dich, aber nun kannst du wenigstens keine Verleumdungen mehr über mich verbreiten!« Sein Gesicht war immer noch wutverzerrt.

»Du guckst so ungläubig?! Glaub mir, Adolphe vergisst so schnell nichts, keine Beleidigung oder Kränkung, keinen Angriff und natürlich auch keine Verdächtigung.« Er sammelte seinen Speichel im Mund und spuckte nach ihr, traf Line jedoch nicht. Er stieß mehrfach mit seinem rechten *Holschen* gegen die Binsen am Lochrand, ein winziges Schneegestöber entstand. Er reagierte seine aufgewühlten Gefühle ab, schließlich normalisierte sich sein Gesichtsausdruck.

Ihn durchfuhr ein Frösteln. »Puh, ist das kalt! Ich gehe jetzt zurück, ich brauche Wärme. Außerdem will ich mich an Piss-Jules Hütte zeigen, damit niemand denkt, ich hätte mit deinem Tod etwas zu tun. Dort hat dein Früllerk sicher tüchtig zu tun, nachdem ich heute Nacht dem *oolen* stinkerigen Weib ein Loch ins Dach geschlagen habe.« Er lachte auf: »Ach, Schlagen war gar nicht nötig. Ich zog einfach ein bisschen und schon kam mir das ganze verrottete Binsenzeugs entgegen.«

Wieder wirbelte er mit seinem *Holschen* den Schnee nahe am Wasser auf. Stieß noch und noch mal zu.

Line schauderte es, die Fußtritte galten eigentlich ihr.

»Und falls du glaubst, dein Früllerk hätte einen Unfall gehabt – das war eine List, um dich herauszulocken. Du wärest doch sonst nie mit mir gegangen!« Er lachte und lachte, verschluckte sich und hustete. »Es klappte doch hervorragend! Du hast dich ja nicht mal gegen die Kälte geschützt, sondern bist so, wie du warst, losgelaufen.« Er prustete und lachte meckernd.

Line verstand endlich, warum er sie hierher verschleppt hatte, ihren Tod wollte. Sie wusste von dem alten Mann in seiner Hütte, von Lür Bolte. Und eines Tages hätte es Nachfragen gegeben. Sie war eine Zeugin und musste darum verschwinden.

Jetzt erst begannen Kälte und Nässe wirklich in sie einzudringen. Das Wasser war eisig und reichte ihr bis zum Hals. Sie bewegte sich hin und her, vielleicht wurde ihr dadurch etwas wärmer, das Wasser schwappte ihr bis zum Mund und ihr Fuß, mit dem sie Halt hatte, rutschte ab. Erschrocken lehnte sie sich gegen die Wand des Loches und tastete nach der Stütze. Sie spürte ihre Füße kaum noch, fand aber plötzlich wieder Grund. Rund war der Gegenstand unter ihr, sie bewegte sich darum lieber nicht mehr.

»Warum versinkst du nicht, so wie der alte Kerl?« Adolphe beugte sich vornüber und spähte neben Line ins Wasser. »Der ging doch sofort unter und nur Luftblasen kamen noch eine Weile hoch.«

Lines Entsetzen konnte nicht noch größer werden, als sie die Bedeutung von Adolphes Worten begriff. Sie hätte am liebsten sofort den Fuß vom vermeintlichen Ast genommen. Nun wusste sie, warum der sich so rund anfühlte: Es war Lür Boltes Kopf, auf dem sie stand. Adolphe hatte den alten Mann hier ins Moorloch geworfen und ertrinken lassen. Line liefen vor Grauen dicke Tränen über die Wangen.

»Ja, nun weißt du es!« Adolphes Stimme klang so kalt wie das

Wasser, in dem Line stand. »*De ool Queesmichel weer'n Blaarpott*, wie ich noch nie einen erlebt habe! Alles war ihm nicht recht. Ständig bekam ich zu hören: ›Du darfst deine Frau aber nicht so schlagen! Sie ist doch 'ne ganz Liebe! Zwanette, die Nette!‹ Seine Stimme verfolgte mich noch im Schlaf! Dem musste ich ein Ende machen. Und ein Esser weniger kommt doch allen zugute. Schließlich muss ich an meine Familie denken! Das tue ich jetzt auch!«

Er drehte sich vom Moorloch weg, hob kurz die Hand wie zum Gruß und lachte hämisch: »*Mook good!*«

...!

Line wusste nicht mehr, wie lange sie schon im Wasser stand. Gleich nachdem Adolphe fortgegangen war, durchdrang sie die Kälte bis ins Innerste, ihre Zähne hätten geklappert, wenn der Knebel das nicht verhindert hätte. Alle Gedanken konzentrierte sie auf Früllerk und dachte immer und immer wieder: ›Früllerk, komm! Früllerk, hilf mir!‹ Ihr Körper wurde zunehmend gefühllos. Sie lehnte den Kopf gegen die torfige Wand und schloss die Augen. ›Ich bin so müde!‹

Ein ziehender Schmerz jagte urplötzlich durch ihren Unterleib und verebbte wieder. Line riss die Augen auf und hob den Kopf. Was geschah mit ihr? Bange wartete sie auf eine neue Welle des Schmerzes, aber er wiederholte sich nicht.

Sie sank zurück in die Gleichgültigkeit. Unverhofft durchzuckte sie der Schmerz erneut und flaute nach wenigen Augenblicken wieder ab. Es hatte unerträglich wehgetan.

Nach einer Weile schloss Line wieder teilnahmslos die Augen.

Sie schreckte aber immer wieder auf, wenn der Schmerz in Abständen zurückkehrte.

*

Früllerk lief, er fühlte sich wie in einem Albtraum, er hatte das Empfinden, nicht vorwärtszukommen. Ihm wurde die Luft knapp, er musste sein Tempo verlangsamen und drehte sich um. Hans und Krischan folgten ihm dichtauf. Sie winkten, er solle auf sie warten.

Da er lange nicht mehr so schnell gelaufen war, schnaufte er und ließ seine Freunde aufschließen.

Hinten am Sanddamm nahm er weitere Männer wahr.

»Die Günnemoorer halten zusammen«, keuchte Hans, »die anderen kommen auch!«

»Line ist bestimmt im Haus und hat eine leckere Mittagskost vorbereitet!« Krischan rang ebenfalls nach Atem von dem schnellen Lauf. »Die anderen haben uns gleich eingeholt.«

»Darauf kann ich nicht warten! Ich laufe schon vor.« Und Früllerk hastete weiter, vom Sanddamm auf das Brückenbrett über den Graben, der *Pad*, der mitten durch die Vorweide führte, war noch deutlich sichtbar. Das bisschen Schnee, der am Vormittag gefallen war, hatte auch die *Holschen*-Abdrücke nicht verwischt.

»Line!«, rief er angstvoll »Line, bist du da?« Und lauter: »Line, so antworte doch!« Sehnsüchtig erwartete er, dass sie lächelnd die Tür aufklinkte. Er riss sie selber auf. Das Feuer war heruntergebrannt, nur in der Asche glomm es golden, Früllerk achtete nicht darauf. Das Feuer zeigte ihm deutlich: Line hatte seit Stunden nicht nachgelegt!

»Ist sie hier?«, rief Hans ihm schon von der Tür aus zu.

Früllerk zeigte nur wortlos mit der Hand auf die Feuerstelle.

»Bestimmt ist sie bei uns. Du weißt doch, wenn Louise und Line, also ›Lies und Line‹, wenn die beiden zusammen sind, dann vergessen sie die Zeit!« Hans glaubte jedoch selber nicht an seine tröstlichen Worte.

»Früllerk, ist deine Frau hier?« Jacob kam herzu, seine Knechte mit ihm.

Hans schüttelte den Kopf und deutete nun ebenfalls auf die Feuerstelle.

»Wenn Adolphe kein Guter ist, so, wie ihr es gesagt habt, dann sollten wir ihn und Line jetzt suchen. Am besten, wir trennen uns und schwärmen aus.« Er forderte seine Knechte auf: »Ihr geht die ganze Reihe der Grundstücke ab, bis zur letzten Kate. Aber querfeldein, Bretter liegen ja wohl über allen Scheeden, nicht wahr?«

Krischan nickte: »Ja klar, der Umweg über den Sanddamm ist zu weit.«

»Seid vorsichtig, wenn ihr auf Adolphe stoßt. Aber ich weiß, ihr seid gut eingespielt, schlagen könnt ihr euch doch *allerbest,* wenn ihr *duun* seid, oder?« Jacob zwinkerte seinen Knechten zu und sie grienten zurück.

»Und wenn ihr Line gefunden habt, pfeift zu uns rüber. Die Luft ist so klar, wir können heute noch weiter hören als sonst!«

»Ich geh mit und guck bei uns nach!« Hans machte kehrt und wollte den Knechten nach. »Ganz sicher ist sie bei uns und dann können wir alles abblasen.«

Jacob hielt ihn jedoch auf. »Meine Knechte kommen ja zuerst bei euch vorbei. Es ist später Mittag und noch hell draußen. Im Schnee finden wir sicher Spuren. Wir verteilen uns.«

Krischan fand schnell den Platz hinter der alten Hütte, an dem der Schnee niedergetreten war. Die Abdrücke bestätigten Piss-Jules Bericht. Dort hatte jemand gelauert. Jacob war den *Pad* in Richtung Sanddamm ein Stück zurückgegangen. Dort waren inzwischen aber schon zu viele gelaufen, um noch Spuren zu erkennen.

Hans schlug die Richtung zu Wendelkens Grundstück ein. »Da vorn habt ihr doch ein Brett über den Scheeden gelegt, Früllerk? Halt, geh nicht weiter. Hier, guck!« Er wies in den Schnee. Zwei unterschiedlich große Abdrücke von *Holschen* führten von der Kate weg zum Graben. »Jacob, *wie hebbt wat funnen!*«, rief er aufgeregt, hielt dabei aber Früllerk an der Filzjacke fest. »Halt, wir müssen nun vorsichtig gehen, sonst zertreten wir die Spuren und verwischen sie.«

Jacob kam mit schnellen Schritten herbei. Auch er betrachtete die Spuren aufmerksam. »Wie gut, dass es heute Morgen nur so kurz schneite, sonst wäre alles eine glatte weiße Fläche!«

Umsichtig folgten sie der Fährte. Am Graben fehlte das Brett. Sie sahen aber auf der anderen Seite weitere Fußstapfen.

Hans ging nahe an den Graben heran und sah das Brett im Wasser liegen. Derjenige, der es dort hineingeworfen hatte, schien sich nicht die Zeit genommen zu haben, abzuwarten, ob es fortschwamm. Es stak in der Böschung. »Haltet mal eben meine Hand«, forderte er Jacob auf. Er erreichte mit der freien Hand das Brett und zog das nasse und glitschige Holz hoch. Jacob gab ihn frei, er setzte das Brett unten an den Saum der Böschung, so, wie er es mit jedem Brückenholz tat, und ließ es vornüber auf die andere Seite fallen. Mit einem Fuß prüfte er die Festigkeit und balancierte als Erster hinüber.

Sitzt ihr fein bequem?

Piss-Jule stand noch draußen und betrachtete das Dach. Schon seit längerer Zeit hatte es durch kleinere Löcher im Dach geregnet und jetzt im Winter auch geschneit. Es war sehr kalt und zugig in der alten Hütte. Da sie vom Sandvoss-Hof genügend Torf erhielt, damit das Feuer nicht ausging, mochte sie der Bäuerin gegenüber nicht so viel jammern. Es gab für sie kein Anrecht auf die Hütte und den vielen Torf. Ihr Mann war Heuerling auf dem Sandvoss-Hof gewesen. Während der Epidemie der Auszehrungs-Krankheit waren er und all ihre Kinder gestorben. Sie hatte keinen Anspruch mehr auf die Moorstelle. Es war Barmherzigkeit der Bäuerin, dass sie nicht fortgejagt worden war. Natürlich wusste die alte Frau ganz genau, wie schnell sie zur Bettlerin werden könnte. Auch wenn sie im ganzen Dorf als niederträchtig und gehässig galt, sie ›nahm kein Blatt vor den Mund‹, dichtete außerdem immer noch reichlich dazu, damit die Menschen ihr überhaupt zuhörten, Anna Sandvoss gegenüber blieb sie zahm und freundlich. Verteidigte sie, so gut sie es verstand.

Heute Morgen war sie schon sehr früh auf dem Hof erschienen und nannte ihr Elend Moorgespenst. Bereitwillig hatte Jacob Holz und Knechte und selbst seine Arbeitskraft zur Verfügung gestellt. Sein schlechtes Gewissen gebot es. Das Dach hätte längst repariert werden müssen. So wie Früllerk kamen alle Günnemoorer Männer und halfen. Seine Pfiffe, um die Helfer zusammenzutrommeln, waren im ganzen Dorf zu hören gewesen.

Obwohl das Dach ungewöhnlich aussah, dort an der geflickten Stelle, so ohne Binsen und ganz flach durch die Bretter, die alte Frau freute sich über den guten Schutz.

Noch einmal schaute sie zufrieden zum Dach, sammelte die kurzen Bretterabschnitte auf, die vom Sägen übrig geblieben waren, umrundete damit die Hütte und trat ein. Drinnen war es jetzt sehr viel dunkler als heute früh. Darum ließ sie die Tür weit offen stehen. Sie wollte schnell ein großes Feuer machen und ihre Suppe wollte sie sehr heiß werden lassen! Nicht die sprichwörtliche, die sie – wie alle im Dorf wussten – immer ›auf dem Feuer hatte‹, sondern die echte, einen Rest der Gaben vom Sandvoss-Hof. Das würde sie gut durchwärmen.

Piss-Jule schichtete das Holz über der Torfglut zeltartig auf. Rinde und *Sprickels* holte sie aus der Torfecke. Sie pustete ins Feuer, hustete sich frei und schon brannte das Holz. Die alte Frau hielt ihre Hände darüber und schaute in die Flammen.

»Na, du *Olsch?*«

Erschrocken richtete sie sich auf, sah jedoch nur ein feuriges Flackern, sie hatte zu lange ins Feuer geschaut und zwinkerte mehrmals.

»Wem hast du denn von deinem Dach erzählt? Wer hat das repariert?«

»Ach du bist das, Adolphe.« Piss-Jule klang erleichtert. »Ich habe dich nicht gleich erkannt!«

»Was hast du über das Dach rumerzählt?«

Verwundert über den heftigen und barschen Ton fragte sie vorsichtig zurück: »Wie erzählt?«

»Na, was hast du dem Mann gesagt über dein Dach?« Adolphe stand nun nahe bei Piss-Jule, mit zurückgelegter Schulter und weit vorgestrecktem Bauch.

Seine selbstbewusste Körperhaltung schüchterte sie weiter ein und sie schluckte: »Ich …, ich habe auf dem Sandvoss-Hof vom Moorgespenst berichtet, das mir das Dach wie mit einer Hand fortriss!«

»Und dann?«

»Was dann?«

»Nun red doch endlich, du *ool Wief,* du!« Adolphe trat noch einen Schritt vor und war nun auf Tuchfühlung mit der alten Frau.

Sie bekam Angst und stotterte nur noch: »Ich weiß …, ich will nicht …, was …, was willst du von mir?«

»Ich will ganz bestimmt nichts von dir!« Adolphe lachte rau. »Oder denkst du, *ek will di anne Unnerbüx?*« Er legte seine Hände auf ihre Schultern und schüttelte sie leicht. »*Du hest jo n Hart as'n Müüs!* Ich tu dir doch nichts!« Er grinste. Erleichtert seufzte Piss-Jule auf und erklärte eifrig: »Als Jacob vom Moorgespenst hörte, schickte er sofort nach seinen Knechten. Und alle sind gekommen und haben geholfen! Es ging ganz schnell, dann war das Dach wieder heil!«

»Wer hat geholfen, alle vom Hof?«

»Ja, aber als wir an den Vorweiden entlanggingen, kamen alle Günnemoor-Männer dazu und haben auch mitgeholfen! Darum ging das ja so schnell!«

»*So'n Schiet ober ok!* Aber das kann nicht stimmen! Du bist doch zu Grapenthiens Kate gegangen. Ich sah dich und du mich doch auch!«

»Ich …, ich hab Früllerk doch zuerst geholt. Er ist …, er kann doch mit Holz so gut umgehen.«

»Ja, und dann? Was geschah dann?!« Adolphe schüttelte Piss-Jule nun wieder, heftiger als vorher.

Die Furcht der alten Frau kehrte zurück. Er sah sie auch so grimmig an. »Dann …, dann bin ich erst zum Hof gelaufen.«

»Hast du irgendjemandem gesagt, wo du mich gesehen hast?« Seine Finger gruben sich tief in Jules Schultern, er tat ihr weh!

Unsicher schüttelte sie den Kopf.

»Hast du oder hast du nicht?« Er rüttelte sie so stark, dass ihr Kopf hin und her flog.

»N…, nein!« Mehr brachte sie nicht heraus.

»Du lügst doch!«

»Nein!«, schrie sie nun laut auf. Ihre Angst steigerte sich!

Adolphe hielt im Schütteln inne: »Auch wenn du es bis jetzt noch niemandem gesagt hast, bald wirst du es tun!« In seinen Augen glomm es gefährlich. »Das ist wohl leicht zu verhindern!« Er nahm seine Hände von ihren Schultern.

Jule atmete auf.

Aber blitzschnell fasste er ihr mit der linken Hand in den Nacken und legte die Rechte an ihre Stirn, die Finger legten sich um ihren Schädel. Seine Lippen öffneten und zogen sich zurück wie die Lefzen eines Hundes, er lachte diabolisch auf und … kippte, wie ein gefällter Baum, direkt neben Jule mit dem Gesicht voran zu Boden.

»Jule, ist alles in Ordnung mit dir?«

Die alte Frau mühte sich zu verstehen. *»Wat is posseert?«,* flüsterte sie dann. »Wo ist Adolphe?«

»Da liegt er, zu deinen Füßen!« Louise zeigte mit dem Finger nach unten. »Abcke, wir sollten ihm Hände und Füße binden, bevor er wieder zu sich kommt!«

Abcke Brodtmann hielt den Birkenreisig-Besen noch immer in der Hand. Sie war zwar erschrocken, wie heftig sie zugeschlagen hatte, Genugtuung gewann aber die Oberhand. Wie oft hatte sie sich Adolphe gegenüber ohnmächtig gefühlt. Und nun lag er besinnungslos da.

»Jule, hast du einen Strick oder ein Band?«

»Wozu brauchst du das denn?«

»Jule, wenn Adolphe wieder zu sich kommt, dann wird er sich wie eine Furie auf uns stürzen! Hast du nun einen Strick?«

»Ich weiß nicht.«

»Wir nehmen unsere Schürzen«, schlug Louise vor, ohne zu ahnen, dass Lines Schürze vor nicht allzu langer Zeit ebenso von Adolphe zweckentfremdet worden war. »Abcke, stell den Besen hin, binde deine Schürze ab und wickel sie ganz fest um Adolphes Hände.«

»Lebt er denn überhaupt noch?« Abckes Stimme zitterte vor Schreck und Anspannung. »Als ich sah, wie er Jules Kopf hielt, sah ich neben der Tür den Besen. Und bevor ich richtig nachdenken konnte, hatte ich schon zugeschlagen!«

»Ja, natürlich lebt er noch!« Louise beugte sich über ihn. »Du hast seinen Kopf vermutlich genau mit dem Stielende, dort, wo es im Reisig steckt und verbunden ist, getroffen. Hast du deine Schürze abgenommen? Dann gib sie mir!« Sie streckte die Hand nach der Schürze aus. »So, du legst seine Hände auf dem Rücken zusammen. Abcke, nun mach schon! Seine Augenlider flattern schon, er wacht gleich auf!«

So eng es ihnen möglich war, wickelten sie die Schürze um Adolphes Hände und banden, so, wie er es bei Line getan hatte, das Taillenband mehrfach darum und knoteten es fest.

Adolphe seufzte, er wurde wach.

»Schnell, nun die Füße mit meiner Schürze!«, rief Louise.

*

Seine Augen öffneten sich, er sah aber nur den Lehmboden unter sich und schien noch nicht zu wissen, was ihm widerfahren war. Stöhnend wollte er sich aufsetzen und war schlagartig klar im Kopf.

Er brüllte auf und versuchte sich auf die Seite zu drehen, wand sich hin und her: »Was ist geschehen? Wer hat mich ...«, durch den kraftvollen Schwung kam er über die Seite auf den Rücken zu liegen. Verblüfft schaute er auf die Frauen und schnauzte sie an: »Seht ihr denn nicht, dass ich gebunden bin? Befreit mich, sofort!« Da keine reagierte, warf er sich wieder hin und her wie ein Aal.

Louise sorgte sich, dass die Schürzen durch seine außerordentliche Kraft reißen würden: »Abcke, setz dich auf seine Beine!«, und ließ sich selber auf seinen Bauch plumpsen. Ihr nicht geringes Gewicht nahm ihm die Luft, er war still und japste.

Abcke bewunderte Louise sehr, sie selber war recht schlank, hielt aber durch ihr Körpergewicht seine Knie am Boden.

Adolphe merkte schnell, dass er allein durch Kraft nicht freikommen würde. Ihm war auch durch den Schlag noch schwummerig, er schwieg.

»Louise, was machen wir denn jetzt?« Abcke musste kichern. »Wir können doch nicht bis heute Abend so auf ihm sitzen bleiben!«

»Och, ich bin mir sicher, unsere Männer werden uns schon vermissen, spätestens wenn sie Hunger haben«, Louise gluckste. Kichern kann anstecken, erst recht nach einer großen Aufregung! »Wenn die uns sehen könnten, so gemütlich auf einer weichen Bank!« Sie wippte einige Male auf Adolphes Bauch, der bei jeder Bewegung quiekte. Sie lachte hellauf und versuchte, einen Rhythmus in das Schaukeln zu bringen. Dann schaute sie Abcke an und es war um beide geschehen! Sie gluckten, prusteten los und lachten, dass ihnen die Tränen die Wangen hinunterliefen.

»Na, hier geht es ja fidel zu!« Stille-Catharine war unbemerkt in die Hütte getreten. »Louise, Abcke, hört auf. Es wird nur immer schlimmer, wenn ihr euch nicht im Zaum haltet!«

Beide Frauen versuchten, ernst zu werden. Sie sahen Stille-Catharine an, dann sich gegenseitig und brüllten wieder los, hielten sich bald hilflos die Seiten vor Lachen.

»Jule, kannst du mir sagen, warum die beiden auf Adolphe sitzen?«

Louise und Abcke schrien auf, quietschten und krächzten schließlich nur noch.

»Euch wird bald der Bauch wehtun«, warnte die Heilkundige.

»Einen Schluckauf *wahrschau* ich euch auch!« Sie stampfte heftig mit dem Fuß auf und klatschte dabei kräftig in die Hände, zweimal, jeweils nahe vor dem Gesicht der beiden Frauen. Es wirkte. Der Schreck ließ die Lachenden verstummen und zur Besinnung kommen. Sie atmeten schwer, Hals und Bauchmuskeln taten ihnen weh.

»Jule, was ist hier geschehen?«

»Ich weiß es nicht«, zögerlich klang die alte Frau. »Sie kamen rein, kein Rufen, kein Anklopfen! Aber sie schlugen mit dem Besen, ohne Vorwarnung, einfach so, Adolphe auf den Kopf. Ich habe inzwischen nachgedacht und denke, sie dachten, Adolphe wolle mir etwas antun, … meine ich jedenfalls.« Die letzten Worte flüsterte sie nur noch, denn glauben konnte sie nichts davon.

»Er wollte dich umbringen!« Louise war überhaupt nicht mehr nach Lachen zumute, nun war sie empört. Da retteten sie in letzter Sekunde Jules Leben und die alte Frau stammelte nur herum und ›dachte‹ und ›meinte‹ und ›glaubte‹.

Abcke bestätigte: »Jule, das Erste, was wir sahen, als wir in deine Hütte traten, war Adolphe, der seine Hände genauso um deinen Kopf gelegt hatte, wie Krischan das immer bei den Kaninchen macht! Mit einer ruckartigen Handbewegung tötet er das Tier. Einen schnellen, sauberen Genickbruch nennt er das!«

»Hattest du denn keine Angst vor Adolphe?«, fragte Louise. »Ich habe in dem Moment sein verzerrtes Gesicht gesehen. Böse und gefährlich sah er aus. Und irgendwie …«, sie überlegte, »irgendwie so, wie, lacht mich nicht aus, aber so, wie Hans, wenn wir im Bett …, ihr wisst schon, wenn er …, also, bevor er, eh, bevor es zu Ende ist.«

»Ich weiß, was du meinst«, nickte Abcke bestätigend mit dem Kopf, »mein Krischan sieht dann auch so aus. Huh, wie gut, dass wir Frauen unter uns sind, wo es um dieses Thema geht!«

Stille-Catharine wies jedoch mit einem verschmitzten Grinsen auf Adolphe: »Und was liegt da?«

Louise lupfte ganz kurz ihr Hinterteil und erneut brachte Adolphe nur ein Quieken zustande. »Ist das ein Schwein?«

»Fang nicht wieder an zu lachen, ich kann nicht mehr!« Abcke stöhnte. »Ich weiß, was das ist. Wir sind Frauen, das weiß ich genau! Aber hat unser Nachbar Poggensteker nicht mehr als einmal gesagt: ›Männer sind stärker als Frauen! Frauen können nicht denken!‹ Also – wir Frauen haben gedacht, das hat sogar Jule eben getan, wir haben gedacht und wir haben ihn gefangen. Folglich muss das hier eine Frau sein! Und wir Männer!« Sie gniggerte natürlich bei diesen Worten.

Adolphes Gesichtsfarbe wechselte von Rot zu Dunkelrot. Er versuchte zu sprechen, sich zu wehren. Nichts half, er war gefangen und bekam nur schwer Luft!

»Er eine Frau und wir die Männer! Aber nicht lachen, bitte! Ich halte das nicht aus!« Louise kniff sich in den Unterarm, Schmerz als Gegenmittel für ihren Lachanfall! »Wir müssen noch weiterdenken. Was machen wir nun mit dieser Frau?« Sie musste sich wieder kneifen.

»Eine von uns muss auf dem Sandvoss-Hof Bescheid sagen. Wir brauchen Jacob. Nicht als Mann, sondern als Bauer!«

»Hör auf, immer Witze zu machen!« Abcke schimpfte. »Sonst muss ich dein Gegenmittel auch probieren. Und ich will mich nicht kneifen!«

Stille-Catharine entschied: »Ich gehe zum Hof. Die Knechte können Adolphe mitnehmen. Dort gibt es einen Keller, in dem er sicher verwahrt werden und aus dem er nicht fliehen kann«, und sie grinste: »Ihr sitzt hier ja gerade so schön angenehm!«

»Nein, bring uns nicht wieder zum Lachen!«, riefen Louise und Abcke fast gleichzeitig.

…? …!

Line krümmte sich, der schneidende Schmerz kam in immer schnellerer Folge. Voller Panik wusste sie inzwischen: Das waren Wehen! Das Kindchen kam! Sie verlor ihr Kind und ihr Leben! Wieder krümmte sie sich. Qualvoll hielt der Schmerz an. Unerwartet steigerte er sich noch – und ebbte langsam ab. Ihr wurde warm an den Oberschenkeln. Automatisch schaute sie nach unten, das Wasser veränderte seine Farbe, wurde noch dunkler und sie glaubte, den Geruch von Blut in der klaren Luft wahrzunehmen. Line wollte ihren Schmerz und ihr Elend herausschreien, doch der Stoff in ihrem Mund verhinderte es.

Ihr Kind war geboren, viel zu früh, hier im Moor, so hatte es Stille-Catharine vorausgesagt, aber sicher anders gemeint. Sie steckte in diesem eiskalten Wasser, niemand würde sie finden. Lines Tränen liefen und liefen. Schleim verstopfte ihre Nasenlöcher, sie bekam keine Luft mehr. Heftig schnaubte sie aus, die Nase war frei, aber sie selber gab sich auf!

Wieder lehnte sie den Kopf gegen die nasse Wand des Moorloches und schloss die Augen. ›Line! Line!‹ Das ist ein schöner Traum, dachte sie. ›Früllerk ruft mich.‹

*

»*Verdoori*, sie muss hier doch irgendwo sein!«, rief Hans verbittert. »Die Fußstapfen zeigen in beide Richtungen und auch die roten Flecken der zertretenen Moosbeeren enden hier. Oder hat Adolphe Line wieder mit zurückgenommen?«

Alle drei Männer suchten mit den Augen das Gelände ab.

»Die Wendelken-Knechte warnten mich im Sommer vor einem Moorloch. Es muss hier ganz in der Nähe sein, aber wenn Line …«, Früllerk wollte nicht weiterdenken. Er schrie seine Angst heraus: »Line, wo bist du?«

Hans ging noch ein paar Schritte weiter. »Da vorn, da ist …, du meine Güte, da ist das Moorloch. Und Line steht bis zum Hals darin!«

Panisch schoss Früllerk los, kam nach wenigen langen Sätzen zum Stehen und wäre doch beinahe über den Rand des Moorlochs auf Line gefallen. Hans hielt ihn am Arm zurück.

»Line! Line, warum sagst du denn nichts!« Früllerks Stimme brach, Tränen stiegen hoch. »Line, meine Line, nun sag doch was! Du bist nicht tot! Line, hörst du mich? Du bist nicht tot!«

Lines Augenlider flatterten, nur schwer gelang es ihr, die Augen zu öffnen und nach oben zu schauen. Am Rand des Moorlochs stand Früllerk und weinte. »Früllerk«, flüsterte sie und doch kam kein Laut aus ihrem Mund.

»Sie öffnet die Augen! Früllerk, sie lebt!« Hans schlug vor Aufregung Jacob mehrmals auf die Schulter.

»Au, das tut weh!«, beschwerte der sich. »Ich seh das doch selber!« Nach einem tiefen Seufzer der Erleichterung sagte er: »Wir müssen überlegen, wie wir Line da rausziehen!«

»Ich spring zu ihr ins Wasser und hebe sie zu euch rauf«, Früllerk streifte seine *Holschen* ab.

»Büst du mall?« Hans hielt ihn mit einem Ruck zurück. »Hast du es vergessen? Das Moor hält sie fest! Und wenn du reinspringst, sind zwei Menschen darin gefangen!«

Jacob hatte inzwischen seinen ledernen Hosengürtel geöffnet und aus den Schlaufen gezogen. »Knöpft eure Hosenträger ab«, befahl er. »Wir knoten alle zusammen, werfen das so entstandene Seil Line zu und ziehen sie daran hoch!«

Hans deutete ins Wasser. »Ich glaube nicht, dass sie dazu in der Lage ist. Sie scheint völlig entkräftet zu sein. Ihre Augen sind schon wieder geschlossen!«

»Dann springe ich doch zu ihr rein!«

Jacob hielt Früllerk aber noch zurück. »Das Moor umschlingt sehr fest. Da braucht es mehr als zwei Männer, um euch hinauszuziehen! Ich rufe, vielleicht hören uns meine Knech…, eh, die Sandvoss-Hof-Knechte!« Er legte die Hände wie einen Trichter vor den Mund und brüllte, so laut er konnte: »Hier! Wir haben sie! Kommt her!« Er zog seine Jacke aus, schwenkte sie über dem Kopf hin und her und schrie weiter: »Hier! Wir haben sie gefunden! Kommt und helft uns!«

Früllerk hatte nicht gewartet, er rutschte einfach hinunter neben

Line ins Wasser. Im ersten Moment bekam er keine Luft, das kalte Wasser durchdrang seine Kleidung. Er fand merkwürdigerweise einen Halt für seine Füße, wollte seine Frau in die Arme nehmen, hielt aber erschrocken inne. Die Gebärden brachten das Wasser in Bewegung und es schlug über Lines Kopf zusammen. Früllerk fasste sie und zog sie mit aller Kraft hoch.

Fast hätte er sie fallen lassen, denn sie ließ sich ohne Anstrengung hochheben. Das Moorloch gab sie frei!

»Ihre Hände sind auf dem Rücken zusammengebunden!« Hans sah es als Erster.

»Früllerk, kannst du sie noch einmal anheben? So hoch, du kannst? Jacob und ich packen sie an den Armen und ziehen sie raus.«

Line öffnete wieder die Augen, als sie ergriffen und auf festen Boden gehoben und niedergelegt wurde.

Hans wollte ihre Fesseln lösen, Jacob aber wehrte ab. »Lass uns zuerst Früllerk aus dem Wasser ziehen!«

Der wickelte sich die beiden Hosenträger einmal um die Hände, die beiden Männer hielten miteinander den Gürtel und zogen. Auch Früllerk kam ohne größere Mühe aus dem Loch frei. Er fiel in den Schnee und flüsterte verwundert: »Da steckt etwas Festes im Untergrund des Lochs. Sonst wäre Line wohl schon lange verschwunden!« Schnell kam er hoch und schaute auf seine Frau. Auf Knien hockte er dann vor ihr, zog behutsam das Tuch aus ihrem Mund und streichelte ihr Gesicht. »Line, schau mich an! Line, nicht einschlafen.«

Sie schlug die Augen auf und murmelte: »Da unten – Lürbolte! S… Kopf! Beerdigen!«

»Was hat sie gesagt?« Jacob horchte auf. »Was ist Lürbolteskopf? Oder meint sie den Kopf von …, klar, das ist ein Name! Lür Bolte! Den Namen kenne ich jedoch nicht. Ach, das ist jetzt auch egal. Wir müssen uns sputen. Hans, wir beide tragen Line abwechselnd den Weg zurück.«

Früllerk widersprach: »Nein, ich trage sie!«

Hans hatte sich aber schon Line über die Schulter genommen. »Sieh du zu, dass du gehen kannst. Die Kälte raubt dir die Kraft. Wir müssen euch beide so schnell wie möglich ins Warme bringen!«

Am Scheeden ging zuerst Jacob über das Brett und winkte Früllerk hinüber. Hans balancierte vorsichtig über die wackelige Brücke und ließ Line auf der anderen Seite in Jacobs Arme gleiten. Der nahm sie ebenfalls über die Schulter und so schnell es ihnen möglich war, gingen sie in der in den Schnee getretenen Spur zurück und zur Kate.

Catharine kann pfeifen

»*Ek glööv, dor roop een no di!*« Piss-Jule wieselte mit kleinen Schritten zur immer noch offenen Tür. »Das ist einer der Sandvoss-Knechte. Der ist aber flink!«, rief sie den Frauen in der Hütte zu. »Ich glaube, der will zu dir, Catharine!«

Die Heilkundige ging ebenfalls zur Tür, horchte und lief behände zum Sanddamm. »*Tööv!*« Sie rief, aber nicht laut genug. Der Knecht entfernte sich weiter. Darauf steckte sie zwei Finger in den Mund und pfiff gellend. Der Mann wurde langsamer und schaute, woher der Pfiff kam. Sie winkte mit großen Armbewegungen: »Ich bin hier, komm zurück!«

Der Knecht drehte um und lief das Stück zurück. Jule schaute die weise Frau bewundernd an: »Dass du das auch kannst!«

»Du meinst das Pfeifen?« Sie lachte: »Nicht nur Männer können so pfeifen!«

Noch von Weitem vom Sanddamm aus rief der Knecht: »Catharine, du musst ganz schnell zu Grapenthiens kommen! Line saß im Moorloch! Sie ist fast erfroren!«

Stille-Catharine wurde schlagartig ernst. »Sie braucht sofortige Hilfe! Welche Lebenszeichen gibt sie noch?«

Der Knecht hob die Schultern: »Die Männer sahen sehr besorgt aus. Früllerk ist ebenfalls ganz nass!«

»Ich muss aber zuerst noch in meine Hütte! Ich brauche Kräuter und meinen Korb. Ich beeile mich auch!« Sie rief nur schnell Louise und Abcke einen Gruß zu, winkte Piss-Jule und marschierte los.

Der Knecht beobachtete sie einen kurzen Augenblick und lief ihr dann hinterher. »Catharine, ich bin viel schneller als du! Sag mir, was ich holen soll.«

»Das findest du nicht. Ich brauche nicht nur Tee gegen die Kälte und Nässe, Line erwartet ja auch ein Kind, und die Kräuter, die ich sicher auch brauchen werde, erkennst du nicht.« Eilig ging sie weiter.

»Catharine, warte, ich trage dich. Dann sind wir schneller!«

Nur kurz überlegte sie und nickte dann. Der Knecht ging in die Hocke, sie schürzte ihren Rock und er nahm sie huckepack! Nicht schnell, aber schneller als Stille-Catharine gehen konnte, kamen die beiden voran.

Louise und Abcke überlegten und entschieden, Piss-Jule zum Sandvoss-Hof zu schicken, um über die Gefangensetzung von Adolphe zu berichten!

Traum oder Wirklichkeit

Das Federbett war so schwer, sie konnte ihre Arme nicht bewegen. Line mühte sich vergeblich. Träumte sie?

›Sie wird wach!‹ Hatte das jemand gesagt oder wünschte sie es sich? Wach zu werden?

Sie schlief sicherlich noch, ihre Augen waren geschlossen. ›Mach sie doch einfach auf!‹ Es ging nicht.

Der Unterleib tat weh. Line bewegte ihre Hände – das tat so sehr weh! Der ganze Körper schmerzte.

Ihr war kalt, oh, so kalt. Die Zähne zitterten, nein, klapperten. Der Mund tat weh, er war so trocken. Trinken – sie hatte Durst!

Da – ein Tropfen auf den Lippen, sie leckte ihn gierig auf.

»Früllerk, schau, Line hat mit ihrer Zunge den Tee aufgeleckt!«

Wer war das? Sie kannte niemanden mit einer solch krächzenden Stimme.

»Wird sie wieder gesund?«

Das war eine andere Stimme, das war … Früllerk. Oder doch nicht? Seine Stimme war doch eigentlich tief und kräftig, und diese hier flüsternd, so, als würde der Mann gleich weinen. ›Früllerk, nicht weinen!‹ Hatte sie das gesagt?

Wieder war da ein Tropfen auf ihren Lippen, sie leckte. ›Mehr, bitte mehr!‹

»Früllerk, nicht zu schnell hintereinander, und immer nur ein Tropfen!«

Das war wieder die krächzende Stimme, gehörte sie einer Frau, die sie kannte? ›Wie heißt sie? Ich weiß ihren Namen: Stille-Catharine!‹

Es tat so weh! Der ganze Körper war wund. Ihr war so heiß!

*

»Ich löse dich ab, du hast die halbe Nacht gewacht.« Stille-Catharine strich Früllerk über die Schulter. »Konntest du ihr ein wenig Tee einflößen?«

»Ja, ich habe einen, später zwei Tropfen und dann sogar den kleinen Holzlöffel voll auf ihren Mund geträufelt. Wenn sie schlief, lief ihr das Wasser in die Mundwinkel, sonst hat sie alles eifrig aufgeleckt.«

»Hat sie versucht, die Augen zu öffnen?«

»Nein«, Früllerk schüttelte den Kopf. »Sie muss vom Fieber und den vielen Krankentagen doch völlig ausgetrocknet sein. Können wir ihr denn nicht gleich eine ganze Tasse voll einflößen?«

»Du hast es ja erlebt – sie muss erst wieder schlucken können, durch das hohe Fieber und die Halsentzündung ist ihr Rachen wund und rot. Unbewusst schluckt sie und einzelne Tropfen tun kaum weh. Aber wenn sie wach ist, schmerzt das Schlucken sehr.«

»Aber ist es nicht besser geworden, nachdem du Salzhering um ihren Hals gewickelt hattest? Das Mittel hilft doch immer.«

»Ja, es ist ja schon viel besser, sonst wäre sie von jedem Tropfen Tee aufgrund des Brennens sofort wach geworden!«

»An dem Tag, als ...«

»Pst! Sie schläft nicht mehr!« Stille-Catharine streichelte über Lines Wange, ganz zart, strich mit dem Zeigefinger von der Nasenwurzel zur Stirn hoch und wieder zurück, immer wieder, bis Line unwillig den Kopf drehte. Stille-Catharine lächelte leicht. »Das ist gut, wehr dich, Line. Line? Du bist wach. Öffne deine Augen«, und als Line leicht den Kopf hin und her bewegte: »Versuch es, Line, mach deine Augen auf! So ist es gut! Blinzle ein paar Mal, dann kannst du mich sehen!« Stille-Catharine beugte sich dicht über Lines Gesicht. »Guck mich an! Gut machst du das! Deine Augenlider sind schwer, ich weiß, gleich kannst du sie wieder schließen. Guck mich noch mal an. Wunderbar machst du das! So, nun kannst du sie wieder schließen. Schlaf schön!«

Puschel wärmt so ›fein‹

Line stemmte sich mühsam hoch, ihr wurde sehr schwindelig. Auch tat es überall weh, an den Armen, den Handgelenken und Füßen, im Bauch. Früllerk war nicht neben ihr in der *Butze*. Hatte er sie ausschlafen lassen? Sie fühlte sich noch müde und so schwach, wurde sie etwa krank? ›Ich werde jetzt die *Fröhkost* vorbereiten‹, dachte sie und hob die Daunendecke. Ihre Beine begannen jedoch zu zittern, als sie versuchte aufzustehen. Ihr wurde kalt und sie ließ das dicke Federbett schnell wieder fallen. Sie fühlte sich nicht wohl, ihr kamen die Tränen. Aber bisher war sie doch nie so mutlos und bedrückt gewesen. Doch! Jetzt während ihrer Schwangerschaft, da kam das öfter vor. Das war die beruhigende Erklärung.

Line schaute um sich, zwischen Decke und Butzenwand lag eingerollt Puschel und schaute sie mit großen Augen an. Line lächelte, hob ihren Arm, um die Katze zu streicheln. Ein heftiger Schmerz durchfuhr sie, im Arm, aber stärker noch an den Handgelenken. Sie wollte sich stattdessen auf die Seite drehen, aber auch diese Bewegung tat weh. Sie drehte nur den Kopf, um aus der *Butze* ins Kateninnere sehen zu können. Das Feuer brannte, Holz war hoch aufgeschichtet, nein, das war ein ganzer Moor-Stubben! Warum brannte denn kein Torf? Und neben dem Feuer? Da lag jemand, nein, nicht jemand, Früllerk lag da auf einer Strohunterlage, sie sah genauer dorthin, und schlief. Warum schlief er denn nicht neben ihr?

Sie spürte Durst. Ob sie noch mal versuchen sollte aufzustehen? Sie stützte sich unter Schmerzen ab, aber ihr schwindelte schon wieder.

»Warte, bleib ganz ruhig liegen, Line, ich habe dich gehört!« Stille-Catharine kam mit ruhigen Schritten zur *Butze* und lächelte sie beruhigend an. »Guten Morgen!«

»Catharine, was ist mit mir? Ich fühle mich nicht gut!«

»Weißt du es denn nicht mehr? Line, du bist sehr krank gewesen!«, fragend sah Catharine sie an.

»Krank?«

»Ist sie wach? Richtig wach?« Früllerk schoss aufgeregt vom Strohlager hoch und war mit einem Satz bei Line. Er rieb sich zwar die Augen, schaute sie danach aber mit so viel Liebe und Wärme an, dass Line wieder die Tränen kamen. Und als sie sah, dass sie ihrem Mann ebenfalls in den Augen standen, begann sie zu schluchzen.

Früllerk nahm sie behutsam in die Arme. »Ich darf doch?«, fragte er Stille-Catharine, die nur nickte und sich das eigene Nass mit dem Schürzenzipfel aus den Augen wischte.

»Line, meine Line«, stammelte Früllerk. »Wir dachten, du stirbst!«

Line strich ihm übers Haar. »Warum sollte ich denn sterben?« Sie streichelte seine Wangen. »Oh, lässt du dir einen Bart stehen? Wenn die Stoppeln länger sind, werden sie ganz weich!« Sie zupfte mit den Fingern daran. »Was guckt ihr mich so komisch an! Ich kann doch gar nicht sterben, ich bin doch nur schwanger!«

Die Heilkundige schaute mitleidig. »Früllerk, wein du nur, auch wenn das dem starken Geschlecht nicht gestattet ist, ich sage, Männer dürfen das!«

Früllerks Tränen liefen heftiger, er drückte seine Line ganz fest an sich. Diese schaute nachdenklich auf die weise Frau, schob Früllerk dann besorgt ein wenig an die Seite und fühlte nach ihrem Bauch. Er war ganz flach! Sie blickte voller Angst zu Stille-Catharine, die mit Trauer in den Augen nickte.

»Ist mein Kindchen tot?« Mehr konnte sie nicht stammeln.

Sie begann zu weinen, wie sie noch nie im Leben geweint hatte. Früllerk hielt sie im Arm und sein abgehacktes Schluchzen schmerzte sogar die Heilkundige. Junge Paare ersehnten immer das erste Kind, aber selten so sehr wie diese beiden. Es wurde außerdem Zeit, dass Line ein Kind austrug, sie war nicht mehr jung! Schon etliche Jahre über das zwanzigste Lebensjahr hinaus.

Früllerk hielt seine Frau nun nicht mehr ganz so fest und atmete tief durch. Lines Weinen ebbte ab, sie hatte keine Kraft mehr. Früllerk wischte zuerst ihr und dann sich selber die Tränen mit der Bettdecke ab. Beide schnäuzten sich und schauten einander fest an.

»Line, aber du lebst! Dich habe ich nicht verloren!«

»Früllerk, lass mich jetzt zu Line«, befahl die Heilkundige mit sanfter Stimme. »Sie muss versorgt werden, bring mir warmes Wasser zum Waschen und auch den Nachttopf. Und dann mach bitte einen Becher voll Tee aus meiner Kruke warm. Wenn Line den getrunken hat, erwärmst du den anderen ebenfalls. Davon trinkst du auch eine Tasse voll, denn deine Erkältung ist ebenfalls noch nicht auskuriert. Und du«, sie beugte sich über Line hin zur Katze und schubste diese an, »du kannst im Moment nicht Wärmekruke sein! Leg dich ans Feuer, da ist es ebenfalls warm!« Da Puschel nur unwillig aufschaute, hob Stille-Catharine sie einfach hoch und setzte sie neben der *Butze* auf den Boden. Katzentypisch maunzte das Tier mehrmals, es beschwerte sich und stelzte über das *Flett* zu den Tieren. Die Heilerin verfolgte sie mit Blicken und lächelte. »Line, schau mal, dein Puschelchen geht sich bei den Kühen beschweren!«

Trina muhte nur versonnen, als sich die Katze an ihr rieb.

Früllerk brachte zuerst den Nachttopf und schaute Line fragend an. Sie nickte, die Heilkundige nahm ihn und schob ihn Line unter. Früllerk füllte mit dem *Sleef* warmes Wasser aus dem *Grapen* an der Feuerstelle in eine Kumme, nahm ein kleines und ein großes Tuch und wartete, bis Stille-Catharine ihm winkte. Sie schob gerade den Nachttopf am Fußende unter das Bett und begann dann Lines Gesicht und Hände zu waschen. Nach dem Abtrocknen sagte sie leise: »Line, ich werde dich jetzt auch unten herum waschen und fertig machen.« Sie hob die Bettdecke nach hinten. Im Plauderton nahm sie der Situation jede Peinlichkeit. »Früllerk, das Öl«, bat sie und streckte die Hand nach hinten aus.

Sie zeigte Line die kleine Kruke und stöpselte sie auf. »Riech mal, Line, das heißt Öl der Olive. Es kommt in kleinen Fässern mit Schiffen aus warmen Ländern. Ich habe vor vielen Jahren gelernt, dass es dort nicht nur zum Kochen benutzt wird. Es ist auch Medizin und hilft ganz besonders uns Frauen. Wenn wir wund sind oder es unten brennt oder juckt. Ich gebrauche es schon die ganzen letzten Tage bei dir.«

Line fragte nicht warum, und als sie wieder gut eingepackt unter der Daunendecke lag, war sie erschöpft, trank aber gehorsam die erste Tasse Tee leer.

»Kannst du nun etwas essen? Ich habe eben ein Ei in Milch verquirlt und mit Honig gesüßt. Es ist inzwischen sicher an der Feuerstelle gestockt. Line nickte, flüsterte dann aber: »Catharine, was ist mit mir geschehen? Warum tun mir auch die Handgelenke weh?«

»Früllerk füttert dich jetzt zuerst, iss nur, so viel du magst, wir halten den Rest warm. Und wenn du auch den Erkältungstee schön brav getrunken hast, dann beantworte ich dir alle Fragen.«

Schnee und Eis

Früllerk griff hastig nach seinem dicken Wollschal, schlang ihn im Laufen irgendwie um seinen Hals, klinkte die Tür auf und lief um die Hausecke. Er entfernte sich, so weit er konnte, von der Kate und prustete seinen Hustenanfall förmlich heraus. Erst als er sich wieder etwas beruhigt und durchgeatmet hatte, bemerkte er die Bewegung auf dem Sanddamm und erkannte Louise und Hans. Sie schienen mit einem Reisigbesen einen schmalen *Pad* in den Schnee zu fegen. Er winkte einmal kurz und wartete auf sie.

Das Paar beeilte sich näher zu kommen und Louise fragte etwas außer Atem: »Wie geht es Line?«

»Stille-Catharine glaubt, sie wird wieder gesund!«

»Oh, das ist ja wunderbar!« Beide strahlten und Louise hielt Früllerk einen mit einem Teller abgedeckten irdenen *Kump* hin. »Hier, ich denke, die Hühnersuppe wird Line munden!«

»Und hier, in dem Topf, der Honig, hilft gegen Erkältung«, ergänzte Hans.

Früllerk bedankte sich und bat: *»Koomt doch 'n Oogenblick rin!«*

Drinnen legte Stille-Catharine den Finger auf den Mund. »Line ist gerade eingeschlafen!« Am Tisch flüsterten sie darum zu viert. Früllerk als guter Gastgeber bot Grog an. »Etwas Heißes könnt ihr nach dem Weg hierher wohl vertragen?«

Er schöpfte mit dem kleinen Stieltopf, Cord Hartwichs Geschenk an Line, heißes Wasser in die irdenen Tassen. Aus der dunkelgrünen Flasche mit dem hochprozentigen Rum, einem Geschenk des Kapitäns, bedienten sich alle selbst. Auch der Topf mit Honig ging reihum.

»Weest bedankt!« Die Heilkundige genoss das heiße Getränk. *»Un diene goode Höhnerzopp,* Louise, *de schall Line wohl hülpen!«* Alle schätzten den Brauch, dass Nachbarinnen Kranken und stillenden Müttern im Dorf diese kräftigende Suppe kochten. »Line war heute Morgen eine lange Zeit wach, ich weiß nicht, ob Früllerk dir das schon sagte. Wir schoben ihr den *Pöhl* zusammengefaltet in den Rücken. Sie aß und trank gehorsam, fühlte sich natürlich schwach, aber ein bisschen von der ›alten‹ Line war schon wieder zu spüren.«

Louise guckte fragend.

»Na, sie meinte sofort aufstehen zu müssen!« Die weise Frau lächelte, wurde jedoch schnell wieder ernst. »Aber sie fragte natürlich sofort nach ihrem Kindchen.«

»Habt ihr denn berichtet, was geschah?«

»Nein, wir beantworten vorerst nur das Allernotwendigste. Line braucht im Moment jedes Quäntchen Kraft, um gesund zu werden.«

»Sie erinnert glücklicherweise Adolphes Mordanschlag nicht, aber über die Fehlgeburt mussten wir selbstverständlich mit ihr sprechen!«

»Habt ihr inzwischen erfahren, was mit ihm geschah?«, wollte Louise wissen.

Stille-Catharine zuckte verneinend mit den Schultern. »Seit der heftige Ostwind aufkam, haben wir niemanden gesprochen. Es ist ein Wunder, dass ihr es heute geschafft habt zu kommen!«

»Bisher war das auch nicht möglich. Der Wind verwirbelte den Schnee, das staubte regelrecht, *dat weer reinewech so diesig as Nevel.* Ich hätte mich sogar auf dem Hof verlaufen können!«

Früllerk nickte heftig: »Das stimmt, unser Wasser ist geschmolzener Schnee! Ich habe ein Seil von der Katen- zur Hüttentür gespannt, der Ziegenbock braucht ja sein Futter!«

»Warum holst du ihn denn nicht rein?« Hans griente. »Er riecht doch wohl nicht zu stark?« Alle verzogen das Gesicht: Ziegen, das ginge ja noch an, aber der Bock? Oh nein!

Hans erklärte aber sofort weiter: »Die Schneeverwehungen türmen sich an jedem Busch und jedem Baum hüft-, manchmal sogar mannshoch. Darum sind wir auch nicht den kurzen *Pad* über den Graben, sondern den Sanddamm entlanggekommen. Der Damm liegt höher und ist völlig frei von Schnee. Als wüsste der Wind, dass wir ihm dankbar sind über sein Fegen!«

»Du *ol Spökenkieker* hast ihn wohl mit einem riesigen Besen und einer Schaufel arbeiten sehen?« Louise fegte und schippte erklärend mit den Händen die Luft.

In der eisigen Kälte blieben alle Kolonisten im eigenen Zuhause. Das Vieh war mit in der Hütte oder Kate untergebracht und wurde versorgt. Die Männer schippten die kurzen Wege zum Stall, oder um Wasser zu holen, frei. War wie jetzt alles steif gefroren, zerschlugen sie das Eis im Graben mit dem Torfspaten, sammelten es im Holzeimer und die Frauen tauten es an der Feuerstelle auf. Alle drängten sich so nahe wie möglich ans Feuer. Die Familie rückte im Winter eng zusammen und sah tage-, manchmal wochenlang keinen weiteren Menschen.

Es zeugte von der großen Sorge um Line, dass sich Sasses durch den Schnee gekämpft hatten, um Essen zu bringen und sich nach ihrem Befinden zu erkundigen.

Hans trank einen Schluck Grog und versuchte weiter, die Stimmung aufzuhellen: »Erst heute Morgen entschied der Wind, sein Pfeifen einzustellen. Sein hohes ›uu Uuiiii‹ und das tiefere ›oo Oiiii‹ sind sehr musikalisch! Ich kann sein Lied allerdings inzwischen nicht mehr hören. Seit zwei Wochen immer die gleiche Melodie! Jetzt in der Stille können sich unsere Ohren endlich ausruhen!«

»Habt ihr denn etwas über die Poggensteker-Familie gehört? Da früher Adolphe das Essen erbettelt hat, gibt es vielleicht nicht genug zu beißen in deren Hütte. Hoffentlich verhungern sie nicht!«, sorgte sich die Heilkundige!

»Jacob sagte so ganz nebenbei, er würde sich um die Familie kümmern. Und er hält seine Versprechen!«

»Ich würde gern wissen, was weiter mit Adolphe geschah!« Früllerk schaute seinen Freund und Nachbarn interessiert an. »Jacob hat ihn doch zum Amtmann gebracht, nicht wahr?«

»Ja«, Louise wusste es genau, »aber an dem Mordtag in Piss-Jules Hütte wehrte sich der Kerl. Er versuchte sogar zu fliehen, nachdem Abcke und ich von ihm aufgestanden waren. Aber es waren ja inzwischen genügend Männer da.«

»Und meine Frau drohte ihm, sich wieder auf ihn zu setzen. Da blieb er dann brav mitten in der Hütte stehen.« Hans lachte, denn Louise hatte ihm die ganze Geschichte unterdessen mehrfach erzählt.

»Das sei nur ein Unfall gewesen und die Frauen würden ihn verleumden und hätten ihm körperlichen Schaden zugefügt, schrie Adolphe mit höchster Lautstärke«, berichtete Louise weiter. »Das mit dem körperlichen Schaden stimmte ja, eine Beule am Hinterkopf wuchs bedenklich! Jacob ging jedoch überhaupt nicht darauf ein, sondern sagte ihm, dass er mit nach Osterholz müsse, wo alles aufgeklärt werden solle. ›Warum lasst ihr mich dann gebunden wie einen Mörder?‹, brüllte der Kerl auf.«

Louise fuhr fort: »Nun erst wurde Jacob böse. Ich habe ihn noch nie so wütend erlebt! ›Weil wir Line im Moorloch gefunden haben, sie ist wie tot! Und weil die Spuren im Schnee eindeutig beweisen, dass du sie mit Gewalt dorthin verschleppt haben musst. Und – weil Line auch etwas von einem Toten im Loch, der beerdigt werden müsse, stammelte. Ich werde im Frühjahr das Moorloch genauestens untersuchen, und wenn ich da etwas finde … !‹ All das sagte er mit einer gepressten, harten Stimme.«

Sie schüttelte es noch in der Erinnerung. »Dann wieder Adolphe: ›Ich sage doch die ganze Zeit: Es war ein Unfall! Ich konnte Line nicht allein aus dem Moorloch ziehen und kam hierher, um Hilfe zu holen!‹

Nachdem er das gesagt hatte, wurde Jacob ironisch: ›Ja, genau, das können wir alle gut nachvollziehen. Wenn ich körperliche Hilfe benötige, dann suche ich zuallererst Jule auf!‹ Sein Gesicht wirkte bei diesem Satz hart und kantig.« Louise sah zu Stille-Catharine hinüber, »Du kanntest doch auch Diederich Sandvoss. Genauso streng wie sein Vater immer war, so sah Jacob in dem Moment aus. Man konnte direkt Angst vor ihm bekommen.« Louise schüttelte sich wieder und trank einen Schluck. »Adolphe verteidigte sich weiter und erklärte, dass doch alle Männer bei der Hütte waren, um das Dach zu reparieren. Aber Jacob denkt schnell«, lobte Louise, »er fragte sofort scharf zurück: ›Und warum hast du nicht mitgeholfen? Was hattest du bei Line zu suchen?‹ Und drohte mit offener Hand: ›Pass auf, was du sagst. Du verstrickst dich in Ungereimtheiten.‹ Danach schwieg Adolphe und presste seine Lippen fest zusammen.«

»Und er weigerte sich mitzugehen. Wie gut, dass alle Sandvoss-Knechte dabei waren.« Hans überlegte laut: »Das war später, denn, Catharine, du kamst doch zu Line, mit einem Knecht. Und hast nur kurz und knapp berichtet, was bei Piss-Jule geschehen war. Du wolltest dich um Line kümmern. Erst danach sind Jacob und ich, auch seine Knechte natürlich, so schnell wir konnten, zur frisch reparierten Hütte geeilt.«

»Ja, und dort entschied Jacob auch, dass ihr Adolphe mit deinem Torfkahn, Hans, nach Osterholz bringen würdet. Jacob nahm noch zwei Knechte mit. Als der Kerl hörte, dass er tatsächlich dem Amtmann vorgeführt werden sollte, da, ich kann das nicht anders ausdrücken, da wurde er rasend. Alle Knechte mussten zupacken, um ihn zu bändigen. Sie trugen ihn sogar zum Torfkahn. Piss-Jule besitzt ja keine Schubkarre und eine zu holen, hätte zu lange gedauert. Ich forderte auch meine Schürze zurück, aber Hans, du hattest ja erst auf dem Kahn einen zusätzlichen Strick, um ihn zu fesseln.«

»Hmm, Adolphe von den Schürzen zu befreien und ihn neu zu binden, ich dachte, wir schaffen das nie. Der Kerl tobte, schmiss sich mit dem ganzen Körper hin und her, schlug und trat mit Armen und Beinen, obwohl er gefesselt war. Es war schrecklich!« Hans trank seine Tasse leer. »Louise und ich haben in den beiden Wochen viel darüber geredet und nachgedacht. Wir vermuten, der Kerl wusste, was ihm bevorstand. Wir glauben, er hat schon mal im Gefängnis gesessen!«

»Das traue ich ihm zu!« Und Stille-Catharine ergänzte noch: »Ich bin mir trotzdem sicher, die größte Schmach für Adolphe war, dass Frauen ihn gefangen und gebunden hatten! ›*Froenslüe weet dat nich! De könnt dat nich! De süünd dösig, Froenslüe süünd dammelig, dummerhaftig, narrsch un mal, de könnt rein nix!*‹«, ahmte sie ihn nach.

Sie *gniggerten* laut, erschraken aber sofort und schauten zur *Butze*: Line hatte nichts gehört. Die vier senkten wieder die Stimmen.

»Und dann?«, wollte Früllerk wissen. »Was passierte in Osterholz?«

»Wir fuhren mit dem Torfkahn nach Osterholz und machten ihn, wie sonst auch, im Fangstaken am Damm fest. Jacob fragte Adolphe, ob er bereit wäre selber zu gehen, erhielt aber keine Antwort! Also wies Jacob einen seiner Knechte an, eine Schubkarre zu besorgen. Da konnte Adolphe plötzlich selber gehen! Wir lösten die Fußfesseln, schoben sie aber hoch bis übers Knie, so konnte er kleine Schritte machen. Wir gingen trotzdem alle dicht bei ihm.«

»Und was sagte der Amtmann?«

»Das weiß ich nicht!« Hans zuckte mit den Schultern. »Wir warteten im Klosterhof, Jacob ging allein in die Amtsstube. Wir mussten lange draußen stehen, das war in der Kälte nicht angenehm! Aber Adolphe mit weniger Aufsicht dort lassen, das wollten wir auch nicht. Also warteten wir. Jacob kam schließlich mit dem Amtmann in den Hof. Der rief seinen Amtsdiener herbei. Früllerk, erinnerst du dich noch? Der mit der gewaltigen Hakennase und dem breiten Gürtel mit einer riesigen Schnalle dran?«

»Und seinen hohen Lederstiefeln, die ...«

»... die so knarrten«, ergänzte Hans seinen Freund. »Mit gewichtiger Miene trat der zu Adolphe und nahm ihn in ›Obhut‹, so nannte er das. Aber dann guckte er sehr verdutzt, weil der nicht in ›Obhut‹ genommen werden wollte *un utneite!* Wir natürlich hinterher.

Der Amtmann hatte die Situation nur beobachtet. Er entschied dann: ›Ihr helft ihn zu ergreifen und sorgt dafür, dass der Kerl sicher im Gefängnis verwahrt ist!‹«

»Und lebt Adolphe noch?«

»Das weiß ich nicht. Wir lieferten ihn in der Hundestraße ab, der Amtsdiener schloss ihn ein und wir gingen zurück auf den Klosterhof. Dort hofften wir auf etwas Heißes«, Hans grinste und hielt seine Tasse hoch.

Früllerk verstand und sorgte für Nachschub!

»Wir waren entlassen und sogar Jacob schien darüber erstaunt! Er berichtete uns, dass er dem Herrn Amtmann die Mordversuche erklärt hatte und dass vermutlich im Moorloch noch der Leichnam eines Mannes steckt. Der Herr Amtmann will alles genauestens prüfen. Auch das Gericht zusammenrufen. Das ist aber natürlich erst im Frühjahr möglich, wenn die Wege wieder passierbar sind. Mehr wusste er nicht zu berichten.

Jacob ist ein wirklich feiner Mann. Er führte uns abschließend zur Mühle im Hafen. Dort wurde er aufs Freundlichste von einer jungen Frau begrüßt. Siebje nannte er sie. Und dort bekamen wir reichlich zu trinken und zu essen. *Dat weer'n annern Schnack as bi den Amtmann!* Ich vermute: Siebje ist seine Liebste. Nicht die vom Amtmann, von Jacob!«

Alle vier lächelten still vor sich hin.

»Anschließend fuhren wir zurück ins Günnemoor. Das Wetter

hielt sich glücklicherweise noch, erst zwei Tage später kam ja der eisige Ostwind auf.«

»Was wohl inzwischen mit Adolphe geschehen ist?«

»Ich weiß es nicht! Seitdem sitzen wir ja auf unseren Moorstellen fest. Selbst Jacob hat keine Möglichkeit, nach Osterholz zu gelangen! Egal, wie viele *Mietschen* da auf ihn warten!«

»Lass Jacob in Frieden!« Stille-Catharine drohte mit dem Finger. »Wie würde ich mich freuen, wenn er endlich heiraten dürfte!«

Offen und ehrlich

Hans und Louise stapften zurück zu ihrer Kate. Früllerk war mit nach draußen gegangen und folgte ihnen mit den Augen. Kein Wind regte sich, es schneite nicht, die Luft war außerordentlich klar, er konnte weit sehen: den *Pad* an seiner Vorweide entlang, über den Sanddamm, bis zur Vorweide der Nachbarn. Früllerk sah, wie seine Freunde in die Kate gingen.

Erschöpft blickte er ins Leere, bis er Sasses Torfrauch wahrnahm, der seinen Weg durch die Binsen des Daches steil nach oben fand. Er ging wieder in die Wärme. Line schlief immer noch. Er schaute zur Feuerstelle, da war nichts zu erledigen, der Moor-Stubben würde noch mehrere Stunden brennen. Wie gut es tat, keinen Torfrauch einzuatmen. Er setzte sich zur weisen Frau an den Tisch. Sie wirkte sehr schläfrig und hielt die Augen geschlossen. Früllerk beschäftigte jedoch eine Frage: »Catharine, warum kann Line sich nicht erinnern?«

Die Heilkundige öffnete die Augen, brauchte jedoch einen Augenblick, um sich zu besinnen. »Das weiß ich auch nicht. Aber ich habe das schon mehrmals erlebt. Das ist, als würde der Kopf das ganz Schreckliche auslöschen.«

»Kommt denn das Gedächtnis wieder? Ich dachte, als du ihr von dem Geschehenen berichtet hast, würde sie sich erinnern.«

»Nein«, Stille-Catharine schüttelte den Kopf, »sicher ist es auch gut so. Sie würde ja entsetzliche Albträume bekommen. Sie braucht jetzt alle Kraft für ihre Gesundung. Gott hat das gut eingerichtet.«

Beide flüsterten. Line sollte schlafen, sich gesund schlafen.

»Warum hat Gott das gemacht? Mir das Kindchen weggenommen?«

Line regte sich. Die beiden am Tisch erschraken, sie hatte das nicht hören sollen!

»Früllerk, wo bist du?«

»Hier, *mien Deern,* ich sitze mit Catharine am Tisch.«

»Kommst du zu mir? Ihr beide?«

»Wir stellen die Bank direkt vor die Butze, dann können wir ganz nahe bei dir sitzen.«

»Magst du noch etwas trinken?« Die Heilkundige war immer noch sehr besorgt über den hohen Flüssigkeitsverlust, den Line erlitten hatte. Sie hatte es Früllerk nicht gesagt, aber Lines Haut war stumpf und so trocken, dass sie schuppte.

Obwohl sie sich mit Heilmitteln bestens auskannte, wusste sie den Grund dafür nicht – aber viel trinken war für den Körper wichtig. Erst recht, um wieder zu gesunden!

»Catharine«, Line hob angstvoll den Kopf und suchte Früllerks Hand. »Catharine, wenn ich so krank bin, werde ich trotzdem wieder gesund?«

»Ja, wenn du brav alle Tränke trinkst, die ich dir braue, wenn du isst, auch ohne Appetit, so wie eben, nicht zu viel, aber oft. Es dauert noch eine Weile, auch deine Kraft muss erst wiederkommen, aber dann wirst du wieder ganz gesund.«

Etwas beruhigt legte Line den Kopf zurück in die Kissen, schreckte aber sofort wieder hoch: »Warum hat Gott unser Kindchen genommen?« Tränen fielen aufs Kissen. Früllerk wischte sie wie mit einer Liebkosung behutsam fort.

Die weise Frau lächelte und war gleichzeitig sehr ernst: »Ach, Line, das ist eine schwierige Frage.«

»Die kann nur der Herr Pastor beantworten«, ergänzte Früllerk.

»Ja, der Herr Pastor weiß vieles! Wenn uns das Wetter nur erst wieder erlaubt, zum Gottesdienst zu gehen, …« Sie stockte, wollte noch mehr dazu sagen, lenkte aber stattdessen ab.

»Line, der eisige Ostwind wirbelte und wehte den Schnee in alle Richtungen. Kein Mensch konnte in dem Schneetreiben draußen sein, er hätte sich unweigerlich verirrt. Erst heute Nacht legte sich der Wind. Nur darum schafften es Louise und Hans überhaupt, zu uns zu kommen. Wir sind eingeschneit!«

»Catharine und ich waren die ganze Zeit allein, um bei dir zu wachen und dich zu umsorgen«, setzte Früllerk hinzu. Er sah sehr ernst drein: »Catharine, ich habe versucht zu helfen, aber das meiste hast du übernommen. Ich hatte ja selber Fieber und bin immer noch erkältet. Du versorgst Line, du bist Tag und Nacht bei jedem Mucks von ihr aufgestanden. Du hast viel zu wenig geschlafen.«

Stille-Catharine lächelte ihn an: »Das ist nun mal die Aufgabe einer Heilerin!«

Früllerk nickte: »Ja, das weiß ich natürlich. Aber du hast weit mehr getan und tust es noch. Du kennst die Pflanzen und Kräuter, die Line brauchte, hattest alle Zutaten schon im Korb, als du kamst. Du wusstest auch sofort, was zu tun ist, um Lines starke Blutung zu stillen. Hast den Tee gekocht, der die Nachgeb…, eh, der zusammenzieht. Das Öl der Olive hilft gegen Lines Wundsein. Du hast auch mir Tee gekocht und meine Brust mit Schmalz eingerieben, gegen Fieber, Husten und Schnupfen.«

»Früllerk, ich bin schon so viele Jahre eine Kräuterfrau. Ich weiß genau, welche Tränke und Salben gebraucht werden, auch wie viel ich übers Jahr verteilt benötige. Ich sammle im Herbst, was hier wächst, aber natürlich brauche ich auch anderes. Du hast mich doch im Herbst nach Worpswede und bis Osterholz gefahren. Dort kaufe ich jedes Jahr auf dem Markt ein. Kräuter und Tees, Wurzeln und Säfte, eben alles, was ich hier im Moor nicht finde. Auch das Öl der Olive, es wird mit den Schiffen nach Bremen gebracht und die Händler verkaufen es in der ganzen Region auf den Märkten.«

»Catharine, dir ist bekannt, dass wir dich gut bezahlen werden, aber …, weißt du …«, Früllerk stotterte, er wusste nicht, wie er es sagen sollte. »Weißt du, deinen Einsatz hier, deine Fürsorge, dass du Line gerettet hast, dass sie lebt, so viel Geld gibt es gar nicht auf der Welt, um dir das zu lohnen!« Ihm standen wieder die Tränen in den Augen. Er räusperte sich und versuchte weiter zu erklären, was ihn bewegte: »Das ist es aber nicht allein. Es geht mir nicht um deine Arbeit und meine Hilfe. *Verdoori,* ich kann mich nicht richtig ausdrücken! In diesen beiden Wochen sind wir uns so nahegekommen. Wie in einer … Familie! Wenn ich auf dem Stroh lag, so kurz vor dem Einschlafen, und dich hörte, dann war mir wie früher, in Bremen, so wohlig wie bei meiner Mutter. Sie ist schon lange tot. Und Lines Eltern sind gestorben, als sie noch ein Kind war. Catharine, du bist wie eine Mutter hier bei uns.« Erleichtert atmete er auf.

Die Kräuterfrau legte ihm die Hand auf die Schulter und schüttelte ihn leicht und voller Dankbarkeit. »Früllerk, Früllerk, das war eine wunderbare Ansprache. Es ist selten, dass Männer Zuneigung so zeigen können!«

Sie lächelte voller Wärme, erschrak aber doch, als Line sprach: »Meine Mutter würde ich jetzt fragen, warum hat der Herrgott unser Kindchen genommen. Catharine, darf ich dich das jetzt fragen?«

»Line, du wirst wieder gesund! Du gibst nicht auf, wenn du etwas wissen möchtest, sogar wenn das Fragen dir im Herzen wehtut!«

»Ich möchte es doch verstehen«, verteidigte sich Line.

»Ja, das ist sogar wichtig, verstehen, warum etwas geschehen ist.« Catharine seufzte und fasste dabei einen Entschluss: Sie würde ihre Gedanken aussprechen, diesen beiden Menschen konnte sie vertrauen!

»Line, Früllerk, meine Meinung über Ansichten wie ›Gott holt die guten Menschen zu sich‹ dürft ihr bitte niemandem weitersagen.« Sie schaute bittend.

Das Paar verstand das Anliegen der weisen Frau zwar nicht, nickte aber versprechend.

»Ich mache mir schon lange Gedanken darüber. Nicht nur der Herr Pastor, alle Menschen sagen, dass Gott uns holt, wenn wir sterben. Ich kann das so nicht glauben. Doch, ich glaube natürlich an unseren Herrgott«, sie räusperte sich, »wenn wir gestorben sind, gehen wir zu ihm in die Ewigkeit.

Aber – Line, das Kindchen wurde nicht von ihm geholt! Es starb, weil Adolphe dir so viel körperliches Leid zufügte.

Alle Kräuterfrauen und Hebammen wissen es: Wenn Frauen in den Bauch geschlagen wurden oder wenn es durch einen Unfall geschah, dann löst sich die Fruchtblase und die Geburt wird eingeleitet. Das ist der Grund, warum das Kindchen starb, es war noch viel zu klein, um außerhalb des Mutterleibs zu überleben.«

»Und weil es im Moorloch geboren wurde!«, flüsterte Line.

»Ja«, nickte die Heilkundige, »Adolphe hat Schuld, dass euer Kind vorzeitig geboren wurde.« Beunruhigt hielt Stille-Catharine inne. So viel hatte sie Line gar nicht sagen wollen. Ihr Schlafmangel und die Mattigkeit waren sicher schuld, dass sie sich vergaß. Besser wäre es, sie könnte Line jetzt ein wenig ablenken. »Möchtest du wieder etwas trinken?«

Als Line nickte, stand die Kräuterfrau schwerfällig auf und ging zur Feuerstelle. Sie schob die Kasserolle mit den Schwanenköpfen näher an die Glut. Obwohl der kleine Topf wie ein Spielzeug wirkte, war er ein leichter Wasserschöpfer und hielt den Tee wunderbar warm. Stille-Catharine benutzte ihn schon die ganze Zeit. Ihr Blick fiel auf das Bord an der Giebelwand zwischen den beiden Fenstern. Gedrechselte Teller standen dort übereinandergeschichtet. Daneben eine tiefe Holzkumme. Da hinein hatte sie die Brosche gelegt. Vor Sorge und wegen der andauernden Müdigkeit hatte sie nicht mehr an den Schmuck gedacht. Das Anschauen des ungewöhnlichen Zierrats könnte eine Ablenkung für Line sein. Sie tastete nach dem goldenen Stück, goss den erwärmten Tee in eine der Tassen auf dem Tisch und brachte beides zur Butze.

Früllerk nahm ihr die Tasse ab und half Line beim Trinken.

Mit einem Seufzer legte Line ihren Kopf wieder zurück ins Kissen. »Ich bin so schwach! Catharine, werde ich wirklich wieder gesund?«

»Ja, *min Deern!* Auch wenn du dir das heute nicht vorstellen kannst.« Sie hielt Line ihre geöffnete Hand hin. »Schau mal, was ich am ersten Tag hier bei euch in der Asche fand!« Sie ließ die Brosche vor Line auf das Federbett fallen.

»Die ist aber groß«, staunte Line und nahm sie hoch, hob auch wieder den Kopf. »Oh, und so schwer! Solch eine Brosche habe ich noch nie gesehen!«

Die Heilkundige freute sich, Line zeigte Interesse! »Sie muss in einem Torfsoden gewesen sein«, vermutete Stille-Catharine. »Der brannte weg und das Teil fiel in die Asche!«

»Das war es! Jetzt erinnere ich mich!« Line wurde lebhafter. »Ich weiß jetzt, dass ich Torf auflegte und mich über das Gewicht eines der Soden wunderte. Ich hielt ihn in der Hand und dachte, er sei noch nass! Dann kam Adolphe und … ich weiß aber nicht mehr, was ich mit dem Soden machte, ob ich ihn noch aufs Feuer legte?«

»Das musst du wohl getan haben, denn sonst hätte ich die Brosche ja nicht in der Asche gefunden.« Sie registrierte, dass Line sich wieder erinnerte, wollte aber nicht, dass die Kranke weiter nachdachte und sich in allen grausamen Einzelheiten an den Mordversuch erinnerte, heute noch nicht, das war zu früh! »Schau sie mal genau an. Ich denke, das ist ein sehr altes Stück!«

Line besah sich die Brosche von allen Seiten. Sie bestand aus einem handtellergroßen Reif. Eine dicke Rolle war zu einem Kreis geformt, der an einer Stelle nicht geschlossen war. Die beiden offenen Enden waren flachgeschlagen und wunderbar verziert mit runden und eckigen Vertiefungen, parallel laufenden Linien und Dreiecken. Line strich mit dem Finger darüber. Selbst dort, wo die dicke Nadel am Ring befestigt war, fühlte sie Einritzungen. Bewegen ließ sich die Nadel nicht, dort saß eine Verkrustung. »Früllerk, guck mal, warum lässt sie sich nicht öffnen?«

Früllerk nahm die Brosche in die Hand und staunte selber über das Gewicht. »Catharine, du hast zwar von dem Fund in der Asche gesprochen, ich hatte es aber vergessen. Solch große Broschen kenne ich nicht! Sie glänzt wie Gold! Obwohl sie im Feuer lag.« Er befingerte das Schmuckstück und stellte fest: »Die Nadel kann ich leicht wieder gängig machen, Line, das ist nur festgebackene Erde. Die kratze ich ab!«

»Wer die wohl verloren hat …«, murmelte Line, lehnte den Kopf zurück ins Kissen und schloss die Augen. Ihr Interesse war schon wieder abgeflaut, die Müdigkeit war zu groß.

Stille-Catharine und Früllerk nickten sich zu und standen vorsichtig auf.

Im Einschlafen dachte Line: ›Was soll ich mit dieser riesigen Brosche, selbst wenn sie aus Gold ist, ich will mein Kindchen zurück!‹

Puschel war längst wieder in die *Butze* gesprungen und lag an Lines Füße geschmiegt.

Glossar

Vorweg: Ich beschreibe und erkläre lediglich ein ganz klein wenig, damit der ›Fluss‹ des Lesens nur kurz unterbrochen wird. In Zeiten von iPhone und iPad wird bei Interesse auf jeden Fall im Internet geschaut.

Altenteil – Im norddeutschen Raum wurden Höfe nur einem Kind, dem ältesten oder jüngsten Sohn, vererbt. Alle weiteren Kinder, auch Mädchen, mussten abgefunden werden. Wenn der Hoferbe heiratete, zogen seine Eltern ›aufs Altenteil‹. Das musste natürlich genau geregelt sein. Unterkunft, Essen und Trinken, Kleidung, Wäsche und deren Reinigung, Finanzen und Beerdigung. Die ›Zügel aus der Hand‹ zu geben, fiel sicher nicht leicht. Darum möchte Anna Sandvoss Bäuerin bleiben. Ein Altenteiler-Vertrag wurde genauestens aufgesetzt, trotzdem kam es häufig zu Streit und Willkür.

Bäume für den Hüttenbau – Krischan holte Baumstämme aus dem Osterholz, aus dem Holz, also Wald, im Osten. Das klingt heute noch im Namen der Ortschaft Osterholz-Scharmbeck nach. Um eine Moorhütte (wie ein Nurdachhaus) zu bauen oder eine sehr verfallene zu reparieren, durften sich die Moor-Kolonisten die Stämme dazu holen. Das klingt so einfach: Sie mussten jedoch die Bäume erst einmal fällen und sie anschließend viele Kilometer durch unwegsames Gelände transportieren (für die Brodtmanns wären das über das heutige Straßennetz 11 km). Ohne Torfkahn bedeutete es vermutlich, mit menschlicher Muskelkraft ziehen! Da war es gut, körperlich kräftige Kinder und eine Frau (siehe Nachwort im ersten Band) als Hilfe zu haben.

Braunkohl mit Pinkel – Echter Braunkohl kann heute nur sehr selten gekauft werden. Es gibt jedoch Samen über den Bio-Saatgut-Versand. Grünkohl dagegen gibt es ab Herbst frisch auf dem Wochenmarkt, das ganze Jahr über tiefgefroren und in Dosen. (Wir Norddeutschen essen dieses Gericht jedoch hauptsächlich im Winter und erst nach dem Buß- und Bettag! Wenn der Kohl mindestens einmal durchgefroren ist, verwandelt sich die etwas bittere Stärke in Zucker.) Mentale und emotionale Kämpfe – welcher Kohl der beste ist, wer das Gericht erfand, wie es gekocht wird, was dazu gereicht wird – gibt es selbstverständlich im ganzen Norden!

Es gab früher sehr viele unterschiedliche Grünkohlsorten, in Ostfriesland sucht Bio-Landwirt Reinhard Ehrentraut immer weiter nach fast verschwundenen Sorten! Das Saatgut ist 5–6 Jahre keimfähig. Es wird in Reihen (30 cm Abstand) gesät, später die Pflänzchen auf 20 cm vereinzelt.

Es gibt krausen, glatten, braunen und fürs Vieh den Futterkohl. Es gibt milden, herben, süßen und bitteren Grünkohl. Im Blaukohl, dessen Stängel auberginefarben sind und der 1,20 m hoch wuchs, spielten Kinder Verstecken. Der bräunlich-violette Langkohl wird sogar mannshoch.

Der hochstämmige Grünkohl wurde auf den Bauernhöfen mehrfach genutzt. Die unteren Blätter erhielt das Vieh, die Bäuerin erntete nach und nach Blätter fürs Mittagessen. Aus Blattansätzen wurden wieder große Blätter. Im Frühjahr wachsen kleine Sprossen, die köstlich schmecken (ich habe es ausprobiert). Die Stängel verholzen, sie können im Frühling gespalten werden, das Mark schmeckt roh fast wie Kohlrabi und die Stängel ergeben ›Feuerholz‹.

Bremer Glocke – heute ein bekanntes Bremer Konzerthaus. Früher hing am Ostertor der Stadtmauer eine Glocke. Der Torturm wurde zeitweise als Gefängnis genutzt.

bustern – herumkommandieren, abschätzig behandeln

Englisches Gewürz – Piment

Kolonisierung – Wie eine Moorfläche zum Kolonisieren vorbereitet wurde, welche Voraussetzungen notwendig waren, um eine Siedlerstelle zu erhalten, wie sie bewirtschaftet wurde – wer sich dafür interessiert, dem empfehle ich das Buch »Die Findorff-Siedlungen im Teufelsmoor bei Worpswede« aus dem Temmen-Verlag, Herausgeber Wolfgang Konukiewitz und Dieter Weiser. Umfassend hat ein Autorenteam, zu dem ich gehörte, ergänzt durch reichliche alte Fotos und erklärende Zeichnungen, recherchiert und aufgeschrieben.

Küken-Ragout – Da immer wieder nachgefragt wurde: Küken-Ragout kommt von Kiken (es ist richtig geschrieben), so wurden junge Hühnchen genannt.

Lehrberuf – Dass der Schoolmester, auf den Anna Sandvoss so stolz war, nicht rechnen konnte, habe ich mir nicht ausgedacht. Es gibt eine kuriose Bremer Geschichte: In der Neustadt arbeitete ein Lehrer, der während des Unterrichts seinen zweiten Beruf ausübte, als Schuster (siehe Schulpflicht). Während einer Visitation wurde festgestellt, dass er nicht rechnen konnte.

Martini – ist der Martinstag am 11. November. Heute häufig ein Tag der Laternenumzüge. Früher war er ein wichtiges Datum im Jahresverlauf. Abgaben und Rechnungen wurden bezahlt, Mägde und Knechte erhielten ihren Lohn und hatten an diesem Tag die Möglichkeit, den Arbeitgeber zu wechseln.

Morgengabe – war die Mitgift, wenn Frauen heirateten oder verheiratet wurden. Alles, was eine Frau mit in die Ehe brachte, ging in den Besitz des Ehemannes über. Trotzdem waren Frauen nicht ganz rechtlos. Ein Beispiel: Meine Vorfahrin Margarete Hoddersen strengte zwischen 1693 und 1695 ein Gerichtsverfahren an – ihr Ehemann Bernhard Martini hatte eine bestimmte Weide, einen Teil ihrer Morgengabe, verkauft. Nach seinem Tod versuchte sie die Weide zurückzubekommen. Die Gerichtsakten füllen einen ganzen Ordner. Das Verfahren war sicherlich teurer als die Weide selber. (Wir können die Akten nur teilweise lesen, aufgrund von unterschiedlichen Schreibern mit Gänsekiel und Juristen- und Kirchen-Latein.)

Neejohrskoken – Neujahrskuchen, sie entstanden sicherlich aus Kirchen-Oblaten, Hostien, mit jedoch reichlicheren Zutaten. Schon

Hieronymus Bosch zeigt in seiner Fastnacht-Szene eine alte Frau, die gerade ein Waffel(?)-Eisen befüllt. Er lebte von 1450 bis 1516. Im Waffelmuseum Venne (in der Nähe von Kalkriese bei Osnabrück) ist die Entwicklung der dünnen, krossen Eiserkuchen und ebenfalls der dickeren Waffel bis heute wunderbar dokumentiert. Ein Abstecher dorthin lohnt sich. Carolin Meyer zu Venne erklärte und beantwortete mir jede Frage, vielen Dank dafür!

Aus dem Zangen-Eisen (Kucheneisen) mit langen Griffen, das ins offene Feuer gehalten wurde, entwickelte sich ein Eisen für die ›Kochmaschine‹, den heute so heimelig wirkenden Kohleherd. Meine Mutter Marianne Pfeiffer backte darauf mit einem von Tan' Ohleit (siehe »Die Leiche im Moor«) oder von der echten Stille-Catharine geliehenen (!) Eisen. Ein elektrisches besitzt sie seit Anfang der 60er Jahre. Wie bei modernen Waffeleisen wurde eingefettet, ein Löffel voll Teig daraufgesetzt und die ›Zange‹ zusammengedrückt. Auch festerer Teig zu einer Kugel geformt war in einigen Regionen üblich. Die meistens runden Platten vorn an der ›Zange‹ hielt man/frau früher direkt ins Feuer, mit Wenden. Gute Armmuskeln waren nötig. Die fertigen Kuchen müssen auch heute rasch aufgerollt werden, sie sind abgekühlt sehr knusprig, siehe die Tan'-Dele-Geschichte. Die Portionen waren, zu Lines Zeit, vermutlich gering. Feuchtigkeit – davon gab es im Moor reichlich! – lässt die Koken schnell weich und labberig werden. Vielleicht wurden sie in die braunen Bunzlauer Töpfe geschichtet. In den 30er Jahren benutzte nicht nur meine Großmutter Milchkannen aus verzinntem Stahlblech. Bis in den Sommer hinein (wirklich!) hielten sich darin die Koken frisch – wenn der Deckel nicht zu oft abgenommen worden war und durch ein dazwischengeklemmtes Wachspapier weiter geschützt wurde.

Betty Gleim, die Bremer Kochbuch-Autorin – in »Die Leiche im Moor« ist sie noch ein Kind –, beschreibt in ihrer 13. Auflage 1892 das Rezept für Krullkuchen. Bei einer Überlegung können Sie vielleicht helfen: Gab es früher eine Ablage, damit das Eisen nicht die ganze Zeit freihändig gehalten werden musste? Vielleicht nur ein Holzscheit oder aber ein geschmiedetes Teil, vergleichbar einem ›Pannhaak‹ oder einem ›Feuerbock‹? Mailen Sie mir dann doch bitte unter line@ingrid-pfeiffer.de.

Pinkel – der Name stammt von der ›Wursthaut‹, dem Rindermastdarm, der Pinkeldarm genannt wird.

Rachenbräune – Diphtherie

Reihetisch – Lehrer erhielten ihr Essen reihum, das heißt, Tag für Tag aßen sie im Dorf in einem anderen Haus. Sie schliefen auch dort, also wechselnd, bei den jeweiligen Bewohnern mit (!) im Bett oder der Butze (siehe auch Schulpflicht). So wird deutlich, wie froh die Günnemoorer waren, dass Oloff Schott auf dem Sandvoss-Hof seinen Schlafplatz hatte und verköstigt wurde.
Ein Beispiel – nicht von damals: Pastor Erich Keßler kam 1966 als Single nach Bramstedt (Hagen im Bremischen). Da es kein Pastorenhaus gab, wohnte er im notdürftig hergerichteten Kirchenstall (dem heutigen Gemeindehaus), erhielt jedoch Reihetisch bei den Dorfbewohnern!

Römische Kasserolle – Die Römer nutzten die Wesermündung, um mit Schiffen Nachschub für die Soldaten in Militär- oder Marschlager im Raum Porta Westfalica zu transportieren. Die Kasserolle, eine Schöpfkelle oder ein kleiner Topf mit langem Stiel, wurde zwischen 1884 und 1888 bei Weser-Baggerarbeiten in der Nähe von Bremen-Seehausen gefunden und war so gut erhalten, dass sie 30 Jahre lang als Topf zum Kochen von Früchten benutzt wurde. Die Schwanenköpfchen können heute im Bremer Focke-Museum bestaunt werden.

Schaffermahl – Früher gaben Kaufleute und Reeder (seit 1545) das Abschiedsmahl für ihre Kapitäne, bevor am Ende des Winters die ›Große Fahrt‹ begann. Schaffer hießen Männer, die auf eigene oder kollektive Kosten eine Mahlzeit ausrichteten. (Das Essen wurde beschafft.) Heute werden Ehrengäste aus Politik und Wirtschaft eingeladen. Aber nur einmal und nur Männer. (Ausnahmen: 2004 war eine Kapitänin und 2007 die Bundeskanzlerin dabei.) Line protestierte damals nicht. Die heutige Frauenbewegung wäre aber ganz sicher von ihr aktiv unterstützt worden. – Während des fünfstündigen Mahles mit fester Speisenfolge werden Reden gehalten und Spenden gesammelt.

Schlachten – Das frische Fleisch konnte nur durch Einsalzen, Räuchern oder Zu-Wurst-Verarbeiten haltbar gemacht werden. Die echte Catharine Lahmann (meine Urgroßmutter) hat häufig der echten Line (meiner Oma) beim Wurstmachen geholfen. Bei der Mettwurst, die sehr fest gestopft werden musste, damit das rohe Fleisch nicht schimmelte, nahm sie nach dem Stopfen einen spitzen Holzstab (Piehlsteker) und pikte Löcher in die Haut. Anschließend drückte sie mit der Hand und dem Daumen darüber und holte so auch die letzte kleine Luftblase heraus. Bei einigen Familien kam zusätzlich Alkohol in die Mettwurst, sie war darum besonders lecker.

Schnee – wirbelt bei Wind so sehr, dass es wie Nebel scheint. Zuletzt habe ich das erlebt am 13. März 2013, auf der Autobahn 27 und gegen 20 Uhr auf der ehemaligen B6 Richtung Bremerhaven. Es gab starke Schneeverwehungen, durch den Wind Verwirbelungen von allen Seiten, von unten und seitwärts, es war um mich herum alles weiß, ich hatte kaum Sicht und musste sehr langsam fahren.

Schnitzbank – Der Handwerker sitzt rittlings darauf, hält mit den Füßen eine Klemmvorrichtung fest, die Hände sind frei, um Holz zu bearbeiten.

Schulpflicht – Schon Martin Luther forderte christlichen Schulunterricht. Im Moor sah gegen Ende des 18. Jahrhunderts niemand die Notwendigkeit von Schulbildung. Die außerdem Geld kostete. So wurde häufig die Arbeit des Lehrers an die des Küsters, der ebenfalls die Orgel spielte, gekoppelt. So musste nur eine einzige Stelle finanziert werden! (Der Küster verdiente durchaus zusätzlich noch als Gastwirt sein Überleben. Auch die Berufe der Schneider und Schuster schienen besonders geeignet, zusätzlich zu unterrichten.) An die Kirche gebunden, bestand der ›Lehrplan‹ aus: biblischen Geschichten, Beten und den Katechismus auswendig lernen, Choräle singen und Moralunterweisungen. Ein wenig Lesen und Rechnen kam dazu, Schreiben galt als höhere Kunst, drei bezeugte Kreuze reichten aus.

Sleef – langer Holzlöffel; ebenfalls Schlingel, kleiner Dieb. Ergänzung: Es entstand die Frage: Woher stammt der Begriff und welcher war zuerst da? Ich befragte ältere Menschen und suchte bei Lesungen gemeinsam mit dem Publikum nach Lösungen. Vielen Dank dafür! Hier eine Zusammenfassung: Im englischen Sprachgebrauch bedeutet sleeve Ärmel, Hülle, Rohr, Stab, also etwas Langes (die langgezogene irische Klippenformation heißt slieve league). Sleeved bedeutet langärmelig und stehlen – to thieve. Also war vermutlich der Löffel vor dem Schlingel im Sprachgebrauch üblich.

Vorratshaltung – Manche Gemüsesorten wurden früher durch Einsalzen haltbar gemacht, heute noch sind Salzbohnen, Salzgurken vorzüglich.
Obst und Gemüse (Erbsen, Bohnen, Linsen) wurden mitsamt dem Buschwerk getrocknet und im Winter ausgedroschen.
Dörrobst – Backobst schmeckt noch heute köstlich, als fruchtige Soße zu Nudeln, es ergänzt das Müsli, ist eine leckere kalorienarme Knabberei.
In den 1960er Jahren wurden Kühlhäuser gebaut, inzwischen besitzt wohl jeder Haushalt eine Tiefkühltruhe.
Aber schon aus der Steinzeit wurden in Norddeutschland Vorratsgruben in einer Flechtwerk-Konstruktion archäologisch untersucht. Und auffällig reine Getreidevorräte entschlüsselt. Es wurden ebenfalls mittelalterliche Brunnenumfassungen gefunden, die aus geflochtenem Korb oder einem hohlen Baumstamm bestanden. Vielleicht war Mimis ehemaliger Bäuerin die Idee ja aufgrund einer solchen Entdeckung gekommen (grins). Für Blutklütschen schoss sie natürlich über jegliches Ziel hinaus.

Wetter 1791–1793 – Während dieser Zeit war das Wetter nicht wie in meinen Büchern beschrieben. Im Büchlein »200 Jahre Findorff-Dörfer – Südwede, Nordwede, Worpheim« steht auf Seite 26: »Es gab drei erbärmliche Hungerjahre. Während der nassen Sommer waren die Hammeniederungen überschwemmt, die Wege überflutet und das spärliche Heu konnte nicht eingebracht werden. Die Frostnächte im Frühjahr zerstörten die Buchweizen-Blüten und luden den Hunger zu Gast in die Hütten. Die Sturm- und Gewitterschauer walzten das dünnhalmige Korn nieder und machten mehr Mäuse als Vieh und Menschen satt.« Daran konnte ich mich selbstverständlich nicht halten. Ich zeige die Jahreszeiten grundlegend auf.

Plattdeutsche Wörter und Übersetzungen

A:
Ach wees man still, ek hevv mie ober dat döösige Frooensminsch argert. – Ach hör auf, ich habe mich über die dumme Frau geärgert.
Achtersten – Hinterteil
achtertüksch – hinterhältig
all wedder – schon wieder
Allens klor, rein as'n lütschen Kinderpopo! – Alles in Ordnung, sauber, glatt(rasiert) wie ein Kinderpopo!
appeldwatsch – seltsam
as'n Tüüt – Steigerung von schnell

B:
barft – barfuß
Biet man gau rin, Jule, dat smeckt fein! – Beiß schnell rein (probiere es), Jule, das schmeckt lecker!
Bliev stoon! – Bleib stehen!
Bloß so'n neemodschen Krom ut Bremen! – Abfällig: Das ist doch nur so was Neumodisches, Modernes aus Bremen!
Bluchternde – vor sich hin Schimpfende, auch Jammernde
Bookwetenpannkoken – Buchweizenpfannkuchen
Brägen – Gehirn
Brammwien – Weinbrand
bunt – bedeutet im Essen genügend (andersfarbige, wohl mehr weiße) Zutaten
Büst all door? – Bist du schon da?
Büst du door? – Bist du da?
Büst du mall? Du griese Grappenkopp! – Ausruf: Bist du albern, blöd? Du durchtriebener ›wunderlicher‹ Kopf, Mensch!
Butze – Alkoven, ein Schrankbett, s. Band 1

D:
Dalers – Taler (Währung)
Dat allns geiht di goornix an! Du tüünst doch! Wat weest du denn,

du büst ja man bloß n' lüttschen Buuernsöhn, de nix to vermelden hätt! – Nichts davon geht dich etwas an! Du erzählst doch Blödsinn! Was weißt du schon, du bist doch bloß ein kleiner Bauernsohn, der nichts zu sagen hat!
Dat arme Deert! – Das arme Tier!
Dat deit so weh! – Das tut so weh!
Dat du mie ober ok jümmer argern musst! – Warum ärgerst du mich immer?
Dat geiht numms een wat an! – Das geht niemanden etwas an!
Dat Mannsvolk markt nich, dat so n'e lüttsche Fruu all gröön int Gesicht is, wat? – Männer merken es wohl nicht, wenn einer jungen Frau schlecht (Übelkeit) ist (schon grün im Gesicht ist), was?
Dat meen ek ok! – Zustimmung: Das meine, denke ich auch!
Dat stimmt gor nich, dree un een sind fief! – Das stimmt nicht, drei plus eins sind fünf!
Dat sünd de Hoosen! De broud eer Beer! – Der Nebel (Rauch) stammt von den Hasen, die brauen Bier!
Dat sünd fief! – Das sind fünf!
dat Swien – das Schwein
Dat weer reinewech so diesig as Nevel. – Es war so undurchsichtig wie Nebel. – Siehe Glossar.
Dat weer'n annern Schnack as bi den Amtmann! – Das war aber ganz anders als beim Amtmann!
de Fromde, de ut Bremen – die Fremde, die aus Bremen
de gooden Dalers – die guten Taler (reuen, sie auszugeben)
De haut dor eter tein Düvel rin, at een rut! – Wenn Kinder zu sehr geschlagen wurden, sagte meine Großmutter Adeline Lahmann, also die echte Line, diesen Satz: Der schlägt eher zehn Teufel (in das Kind) rein, als einen raus!
De is hen! – Der ist tot!
de Lüe ut dat Dorp Düvelsmoor – die Menschen aus dem Dorf Teufelsmoor
De Minsch will ok wat fort Oog hebben! – Der Mensch will auch gern etwas Schönes sehen!
de ol Voss – der alte Fuchs, hier Name des alten Bauern Sandvoss

De ool Queesmichel weer'n Blaarpott. – Der alte ›Mann, der dauernd etwas verlangte‹, war eine Heulsuse.
de Spitzboov – der Spitzbube, Dieb
den Buddel – die Flasche, damals eher eine hohe schmale Tonkruke
den groden Kump – die große Schüssel
Dönz – Stube
Dönz-Döör – Wohnzimmer-Tür
Dresche – Schläge, hauen
Du büst doch mall! – Du bist doch verrückt, du spinnst doch!
Du hest denn doch gor keen Tiet. – (Aufgrund des Schlachtens) hast du morgen doch keine Zeit.
Du hest jo n Hart as'n Müüs! – Du hast ja ein Herz (bist ja ängstlich) wie eine Maus!
Du schasst Line nich jümmer argern! – Ärgere Line nicht immer!
Du süüst ut as Boddermelk! – Du siehst aus wie Buttermilch (bist schneeweiß im Gesicht)!
Du versteihst dat noch jümmer nich! – Du verstehst immer noch nicht (was ich sage)!
Du weest doch jümmer allens! – Du weißt doch immer alles (modern: Du bist doch sonst so schlau)!
Dubenammer – Daubeneimer, hölzerner, siehe 1. Band ›Eimer, wie ein Fass aus länglichen Holzbrettern zusammengesetzt‹
dwallerie und dwallera – verdoppelnder Singsang auf albern (dwaller)

E:
Een, twee, …, fiefuntwintig. Man wo is denn nu dat Lock? – Eins, zwei, …, fünfundzwanzig. Aber wo ist nur das Loch?
eenen ut – er gab *eenen ut* – er spendierte (Weinbrand)
Eeten kann'n dat jo! – Abfällig: Na ja, essen kann man es ja!
Ek bünn Line, de Noobersche. – Ich bin Line, die Nachbarin.
Ek droff nich eeten, Adolphe schimpt denn mit mi! – Ich darf nichts essen, Adolphe schimpft mich sonst aus!
Ek droff nich eeten, ek schall endlich dot blieben, seggt he jümmer! – Ich darf nichts essen, ich soll endlich sterben, sagt er immer!
Ek glööv, dor roop een no di! – Ich glaube, jemand ruft dich!

Ek hebb Dost! – Ich habe Durst!
Ek hebb n' Grapen voll Zopp brocht. Du hesst seeker Smacht, hm? – Ich habe euch einen Topf mit Suppe gebracht. Du hast doch sicher Hunger?
Ek wahrschau die wat! – Ich sage dir was voraus (ich warne dich)!
Ek weet dat genau! – Das weiß ich sicher!
Ek weet dat genau, twee sünd dat! – Das weiß ich genau, das sind zwei!
Ek will di anne Unnerbüx. – Wörtlich: Ich will an deine Unterhose, ich will Sex mit dir.

F:
Feine warme Fööt hebb ek! – Ich habe schöne warme Füße!
fief – fünf
Fiefpannenoben – Kastenofen aus fünf gegossenen Eisenplatten, häufig mit biblischen Motiven verziert
Flett – die Seite im Wohnteil eines Bauernhauses
Flunken – Flügel, hier Hand
fooern – füttern
Froenslüe weet dat nich! De könnt dat nich! De sünd dösig, Froenslüe sünd dammelig, dummerhaftig, narrsch un mall, de könnt rein nix! – Frauen wissen nichts! Können nichts! Sie sind dumm, wirr, närrisch und verrückt, sie können absolut nichts!
Fröhkost – Frühstück
Fronslüe hört int Huus! – Rollenverteilung: Frauen gehören ins Haus!
Froonslüe – Frauen
füünsch – böse, ärgerlich

G:
Gete – Bremer Wasserlauf und Straßenname ›An der Gete‹
getüünt – Blödsinn geredet
gewahrschaut – vorhergesagt
Glieks go ek noch'n beeten Holt klöben. – Gleich werde ich noch Holz hacken gehen. Siehe auch Holzkloben.
gniggerten – kicherten
Go man sitten! – Setz dich doch!

Go sitten! – Setz dich!
Go un hol den Buddel met Brammwien. Wi köönt all tohop een Sluck bruken, bi de Küll. – Hol die Flasche Weinbrand. Gegen die Kälte können wir ein Glas voll vertragen.
Goden Dag ok! – Begrüßung
Grappen – merkwürdige Gedanken
Gräsen – Gänsehaut
Grootdöör – große Doppeltür an der Giebelseite des Bauernhauses
Grüppen – Entwässerungsgräben, siehe 2. Band

H:
He haar ne drööge Lebber. – Er war Alkoholiker.
He is keen gooden Minsch! – Er ist kein guter Mensch!
He is mien Dochter-Mann. – Er ist mein Schwiegersohn.
He will utneien! – Er will weglaufen!
Hoken un Stoken kannst licht ok to Huus moken! – Haken und Striche kannst du auch zu Hause üben!
Hol dien Sabbel! – Halt deinen Mund (sei still)!
Holla, is dor een binn? – Hallo, ist wer zu Hause?
Holschen – Holzpantoffeln
holten Geschirrkist – Werkzeugkiste aus Holz
Holtkloben – Holzscheit, Kloben heißt ebenfalls der Kuchen aufgrund seiner Form, wie ein gespaltener Scheit, also wie ein Kloben – heute Klaben
Holzbalje – Wanne, auch große Schüssel
Honnich – Honig

I:
Is dor een? Keen is dor? – Ist da wer? Wer bist du?
Is een inn Huus? – Ist wer zu Hause?
Is Früllerk bi jo? – Ist Früllerk bei euch?
Is good, ek mok dat! – Ist gut, ich mache (übernehme) das!
Is he all woller dor? – Ist er schon wieder zurück?
Is wat posseert? – Ist etwas geschehen?
Is wat? – Was ist?

J:

Jiddelbrett – ein Holzbrettchen, das im Eimer auf der Milch liegt und das Schwappen verhindert

Jo, dat weer't jo, wat ek wull! – Ach ja, genau das wollte ich ja gerade (erzählen)!

Jungedi – Ausruf des Erstaunens

Jungedi, wat is dat Wief gnadderig! – Du meine Güte, ist die Frau mürrisch!

Jungs – Jungen

K:

Kannst' di dat nich denken? – Kannst du dir das nicht denken (vorstellen)?

Kannst du mi helpen? – Hilfst du mir?

Kaptein – Kapitän eines Schiffes

Karkhoff – Friedhof

Keen büst du? Kenn ek di? – Wer bist du? Kenn ich dich?

Keen de Büx passt, de treck se ok an! – Wem die Hose passt (wer sich angesprochen fühlt), der zieht sie sich auch an!

Keerl – Mann

Klüpfel – Hammer mit rundem hölzernem Schlagteil

Klütschen – Blutklütschen – Klöße aus Teig, mit Blut vermengt, siehe Rezepte

Köksch un Kööк – Köchin und Küche

Koomt doch 'n Oogenblick rin! – Kommt doch einen Moment rein!

Kriggt hüüd jedeen sien Fett af? – Heute bekommt wohl jeder Deutliches, Wahres, Schlechtes zu hören?

kujoneert hest – gequält, schikaniert hast

Kumm gau! – Komm schnell!

Kumm rinn! – Komm herein!

Kumm rin, wenn du keen Snieder büst! – Aufforderung: Komm rein, wenn du kein Schneider bist!

Kumpskohl – Weißkohl

L:

leddig futterten – leer essen

Leeven Jung bün ek doch noch, Unkel Früllerk? – Bestätigung heischend: Ich bin doch noch ein lieber Junge, Onkel Früllerk?
lütten Deerns – kleine Mädchen
lüttsch – klein
Lüttsche-Hans – Name: Kleiner-Hans (Sohn von Hans)
lüttschet Achtergatt – kleines (niedliches) Hinterteil

M:
Mannsvolk – Männer
Markst Müüs? – Merkst du was?
Martini – St.-Martins-Tag, siehe Glossar
Miau, Mauiau! – Miau, Mauiau! Katzen miauen doch immer auf Katzisch (grins).
mien Deern – mein Mädchen
Miene leeve Anna! – Meine liebe Anna!
miene Sööte – meine Süße, Kosename
Mietschen – Freundin, Liebste
Mook good! – Abschiedsgruß: Mach es gut!
Morgengabe – Aussteuer, siehe Glossar
Mudder – Mutter
Mudder Griebsch – Hebamme
Mudder, lot dat. – Mutter, hör auf.

N:
Na, mien Deern, wullt wi us woller verdrägen? – Na, mein Mädchen, wollen wir uns wieder vertragen?
naarsch – närrisch, albern, dumm
Narrschen Krom is dat doch! – Das ist doch närrisch (Blödsinn)!
Ne, is good so. Mi is warm un satt bünn ek alle mal! Ek dank di ganz düchtig! – Nein, es ist genug. Mir ist warm und ich bin gut satt. Ich danke dir sehr!
Ne Jungfer inne Jaarn, da mußt di vor warn! – Eine nicht mehr ganz junge Frau, vor der musst du dich in Acht nehmen!
'ne lütte Piesel – eine kleine Gaststätte
Ne ober ok, wat de Lüe so allns glöövt! – Also, was die Menschen so alles glauben!

Ne, dat kann nich ween. De, de mi an di erinnert, de weer so nett as du eben. – Nein, das kann nicht stimmen. Die Frau, an die du mich erinnerst, war ebenso nett wie du heute.
Ne, Keerl, du bliffst bi us! – Nein, Mann, du bleibst hier bei uns!
Neejohrskoken – Neujahrskuchen, siehe Rezepte und Glossar
neemodschen Krom – Modernes
neeschierig, mien lütt Schnuddel – neugierig, mein kleiner Liebling, Kosewort

O:
ol Spökenkieker – alter Hellseher, Prophezeier, Gespensterseher
ollen Pastorschen – alte (blöde) Pastorenfrau
Olsch – Alte
ool Wief – alte Frau
oolen – alten
opsternaatsche – aufsässig
opsternaatschet Wief – aufsässige Frau

P:
Pad – Trampelpfad
Pampuuschen – Hausschuhe, später hieß das Tuufels, von französisch Pantoffeln
Pannkoken – Pfannkuchen
Pass op! – Ausruf: Pass auf (Achtung)!
Piehlsteker – ein Hölzchen, etwas länger als ein Zahnstocher, siehe auch Glossar Schlachten
Pöhl – Kopfkissen in Überbreite fürs Ehebett
Pootschen – Pfote, (Schweine-)Fuß
pulst, pulen – auspahlen (Erbsen)
puuskattenfien – einschmeichelnd, im Englischen pussycat-fine

Q:
Queder-Säume – Stoffsäume, Bündchen an Ärmeln oder Rockende
Queene – junges weibliches Rind
Quitschebeern – Vogelbeeren, Eberesche, sie werden Zitrone des Nordens genannt, da sie sehr viel Vitamin C enthalten

R:
Reegedisch – Reihetisch, siehe Glossar

S:
Schaffermahl – ein Bremer Festessen, Gastmahl, siehe Glossar
Schapp – Schrank
Scheeden – größere Gräben mit einem leichten Gefälle zur Beek
Grüppen – kleinere Quergräben, damit das Moor entwässert
Schnackedöör – Eine zweiteilige Tür: Ist der obere Teil offen, kann man sich mit Menschen, die draußen stehen, unterhalten, mit ihnen schnacken.
schnuckte – schnucken – ab und zu einen Schluchzer machen
Schoolmester – Lehrer
Schwestermann – Schwager
Scorp-Iesen – rechtwinklig gebogene kleine Schnitzeisen, mit denen Holz ausgehöhlt wird
Se schööd rinnkomen! – Sie sollen reinkommen!
Sett den Kump man dohl. Un nu vertell, wat is posseert? – Stell die Schüssel ab. Erzähl, was ist geschehen?
Sett jo dool! – Setzt euch hin! Setzt euch!
Siedenspeck – frischer Bauchspeck vom Schwein
sien Ledd, auch Piehahn – na ja, eigentlich wissen Sie es doch, sein Geschlechtsteil
Sleef – langer Rührlöffel, siehe Glossar
Slöpendriver – Landstreicher, Obdachloser
Smeckt dat fein! – Das schmeckt lecker!
So lang, as ek den Dussel noch fastmoken kann. – Solange ich den Holzbalken (in der Grootdöör) noch hochheben und in den Türrahmen setzen kann.
So'n neemodschen Krom ober ok! – Abfällig: So was Neumodisches, Modernes!
So'n Schiet ober ok! – ärgerlicher Ausruf
So'n Schiet! – ärgerlicher Ausruf
Spijöök – Spaß
Spökenkrom – Spuk, Geisterglaube, Hellseherei
Sprickels – Anmachholz, Anzündholz

Stebelknecht – Stiefelknecht, Ausziehhilfe für Stiefel
Steert – Schwanz
Stille-Catharine – ruhige, im Geheimen arbeitende Frau mit medizinischen Kenntnissen
Süll – Türschwelle
Swattbrod – Schwarzbrot aus Roggenmehl
Swien – Schwein

T:
Tartuffels – Kartoffeln
Tied, um 'n Pott vull to snacken, ok. – Ich habe Zeit zum Reden. Das *ok* bedeutet nicht O. K., sondern ebenfalls, auch.
Tööv! – Warte!
Tribeleerer – Quäler, Misshandler, Peiniger
Tuffelschalen – Kartoffelschalen
tumb – dumm, doof
tüünte, tüünen – faseln, Blödsinn reden

U:
Un diene goode Höhnerzopp, Louise, de schall Line wohl helpen! – Deine gute, leckere Hühnersuppe tut Line bestimmt sehr gut!
Un lot dat Geweese! – Hör auf zu lamentieren!
un utneite – und weglief
Un wat ton Eeten? – (Bekommen wir) etwas zu essen?
Unkel – Onkel
ünner de Nees to kleien – ›unter die Nase reiben‹
unnerdückern – untertauchen
up'n Finterbarg – Ortsbezeichnung ›Auf dem Finnaerberg‹, gehört zu Harrendorf-Bramstedt

V:
Vadder – Vater
Verdoori – Schmerzlaut
verdoori – verdammt
vergrellt – böse sein
vermuckte Landlüe – blöde Menschen vom Land

vermucktet Wief – eigensinnige Frau
Vigelien – Geige
Vullbuuksobend – Weihnachtsabend (der Abend, an dem der Bauch gut gefüllt ist, nach der adventlichen Fastenzeit)

W:
Wat büst du doch 'ne dumme Deern! – Du bist ein sehr dummes Mädchen!
Wat büst du doch vor'n elennigen Keerl, du! – Du bist vielleicht ein elender Mann!
Wat is denn, büst du an Buuk dropen? – Was ist, tut dir der Bauch weh?
Wat is posseert? – Was ist geschehen?
Wat meent ji mit dat Blod? – Was bedeutet das Gespräch über Blut?
Wat mookst du dor? – Was machst du da?
Wat mookt ji door? – Was macht ihr da?
wat 'n Glattschnacker – jemand, der anderen immer sagt, was sie hören möchten (nach dem Mund reden)
Wat schall dat denn? – Was soll das denn?
Wees doch nich so miemelig. – Grübel nicht so lange darüber.
Wees still! – Sei ruhig! Sei still!
Wees still, dat will ek nich hörn! – Sei ruhig, das will ich nicht hören!
Weest bedankt! – Danke schön!
Weest vörsichtich! – Sei vorsichtig!
Wenn dat disse Keerl is, denn schall he wat beleven! – Wenn ich rauskriege, dass der Mann das ist, muss der das büßen!
Wenn de Froonslüe mit'n Fiegenblatt wedelt, denn könnt se von't Mannsvolk hebben, wat se wööt! – Wenn Frauen kokettieren, bekommen sie von den Männern alles!
Wenn us Vadder hört, wat du hier vertellst, denn hest du di n' orige Dracht verdeent! – Wenn unser Vater hört, was du hier erzählst, handelst du dir Prügel ein!
Weest bedankt! – Danke schön!
Wie brukt wat to eeten! – Wir benötigen Essen!
Wie hebbt wat funnen! – Wir haben etwas gefunden!

Wie süünd free! Wie köönt no Huus gohn! – Wir haben frei (der Unterricht ist zu Ende). Wir können nach Hause gehen!
Wo süünd miene Handschen? – Wo sind meine Handschuhe?
Woveel Honnich he eer um'n Boort smert! – Der schmiert ihr aber reichlich Honig um den Bart! (in den höchsten Tönen loben)

Z:
Zigarrnmoker – Zigarrenmacher

Da Tan' Dele, also Tante Adele, nur plattdeutsch spricht, hier ihr Text im Zusammenhang übersetzt:

Back us doch een poor. Wi hevvt nich een smekt, gorkeen een hefft wie afkregen! – Back uns doch welche. Wir haben nicht mal einen probiert, keinen haben wir bekommen!

Bi mi un miene Familie gifft dat Neejohrskoken bloß an dissen eenen Dag! Dor paas ek good op! Ne Utnohm gifft dat man bloß woanners, wenn de dat unbedingt wööt, denn is dat nich miene Verantwortung. – Neujahrskuchen gibt es bei mir und meiner Familie nur an diesem einen Tag! Da passe ich genau auf! Die einzige Ausnahme gibt es nur bei anderen, wenn die das unbedingt wollen, habe ich keine Verantwortung.

Büst du sone goode Köksch, dat se die sowat totroot? – Da sie dir so etwas zutrauen, bist du wohl eine gute Köchin?

Dat reckt. De Fier hett nu 'n End. Goot aal no Huus! – Nun ist es genug. Die Feier ist jetzt zu Ende. Geht alle nach Hause!

de lüttsche – der kleine

De smeckt die wohl good, wat? – Die schmecken dir gut, nicht wahr?

Dien Unfall! Wat is denn mit diene Hand? – Dein Unfall! Was ist mit deiner Hand?

duun – betrunken

Fröhlich Neejohr! – Gutes neues Jahr!

Glööv mi, de ganzen Huuswiewer hier ut de Stroot wullen dat ok gern hebben. Man dat Rezept geff ek nich her! Un denn is ja bloß vondag Neejohrsdag. Disse Koken gifft dat bloß an dissen eenen Dag. – Glaub mir, alle Frauen hier in der Straße möchten es ebenfalls gern wissen.

Aber das Rezept gebe ich nicht preis. Außerdem ist nur heute Neujahrstag. Diese Kuchen gibt es bloß an diesem einen Tag.

Harvsttietkoken – Kohletiedkoken – Herbstkuchen – Kaltezeitkuchen, siehe auch »Die Leiche im Moor«

Hest ok all freet, mien Jung? – Bist du denn schon verheiratet, mein Junge?

Jo, jo, bi miene Koken is dat beter, keene Grog-Tass in de tweete Hand to holen! – Ja, ja, man kann nicht gleichzeitig meine Kuchen essen und in der zweiten Hand eine Tasse mit (heißem) Grog halten!

Keen de Regeln nich inholen will oder kann, de hett sülben Schuld, wenn dat'n denn een Dags bi em n' Unglück gifft. Und dat gifft Unglück, ek wahrschau di dat! Bi us gifft dat erst next Joor woller Neejohrskoken! – Wer die Regel nicht einhalten will oder kann, hat (anschließend) selber Schuld, wenn eines Tages dort ein Unglück geschieht. Und Unglück geschieht, das sage (verspreche) ich dir voraus!

Lüttje Deern mit kruse Hoor,
lüttje Jung mit witte Fööt,
oh, wat smeckt jo'e Koken sööt.
Lüttje Jung mit scheewe Been,
de schall jo dat Geld verdehn.
Witten Twirn un swatten Twirn,
dat ol Wief, dat givvt nich geern.
– Reime am Nikolaustag, an Neujahr oder auch zur Geburt einer *Deern*, eines Mädchens, oder eines *Jung*, eines Knaben, aufgesagt:

Kleines Mädchen mit krausen Haaren,
kleiner Junge mit weißen (vermutlich sauberen) Füßen,
oh, wie gut schmeckt euer Kuchen.
Kleiner Junge mit schiefen Beinen,
der soll euch (später einmal, als Rentner) unterhalten (für euch sorgen).

Man dat Rezept gifft dat nich! Wie köönt …, jo, wie köönt oberleggen, dat ek in de Langenstraat komen und dor de Koken för dat Fest backen kann! – Das Rezept gebe, sage ich aber nicht! Wir können …, ja, wir können überlegen, dass ich in die Langenstraße komme und dort die Kuchen für das Fest backen kann!

Man de Oberopsicht, de hesst du? – Aber die Oberaufsicht hast du?
Mutt ek die kennen? – Sollte ich dich kennen?

Ne, ober ok! – Ausruf wie: Du meine Güte!

Neejohrsklopper – sind Nachbarn und Dorfbewohner, die sich am Neujahrsmorgen gegenseitig besuchen, um ein ›Gutes neues Jahr‹ zu wünschen.

Neejohrskoken – Neujahrskuchen, norddeutsche Spezialität, auch Krullkoken, Jahrskoken, Röllchen, Eiserkuchen, Hochtidskauken, Jarwskauken (von garven – bereiten), heute nicht aufgerollt, sondern wie eine Tüte geformt, als Eiswaffel – siehe Rezepte

Nu kiek an! Wat büst du denn vor'n Fruu, dat du bi son grodet Fest de Verantwortung hest? – Na so was! Du bist wohl eine besondere Frau, wenn du bei einem solch großen Fest die Verantwortung bekommen hast?

Nu sett jo dohl, hier bi mi ant Füer! Un segg, wat du wullt. – Setzt euch hin, hier bei mir am Feuer! Und verrate, was du möchtest.

So lang büst nicht hier ween. – Du bist aber lange (Zeit) nicht hier gewesen.

So, so, du wullt mi Honnig umt Muul smern, wat? Ne, ne, mien Jung! Line, dat deit mi leed, man dat is mien olet Familien-Rezept. Ek bün keene Tagenbare, ek bünn vons Land. In Biloch bün ek born und upwussen. All von miene Uroma stammt dat Rezept. – Aha, du versuchst mir Honig um den Mund zu schmieren? Line, es tut mir leid, aber das ist mein altes Familienrezept. Ich bin keine alteingesessene Bremerin, ich stamme vom Land. Ich bin in Bilohe geboren und aufgewachsen. Das Rezept stammt noch von meiner Uroma.

Tokomen Joor gifft woller wekke! – Nächstes Jahr gibt es wieder welche!

Ts, wat scheert mi Loff! Neejohrskoken ut de Reeg eeten, dat gifft Unglück! – Ach, mich interessiert doch kein Lob! Neujahrskuchen außer der Reihe, also nicht nur an Neujahr, essen bringt Unglück!

Un wat mokst du nu? – Und was tust du nun? (Wie lebst du?)

Wat büst dü grot woorn! Kumm mol no mi runner! – Du bist aber groß (gewachsen) geworden! Beug dich mal zu mir runter!

Rezepte

Der poetische Reispudding

aus einem alten handschriftlich verfassten Kochbuch
– ist es wert, nachgekocht zu werden!

Man nimmt eine Tasse guten Reis
und wasche ihn recht fein und weiß,
kocht ihn zu einem Brei sodann,
tu Milch, Vanille und Zucker dran
und nimm ihn weg, lass ihn erkalten,
indes du deines Amts tust walten.
Nimm gute Sahne ein halbes Litter,
recht süß, nicht sauer und nicht bitter,
und schlag sie tüchtig eins, zwei, drei,
füg auch ein wenig Butter bei,
dann stelle sie, doch nicht zu frei,
sonst sind gleich die kleinen Nascher dabei.
Jetzt hol den kalten Brei ganz munter
und mische gleich die Sahne drunter.
Nimm flugs die Puddingform hervor,
feucht sie mit Wasser an zuvor
und schütte diese Masse drein,
die nun recht kühl verwahrt muss sein.
Im Wassereimer tief im Keller
und zugedeckt mit einem Teller
drei Stunden lass ihn noch so stehn,
drauf magst du ihn dann holen gehn.

Ergänzung für den Band »Die Leiche im Moor«: Der Herrenpudding schmeckt ebenfalls köstlich, wenn er nicht in der Puddingform im Wasserbad, sondern als Auflauf mit denselben Zutaten gebacken wird. Der Koch der Dreienkampschule Schwanewede brachte ihn so 2008 während einer meiner Lesungen ›auf den Tisch‹.

Braunkohl mit Pinkel, so kochte ihn Line (die echte Line) und gab das Rezept über ihre Tochter Marianne an mich weiter:

Von den Kohlpflanzen die großen Blätter abbrechen. Sortieren und von den Rippen streifen. Kleinschneiden und sehr gut waschen. Nach dem Abtropfen mit kochendem Wasser überbrühen. Die Bitterstoffe werden auf diese Weise reduziert. Wieder abtropfen lassen. Gehackte Zwiebeln, etwas Salz (vorsichtig, weil das Fleisch salzig ist) und Fleisch (je nach Geschmack mageres Kassler oder/und geräucherter Bauchspeck) mit dem Kohl in ausreichend Wasser (nicht zu viel, es wird nicht weggeschüttet, soll keine Suppe werden) ungefähr 1 Stunde kochen. Geräucherte Kochwürste und Pinkel dazugeben und weitere 3/4 Stunde kochen. Wenn alles Fleischige gar, herausnehmen und grobe Hafergrütze unter den Kohl rühren. 1/2 Stunde kochen, würzen mit Salz, Pfeffer, Piment und mäßig Zucker (ja Zucker!). Wir Norddeutschen lieben den Geschmack von süß und geräuchert gleichzeitig auf der Zunge.
Das Fleisch aufschneiden, zusammen mit den Würsten und der Pinkel in einer Schüssel servieren. Salzkartoffeln schmecken gut dazu, auch kleine gebratene Pellkartoffeln mit Zucker bestreut. Senf muss, Apfelmus kann dabei sein.

Von Blutklütschen, Knipp, von Pinkel, Blut-, Mett- und Leberwurst gibt es zuuu viele Rezepte, jede Familie früher besaß selbstverständlich das allerbeste! Mir wurden mehrere gegeben, ich bedanke mich sehr bei allen.

Das Blutklütschen-Rezept stammt vom Hausschlachter Fredi Westphal, einem inzwischen verstorbenen Verwandten von mir.

Ausgelassene Grieben, Würfel aus frischem, gekochtem Speck, grobes Roggenmehl oder -schrot, 2 Tassen Blut, Salz, schwarzer Pfeffer, brauner Piment, Bouillon, alles in einer Molle gut vermengen, es muss schön *bunt* aussehen! 2 Stunden kochen.

Knipp war ein Spar-Rezept, Fleisch wurde mit Getreide, im Moor mit Buchweizen, gestreckt. Manchmal fehlte Fleisch ganz.

Es lohnt sich, in Bremen und im Umland, Knipp vom Schlachter geschmacklich zu vergleichen und durchaus weitere Wege in Kauf zu nehmen. Zu Hause und in Lokalen wird es heute mit Pellkartoffeln und eingelegten Gurken oder mit Apfelmus gereicht. Ich esse es allerdings am liebsten auf einer Scheibe Brot.

Ins Rezept gehören laut »Bremer-Lexikon« Fleischreste, die beim Zerschneiden eines Schweines anfallen, ausgepultes Kopffleisch, kleingeschnittene Innereien (jedoch keine Leber, die wird für Leberwurst gebraucht). Hafergrütze und Gewürze: Salz und Pfeffer, Piment, auch gewürfelte Zwiebeln.

Zum Knipp wurden in den meisten Familien Blutklütschen (ebenfalls frisch vom Schlachten) in Scheiben geschnitten und kross gebraten und ein Kanten trockenes Schwarzbrot dazu gegessen.

Wenn geschlachtet wurde, gab es schon zum Frühstück Knipp mit Brot bis zum Abwinken, das heißt zu jeder Mahlzeit, bis es aufgebraucht war.

In der Zeit vor dem Kühlschrank kam immer nur eine Sorte Fleischernes auf den Tisch, ein Stück Speck, eine Mettwurst oder ein großes Glas Leberwurst. Es wurde gegessen, bis es aufgebraucht war. (Die Vielfalt von heute gab es nicht.)

Frau Gerda Halen aus Bremen-Rablinghausen gab mir 1997 ›Omas Pinkel-Rezept‹.

Für ca. 10 Personen: ca. 500 g Flomen (durchgedreht oder geschnitten), 50–100 g Ochsentalg, und/oder das Mark 1 Knochens, ca. 250 g Hafergrütze, 4–5 mittelgroße Zwiebeln, gewürfelt, vermischen, mit Salz, Pfeffer und Piment abschmecken.
Aus weißem Leinen- oder Halbleinen genähte Beutel (oder Schweinedärme) damit füllen. Gut zubinden und 30–40 Minuten im Kohl mitkochen.

Blutwurst nach dem Rezept des Hausschlachters Heinrich Dopmann aus Weyhe-Leeste. Dessen Witwe Gisela stellte mir Rezepte zur Verfügung.

Durchwachsenes Schweinefleisch von Haut und Sehnen befreien, ganz fein schneiden. Halb so viel Schweinefett untermengen. Mit Salz, Muskatblüte, Koriander und etwas Pfeffer würzen. So viel Blut unterrühren, dass eine geschmeidige Masse entsteht. In Schweinedärme füllen. Die Würste dürfen nicht zu fest gestopft werden, da sie leicht platzen. Um das zu verhindern, werden sie in warmes Wasser gelegt, das nur langsam zum Sieden gebracht werden darf. Wenn die Würste später in die Höhe kommen, mit einer Stopfnadel einstechen. Tritt noch Blut aus, müssen sie noch länger ziehen. Sobald die herausfließende Brühe beim Einstechen klar ist, sind die Würste gar (nach ca. 40–60 Minuten).
In einem zweiten Blutwurst-Rezept aus Leeste kann in Würfel geschnittenes altbackenes Brot in Fleischbrühe eingeweicht, fettes Fleisch, nicht zu fein gewiegt, und gekochtes mageres Fleisch in Würfel geschnitten genommen werden. Gewürzt wird diese Wurst mit gedünsteten Zwiebeln, Majoran, etwas Zucker, Salz und Pfeffer. Ein Glas Rotwein verbessert den Geschmack weiter.

Mettwurst, so erinnert sich meine Mutter an das Rezept:

Rohes gehacktes Schweinefleisch, in Norddeutschland Hack oder Mett genannt, mit Salz und Pfeffer kneten. So lange, bis die Masse nicht mehr an den Händen klebt. Sehr fest in Därme füllen und ungekocht räuchern oder lufttrocknen. Siehe Stille-Catharine im Buchtext, auch Glossar unter dem Stichwort Schlachten.

Leberwurst, nach dem Rezept von Jan Frese, einem ehemaligen Hausschlachter. Zusammen mit ihm, seiner Frau Thea und dem Seniorenkreis der St. Jacobi-Gemeinde Bremen-Seehausen hatten Ronald Ilenborg und ich 1995 eine Ausstellung über das alte Dorfleben erstellt. Aus dem Büchlein dazu stammt das Rezept.

Zutaten: durchwachsenes Schweinefleisch ohne Schwarte – Schweineleber (ca. 1/4 Leber und 3/4 Fleisch) – Gewürze auf 1 Pfund Masse: ca. 12 bis 14 Gramm Salz & Pökelsalz (1/3 Pökel-, 2/3 Kochsalz), 2–3 Gramm Pfeffer (1/3 schwarzer Pfeffer, 2/3 Wunderpfeffer-Piment) oder 2 bis 3 Gramm Leberwurstgewürz.
Das Fleisch kochen, mit der rohen Leber durch den Fleischwolf (ganz feine Scheibe) drehen. Gewürze zugeben, sehr gut durchrühren, in Gläser füllen, 2 Stunden kochen.

Ein steifer Grog, wie ihn Line und Früllerks Schwein sicher gemocht hätten!

Stopp! Sie sprechen stopp und steif vermutlich falsch aus! Nicht Sch..., sondern ST, mit spitzer (SPitzer) Zunge gesprochen – STopp, STeif.
Grog – in der Karibik geläufiges Wort für Rum-Wasser-Gemisch. In einem englisch-deutschen Wörterbuch von 1967 steht: Grog, groggy bedeutet betrunken, wackelig, schwankend, (Pferd) steif. Da haben wir den groggy Grog, den STeifen Grog! Hier das Rezept:

Rum – muss, Zucker – darf, Wasser – kann, aber heiß muss es sein, das Wasser und somit der Grog!

Lines Kastaniensuppe, an die sich Lür Bolte noch im Moor erinnerte:

Zwei Hände voll gewürfelte Kartoffeln garen, 1 Esslöffel (EL) Butter im Topf anbräunen, ungefähr 1 EL Mehl darin anschwitzen, mit Wasser und etwas Milch ablöschen, gut durchkochen, damit die Suppe nicht mehlig schmeckt. Milch oder – noch leckerer – Sahne dazugießen, geschälte Esskastanien (Maronen) kleinhacken und einrühren, garen und mit Salz und Pfeffer abschmecken. Hätte Line heutiges Kochgerät besessen, püriert schmeckt die Suppe noch köstlicher, falls eine Steigerung möglich ist!

Neejohrskoken, wie meine Mutter Marianne Pfeiffer sie in der Adventszeit backt, ohne wäre es kein richtiges Weihnachten für unsere Familie.

350 g Fett
375 g Zucker
1 P. Vanillinzucker
ganzer Anis nach Geschmack
4 Eier
500 g Mehl

Zucker, Vanillinzucker und Eier schaumig rühren, das weiche Fett unterrühren, das Mehl und ungefähr 1/2 l gerade eben warmes Wasser dazugeben. Zum Schluss den Anis einrühren.
Den Teig mehrere Stunden quellen lassen.
Im Eiserkucheneisen backen und sofort aufrollen. (Das ererbte Kucheneisen mit langem Stiel, für die offene Feuerstelle, mindestens schon von der Oma meiner Oma, habe ich noch nie ausprobiert.)

Stille-Catharines Tee kenne ich nicht, die Rezepte der echten Catharine Lahmann, meiner Urgroßmutter, sind verloren gegangen. Dieses Rezept gegen Kopf- und Frauenschmerzen haben Astrid Hanisch und ich vor 30 Jahren, zusammen mit Mitarbeiterinnen der Kranich-Apotheke aus Hagen im Bremischen, entwickelt:

30 g Kamille, 10 g Fenchel, 20 g Ringelblume, 40 g Gänsefingerkraut, 50 g Johanniskraut, ergänzt durch Orangen-, Zitronen- und/oder Apfelschale für den Geschmack. 1 Teelöffel (TL) in einen Becher geben, mit kochendem Wasser übergießen und 10 Minuten ziehen lassen.

Nachwort und Dank

Beständig wurde ich über den Folgeband befragt. Es dauerte sehr – zu – lange! Hatte aber selbstverständlich schwerwiegende Gründe. Meine private Lebenssituation veränderte sich total. Ich bitte daher um Verständnis und freue mich, wenn Sie auch den dritten Band mit Line und Früllerk wieder mit Spannung lesen. Oder – falls es der erste ist, den Sie in Händen halten – schauen Sie doch ebenfalls in den Sommer- und den Herbst-Band, damit Ihr Wissensdurst gestillt wird, wie die Geschichte, die gleichzeitig ›Geschichte‹ ist, überhaupt begann.

Im Winter-Band konnte eigentlich nicht viel geschehen. Weil die gesamte Region verschneit war, weil der eisige Wind riesige Schneewehen auftürmte, blieben die Kolonisten auf ihrem Grundstück. Es war fast unmöglich, Kontakt zur Außenwelt zu bekommen. Selbst der sonst so regelmäßige Kirchgang fiel aus. Falls jemand starb, blieb die Leiche im Haus, manchmal mehrere Wochen lang!

In den Hütten und Katen drängte sich die Familie um die einzige Licht- und Wärmequelle, die offene Feuerstelle, und verrichtete die täglichen Haus- und Hofarbeiten. Wolle und Leinen wurde gesponnen, verwebt, Strümpfe gestrickt, gekocht, die Tiere versorgt. Werkzeuge und Hausgegenstände repariert und hergestellt. Im Winter wurde ebenfalls geschlachtet, da das Fleisch zu anderer Zeit schnell verdarb und es auch zu viel Ungeziefer gab. (Sie kennen folgende – wahre – Geschichte? Ein Städter, der im Sommer auf einem Hof übernachtete, beschwerte sich über die Unmengen von Fliegen auf dem Plumpsklo. Er erhielt den Rat: »Gehen Sie mittags dorthin, dann sind alle Fliegen bei der Bäuerin an der Kochstelle.«)

Wenn das Winterwetter es erlaubte, gab es innerhalb des Dorfes natürlich Besuche und – für die Kinder – Schulunterricht (schauen Sie dazu auch ins Glossar).

Während der anderen drei Jahreszeiten mussten alle Kinder, auch die noch richtig kleinen Mädchen und Jungen, den ganzen Tag arbeiten. Im Torfstich, auf dem Feld, im Garten und bei den Tieren. Somit gab es in den entlegenen Moordörfern nur die Winterschule.

Vielleicht hatten einige Kinder Freude am Lernen, die meisten übernahmen jedoch sicherlich die Meinung ihrer Eltern: In einer Beschwerde über die Schulverhältnisse stand in einem Brief ans Amt in Hannover: »Was der Schulmeister lehrt, erachten wir für überflüssig!«

Dass es nur wenige der Menschen im Buch wirklich gab, wissen Sie bereits aus den beiden anderen Bänden. (Schauen Sie doch dort noch einmal nach.) Fast alle Personennamen stammen aus meiner Familie. Ich habe nur Vor- und Nachnamen getrennt und gemixt. Line und Frülllerk hießen ›in echt‹ Adeline und Friedrich Lahmann. Hans und Louise Johann und Elise Pfeiffer. Grapenthien und Sasse hießen meine Urgroßmütter. Charaktere und Handlungen im Buch sind selbstverständlich wieder frei erfunden. Ähnlichkeiten mit Ihnen vertrauten Menschen sind absolut zufällig. Fehler, die sich trotz intensiver Recherche und Korrektur eingeschlichen haben, gehen selbstverständlich zu meinen Lasten!

Bei den Mitgliedern des Ostasiatischen Vereins Bremen muss ich mich entschuldigen: Natürlich hat meine Line, auch wenn sie, schriftstellerisch, als beste Köchin Bremens galt, die Curry-Tafel nicht erfunden! Ich weiß selbstverständlich und zeige hier auf, dass der Verein erst am 17. Januar 1901 im Essighaus gegründet wurde. Vermutlich gab es an diesem Tag aber schon das von weit gereisten Kaufleuten geliebte Curry-Essen. Betty Gleim, in meinem 2. Band »Die Leiche im Moor« noch ein Kind, hat schon 1808 ein Korrey-Fricassee veröffentlicht. Im Internet ist ihr Kochbuch von 1817 einzusehen.

Bedanken möchte ich mich wieder bei vielen Menschen. Auf Lesungen erfuhr ich viel Lob und Mut weiter zu schreiben. Rätselhaftes, Mehrdeutiges wie der Sleef (siehe Nachtrag im Glossar), wissenschaftlich nicht Erforschtes oder Erwiesenes wurde lebhaft diskutiert und Tipps gegeben. So manches davon half weiter, danke dafür.

Herr Dr. Hartmut Pape aus Bremen-Blockdiek kümmerte sich nicht nur um meine Gesundheit, sondern vor allem um Lines. Er sorgte für das richtige Medizinische. Vielen Dank für all die Zeit.

Danke sage ich meiner Nachbarschaft vom Börsten, die kam und selbst nachts half, die Schnee, sogar Wasser im Keller, schippte, den Rasen mähte, die mit meiner Mutter zum Arzt oder einkaufen fuhr, wenn ich verhindert war. Familienmitglieder und entfernte Angehörige zeigten Interesse und sprachen Lob aus.

Regine und Holger Wittkowski wissen um die vielen zusätzlichen Stunden, für meine Mutter, auch durch Recherchen für unsere Familien-Forschung und Wege zur Uni-Bibliothek. Vielen Dank!

Im Allgäu spricht kaum jemand Plattdeutsch, meine Freundin Petra Reichart ebenfalls nicht. Sie übernahm die Aufgabe, zu entscheiden, ob auch ohne diese Sprachkenntnisse der Text verständlich blieb. Danke!

Meine Mutter Marianne Pfeiffer achtete wieder auf die richtige (um Bramstedt-Harrendorf herum) gesprochene plattdeutsche Sprache. Immer wieder fielen ihr alte Begriffe und Wörter ein, die sie schon verloren glaubte. Für beides großen Dank!

In den vorigen Bänden beschrieb ich, was Ninja für mich war. Sie sorgt nun aus dem Katzenhimmel heraus. Tira, ihre Schwester, lebt inzwischen bei mir und hilft. Ganz besonders im Sommer, wenn es sehr heiß ist, achtet sie mit vollem Körpereinsatz darauf, dass mir nicht kalt wird.

Mein Sohn Oliver und meine Schwiegertochter Katja bekamen inzwischen zwei, für mich, große Kraftquellen: Mia-Sophie und Louisa, die aber noch Bilderbücher lesen.

Meine Freundin Astrid Hanisch übernahm wieder das grundlegende Korrekturlesen. Dreimal muss es sein, erklärte sie, zuerst nur mit

Spannung lesen, dann Fehler verbessern und beim dritten Mal Erklärungen fordern, warum dort was stand, Unlogisches ausmerzen, Hinweise geben und ergänzen. So viel Dank, wie ihr gebührt, kann ich gar nicht schreiben!

Korrektorat und Lektorat übernahm BoD. Danke an Cordula Scheil und Annika Ollmann.